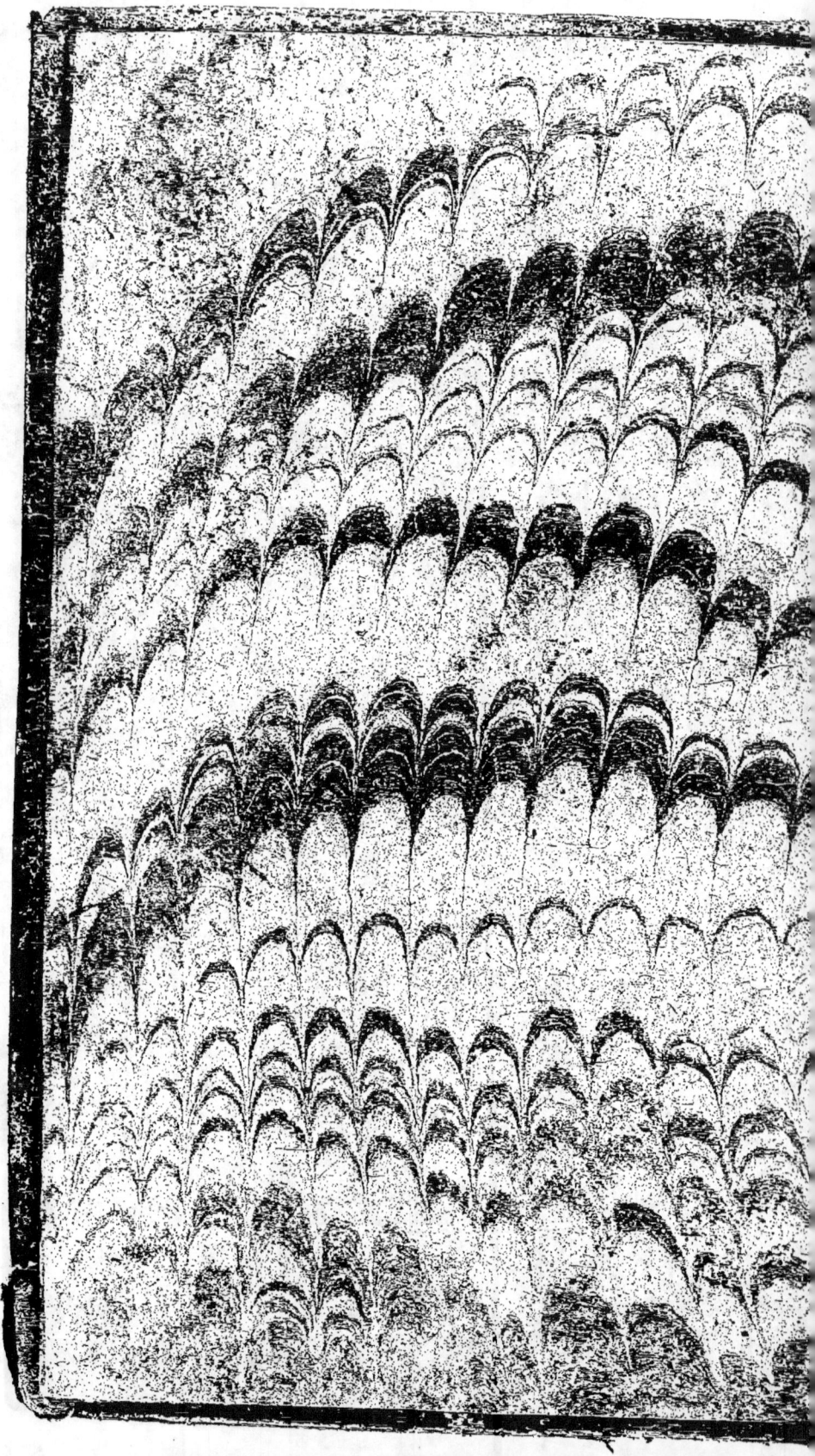

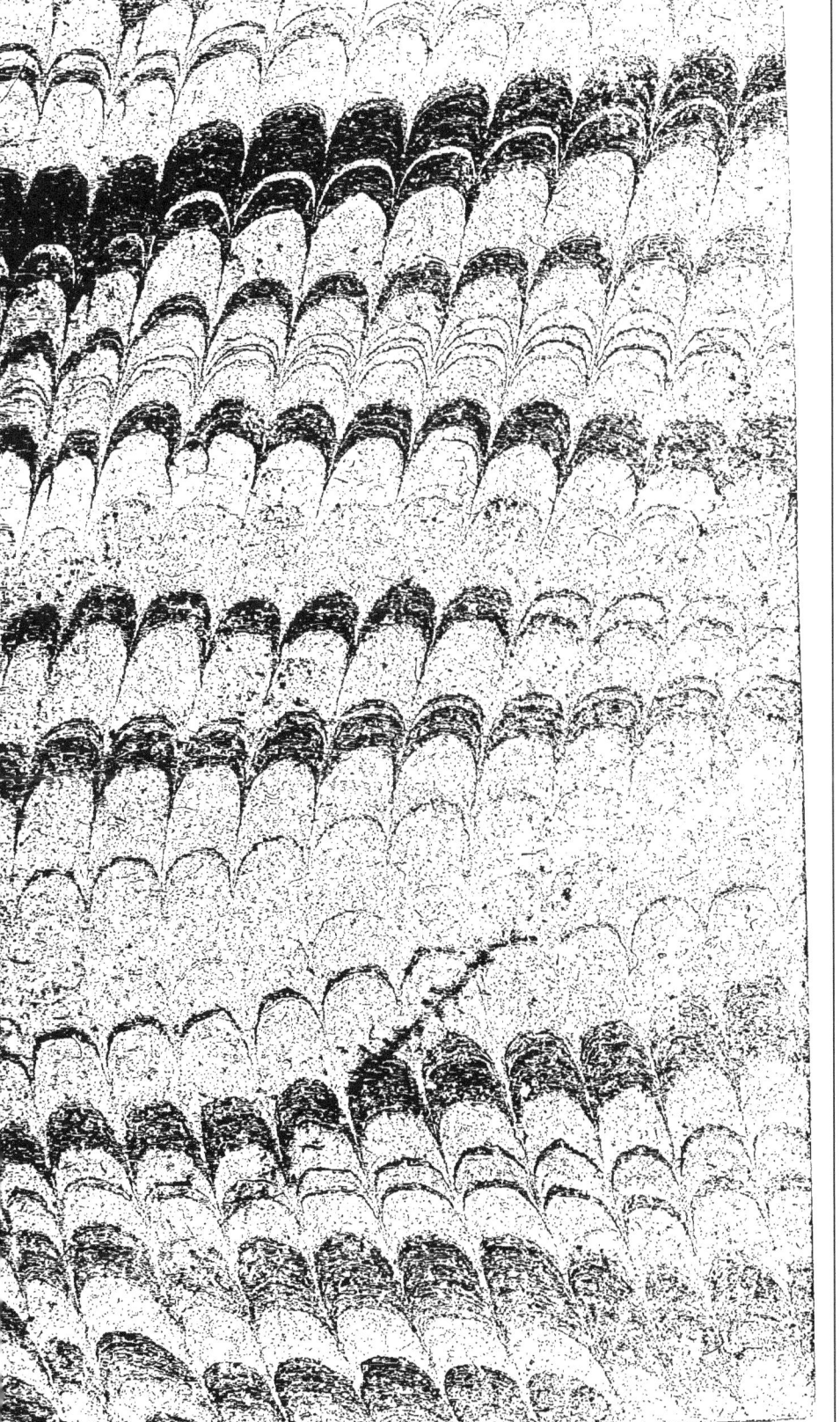

# AMUSEMENS
## DE LA
# CAMPAGNE,
## DE LA COUR
### ET
# DE LA VILLE,
#### OU
## RECREATIONS
*Historiques, Anecdotes Secrettes &*
*Galantes.*
## TOME CINQUIEME.

*A AMSTERDAM,*
Chez François l'Honore', & Fils.
M. DCC. XLI.

# A V I S
# AU LECTEUR.

ON ne s'étoit pas attendu que le Public dût faire un fi bon accueil aux quatre prémiers Volumes de cet Ouvrage, & on ne fe flattoit nullement d'être bientôt obligé de l'augmenter. Il y a tout lieu de croire que ces deux derniers Tomes, que nous publions aujourdhui, fe debiteront avec autant de rapidité que les prémiers, puisqu'ils ne font ni moins curieux, ni moins amufans. Les Hiftoires qu'ils contiennent ne fauroient guère manquer d'être du goût de la plupart de ceux à qui on les deftine. On y trouve des évènemens tout-à-fait finguliers, des avantures curieufes, des intrigues bien menées, & capables d'occuper agréablement un Lecteur, qui cherche

à

à se délasser de ses plus importantes occupations.

La première de ces Histoires nous présente une Scène galante, & un enchainement d'avantures, dont l'amour forma le tissu. C'est la vie d'un jeune homme sorti d'une Maison illustre, & qui devoit tout son éclat à la gloire des armes. A l'âge de dix-huit ans il paroit à la Cour avec un nom distingué, & maître de très grands biens. Se trouvant seul, & sans secours, il se livre imprudemment à la séduction de tous ces objets, presque toujours funestes à une vertu naissante. Après avoir vécu deux ans sans trouble & sans agitation, les Femmes vinrent enfin troubler son repos, & remplirent sa vie de peines & d'amertumes.

Dans l'Amour marié, on voit un Prince qui voulant rétablir ses Etats, dépeuplés par de longues & sanglantes Guerres, s'avise d'un moien qui ne pouvoit guère manquer de réussir. Il fait défence à tous ses Sujets de garder le Célibat, il attire par de grands privilèges les Etrangers dans son Royaume, & contribue lui-même

de

de son fonds à l'éxécution de ce projet. Comme ce Prince se trouvoit parlà dans la nécessité de faire d'abord de grands fraix, la Reine son Epouse lui proposa un autre plan. Accordez, lui dit-elle, à tous vos Sujets, une permission générale de changer de Maris & de Femmes autant de fois qu'ils le jugeront à propos. Cet avis fut goûté, & mis sur le champ en éxécution. On verra ici avec plaisir les griefs des hommes contre leurs femmes, & ceux des femmes contre leurs maris, pour avoir un prétexte de se remarier.

Mon dessein n'est pas de donner le précis de ce qui est contenu dans toutes les Histoires de ce Recueil : elles sont toutes si courtes, qu'elles n'ont pas besoin d'être exposées ici en abregé. Je n'ai garde de décider sur le choix que le Lecteur en doit faire. Chacun a son goût. Je pourrois trouver bon ce qu'un autre trouvera mauvais, & il seroit alors en droit de me dire nettement que je me trompe, & qu'il ne sauroit être de mon avis : il allégueroit ses raisons, qu'il croiroit être meilleures que les miennes, & après

* 3                               avoir

avoir bien difputé, nous aurions peut-être la mortification de nous voir tous deux condamnés par un tiers. C'eft ce qui arrive d'ordinaire lorsqu'on entreprend de juger du mérite d'un Ouvrage. Les Hommes font rarement d'accord dans leurs jugemens, parce qu'ils envifagent presque toujours différemment un même objet. C'eft à quoi on a eu égard dans le choix qu'on à fait de ces pièces. Nous laiffons au Lecteur toute liberté de fe déterminer lui-même en faveur de celles qui lui paroitront les plus agréables.

**LES**

# LES
# AMUSEMENS
## DE LA
# CAMPAGNE,
## DE LA COUR
### ET DE LA VILLE.

*~~~~~~~~~~~~~~~~~~~~~~~*

# MEMOIRES
## DE
# MILORD ***
*TRADUITS DE L'ANGLOIS.*

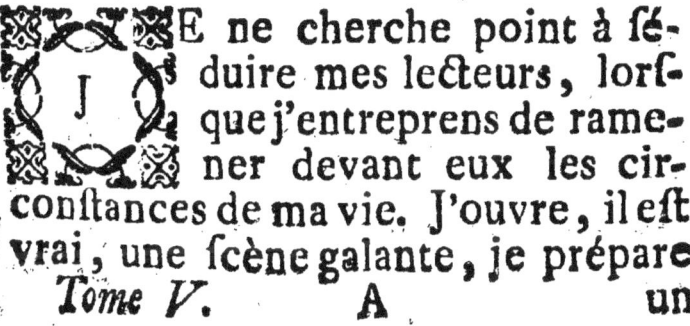

E ne cherche point à sé-
duire mes lecteurs, lors-
que j'entreprens de rame-
ner devant eux les cir-
constances de ma vie. J'ouvre, il est
vrai, une scène galante, je prépare

*Tome V.*      A      un

un enchaînement d'Avantures, dont
l'amour forma le tiſſu; mais je ne per-
mettrai qu'à la ſageſſe de lever le voile, & d'offrir le tableau qui les préſente. Les paſſions l'ont rempli; la
raiſon, j'oſe le promettre, va en dé-
velopper les traits, & effacer des couleurs trop ſéduiſantes par des ſentimens mieux aſſortis à mon expérience. Mon deſſein cependant n'eſt,
ni de m'étaler comme un modèle,
ni de me métamorphoſer en Oracle;
je vais m'offrir, tantôt à la critique,
tantôt aux éloges; & mon plan eſt
éxécuté, ſi par mes fautes comme par
mes réfléxions, je parviens à n'être
pas inutile, & par-là, à réparer les
unes, & à être récompenſé des autres.
Je ſors d'une Maiſon illuſtre qui
doit tout ſon éclat à la gloire des armes. J'ai interrompu le prémier cette
ſucceſſion brillante, & j'ai ſubſtitué
à l'accroiſſement que ce noble hé-
ritage devoit recevoir entre mes
mains, un vuide qu'aucun de mes Ancêtres n'a juſtifié par ſon exemple: je
me livrai au plaiſir, je m'abandonnai
à l'inutilité, c'eſt-à-dire, que j'oſai
moi-même effacer un nom dont,
peut-

peut-être, jeuſſe pu ſoutenir tout le poids. Voilà l'ouvrage des paſſions.

J'ouvris à peine les yeux, que, ſous un Père vertueux, je les fixai ſur la Gloire & la Vertu. Plus attentif à former mon cœur & mon eſprit, qu'à éxercer ma mémoire, il ne m'offrit jamais que des principes. Il ſe plia à ma petiteſſe; & croiſſant avec moi, il faiſoit, pour ainſi dire, croître auſſi ſous mes yeux les vénités néceſſaires à mon inſtruction. Quarante ans après l'avoir perdu je l'écoute encore, je redeſcens dans l'enfance, j'étudie ſes leçons; &, s'il m'eſt permis d'hazarder le terme, ma vertu va renaître ſous ſa conduite. Hélas, il diſparut quand il m'étoit le plus néceſſaire! Je le perdis dans ce tems où l'on s'immole ſoi-même à ſes paſſions, où, trop d'intelligence avec elles, l'on a beſoin d'une main étrangère pour repouſſer leurs efforts. Les fruits de l'éducation ne ſe perdent pas cependant ſans reſſource pour un cœur généreux. Ses talens ne ſont d'abord, il faut l'avouer, que des talens empruntés, ſes vertus ſont les vertus de ſes guides; les belles quali-

tés

tés portent fur des lumières & des inclinations que l'enfance rend inacceffibles; ces forces étrangères s'évanouiffent d'elles-mêmes devant les paffions, qu'on diroit être les maîtres naturels de notre cœur: mais elles fe diffipent à leur tour, l'expérience nous prête fon fecours, nous revivons enfin à l'empire des vertus, elles nous appartiennent alors, & l'éducation, qui, en nous les faifant connoître, nous avoit familiarifés avec leur joug, nous épargne des recherches & des combats.

C'eft-là le précis de mon hiftoire. Je commençai par les vertus de mon Père, les vices s'emparèrent de ma jeuneffe; & je dois à l'expérience, foutenue par des principes longtems égarés, mais qu'enfin j'ai fçu retrouver, le peu de fageffe dont j'ofe me flater aujourdhui.

Je parus à la Cour à dix-huit ans, avec un nom diftingué, & maître de très grands biens. Je me trouvai feul, & fans fecours, livré à la féduction de tous ces objets inconnus fi funeftes à une vertu naiffante: Mon ame parcourut avidement les grandeurs

deurs & les plaifirs, elle crut renaître & puifer la vie dans chacun de ces amufemens & de ces honneurs qui s'emparoient de fa foibleffe. Je ne fus pas longtems fpectateur, l'emportement me tint lieu d'expérience, j'étois né habile pour le vice; & mon cœur, que l'éducation avoit refferré, s'ouvrit de lui-même devant les plus légères tentations. Mon amour pour la gloire fit quelque foible réfiftance; mais, de vertu qu'il étoit, il fe transforma en paffion, bientôt il s'éteignit; & fi l'ambition me forma un plan de vie, c'eft l'Amour qui l'a exécuté. Je vêcus deux ans fans trouble & fans agitation, je roulois de délices en délices; la table, la compagnie, les fpectacles partageoient mon oifiveté. Les femmes vinrent empoifonner ce repos : Sans les peines, & fans l'amertume dont elles ont rempli ma vie, l'ivreffe dureroit peutêtre encore. Il eft tems d'entrer en matière, & de déveloper à mes lecteurs le fonds de mon hiftoire.

Un jour que le Comte... avoit rasfemblé chez lui toute la jeuneffe de

la

la Cour, je formai, pour la prémière fois, le deſſein d'inſpirer une paſſion. Je vis mes amis s'empreſſer
tous auprès de ſa Sœur; & l'envie
de l'emporter ſur eux fit d'abord naſ-
tre mes ſoins; je fus complaiſant,
aſſidu, & je finis pas être paſſionné.
Mademoiſelle de..avoit de la beauté, de l'eſprit, & paſſoit dans le
monde pour être encore ſans inclination: C'en étoit ſans doute aſſez
pour me tenter. Je remarquai dans
ſes yeux une langueur qui ſe répandoit ſur toutes ſes actions, & que
j'attribuai à cette mélancolie fatale
que produiſent les paſſions naiſſan-
tes; je ne voyois cependant perſonne à qui je puſſe appliquer les ſentimens que je lui ſuppoſois. Je pris le
parti de lui faire connoître les miens,
& elle m'y encouragea par les diſ-
tinctions qu'elle affectoit pour moi.
Pour unir à la fois le mérite de l'a-
mour & de la modeſtie, elle m'écouta avec une joie marquée, qu'elle
vouloit pourtant paroître me dérober. Ses reproches étoient tendres,
& ſes empreſſemens avoient quelque
choſe de ſévère, que je n'expliquai
                                    alors

alors que par les contradictions qu'on trouve dans tous les caractè-res. Elle ne me disputa pas longtems le droit de lui parler de mon amour; je la voyois souvent pousser des soupirs entièrement étrangers à notre conversation; mais elle avoit le talent de dissiper mes scrupules, & ma surprise ne duroit pas assez longtems pour me conduire aux réfléxions. Elle ne négligea rien de ce qui pouvoit augmenter mes feux ; je partageois ses plaisirs & ses amusemens, ou, pour mieux dire, je crus qu'elle n'en cherchoit plus qu'en moi. Quand elle s'apperçut enfin que ma passion me livroit sans réserve à ses volontés, que ma vivacité & mon âge devoient la rassûrer sur le pouvoir de ma raison: Monsieur, me dit-elle, vous m'avez donné votre cœur : que j'aimerois à vous voir mériter le mien ! Mais je l'ai mis à un prix que vous trouverez peut-être difficile. Puis-je vous prescrire un moyen de l'acquérir, auquel j'ai attaché toute ma tendresse ? Ah ! repliquai-je, parlez ; demandez-vous ma vie ? Faut-il vous sacrifier ma fortune ? Tout est à vous, si par-là vous devenez à moi. Je n'ai

ja-

jamais douté de vos fentimens, me répondit-elle ; mais préparez vous-y, vous allez être furpris, je vais vous donner un ordre que je dois juftifier fans doute avant de vous le déclarer ; voici mes raifons. Votre fexe m'a outragée, c'eft à votre fexe à me venger. J'aime trop ma colère pour la confier à des mains étrangères, elle eft le préfent le plus tendre que je puifle vous faire ; je vous aime, & je vous en crois plus digne qu'un autre ; voilà ce qui me détermine. Vous méritez mon amour, voudriez-vous qu'un autre méritât ma reconnoiffance ? Si vous aimez délicatement, ce partage doit vous effraier. Mais je lis déja votre obéiffance dans vos yeux ; lifez votre recompenfe, mes tranfports, ma fidélité dans les miens. Hélas! interrompis-je, brulant d'impatience & d'amour, pourquoi fufpendre mes mouvemens ? Pourquoi arrêter mon cœur ? A quoi le deftinez-vous ? parlez, Mademoifelle ; encore une fois, eft-ce ma vie que vous demandez ? Non, reprit-elle, ce feroit demander la mienne ; j'en éxige une autre. Rendez-vous cette nuit à
deux

deux heures derrière les murs de
V...... vous y trouverez un homme, c'eft lui que je vous ordonne de
me facrifier. Voilà la victime que
j'offre à votre amour, elle eft indigne
de votre valeur. Au refte, fouvenez-
vous que je fuis le prix de cette action ; que par-là vous achetez ma
tendreffe, ma reconnoiffance & ma
vie; & qu'en perdant cet ennemi,
vous perdrez le Rival le plus redoutable, ou plutôt le feul que vous
ayiez à craindre : Que répondez-
vous? M'aimez-vous toujours? Un
Rival! interrompis-je, quoi mon
amour ne les a pas tous effacés? Il
m'en refte encore? Ah! quel qu'il
foit je dois le punir de fa témérité,
ma caufe fe confond avec la vôtre;
mais je m'oublierai pour ne venger
que vous. Vous guiderez ma main,
& ce fera vous qui le punirez d'ofer
vous difputer à un homme, qui, par
fa tendreffe, mérite feul de pofféder
la vôtre. Il n'eft plus coupable à votre égard, me répondit elle, ces
fentimens, en le détruifant fans reffource dans mon ame, lui rendent
fon innocence; il ne refte plus que

A 5          moi,

moi, ne m'oubliez pas ; qu'il fache même que je conduis vos coups: Vous êtes déja paié de ce que je vous ai promis , & vous poſſédez dans mon cœur autant que je puiſſe jamais vous accorder. Je vous quit. te, Monſieur , ſouvenez-vous de mon amour, ſouvenez-vous du vô. tre ; mon ennemi, votré Rival, vous attendra.

Il étoit onze heures du ſoir , je devois me battre à deux, & ma raiſon étoit trop loin pour que je puſ. ſe la rappeller en ſi peu de tems. Je ſortis de ce fatal entretien enivré d'un poiſon cruel, qui, m'arrachant à tous mes ſenuimens, ne me per. mettoit plus de reſpirer que la fureur & le carnage : Je le puiſai dans les yeux de ma perfide maſtreſſe ; & s'écoulant delà dans mon cœur, il s'y confondit avec mon amour, ce. lui de mes mouvemens dont j'étois le plus jaloux. Ces inſtans furent les inſtans les plus criminels de ma vie: Elle n'éxigeoit qu'un crime, j'en commis mille par mes diſpoſitions; j'euſſe porté mes mains ſur les per. ſonnes les plus ſacrées, le nombre,

le

le caractère ne m'eût point effraié;
j'eusse facrifié l'Univers; à qui? A
une femme qui fe vendoit honteu-
fement à un crime, & qui expofoit
ma vie pour fatisfaire à fa vengeance. Falloit-il ma raifon entière pour
connoître mon égarement? Je l'a-
vois perdue, & ce facrifice eft fans
doute plus honteux que celui d'un
Rival! Ce n'étoit pas affez de la
fervir par mes crimes, je lui profti-
tuai encore mes vertus.

J'approchai avec intrépidité du
champ qu'elle m'avoit prefcrit, longtems avant l'heure marquée; mon
imagination m'offroit mon ennemi
percé de coups tombant à mes pieds;
je me raffafiois de ces fanglantes
idées; je comptois fes bleffures, & je
mefurois par leur nombre la reconnoiffance que je devois efpérer. Il ne
paroiffoit pas cependant encore, je
m'irritois de fa lenteur; & les inftans,
dont il reculoit ma vengeance, de-
venoient à mes yeux le plus grand de
tous les crimes que je lui fuppofois.
J'entendis enfin fonner deux heures,
& je découvris bientôt deux hommes
qui venoient à moi. La nuit étoit des

A 6                          plus

plus belles, leur figure me parut brillante, leur air noble & aifé. Quand ils furent près de moi: Monfieur, me dit celui d'eux qui marchoit le prémier, êtes vous feul? Oui, répondis-je, & je n'attendois qu'un ennemi. Auffi n'en avez-vous qu'un, ajouta-t-il; & fe tournant alors vers celui qui l'accompagnoit: C'en eft affez, mon cher Comte, lui dit-il, retirez-vous, je ne vois point ici de danger que votre amitié puiffe partager; on n'attaque que moi, c'eft à moi feul à me défendre; allez raffûrer mes amis fur le nombre de mes adverfaires, à votre retour l'affaire fera décidée. Si le Ciel difpofe de ma vie, fouvenez-vous, mon chèr Frère, de mon amitié, confolez cette époufe fi tendre qu'on me punit d'avoir aimée, & repofez-vous fur mon ennemie elle-même du foin de ma vengeance.

Ces paroles furent prononcées d'un ton intrépide qui m'étonna: j'examinai ces deux hommes que j'étois furpris de ne pas connoitre, & que je n'avois jamais apperçus à la Cour; le courage & la vertu fe
pei·

peignoient fur leur front, & je fus forcé d'eftimer un ennemi qui ne m'offroit rien que d'aimable, & qui eût dû triompher de ma haine, fi ma raifon avoit pu triompher de mon a-veuglement. Son ami refufa long-tems de fe retirer; il n'obéit enfin qu'après avoir compris que l'hon-neur de mon Rival l'éxigeoit. Il eut à peine difparu, que l'inconnu courut à moi l'épée à la main, il fe battit avec une valeur, que, fur le portrait que m'en avoit fait fon ennemie, je n'avois pas prévue. Il me pouffa a-vec vigueur, je fus légèrement blef-fé; mais enfin la fortune décida pour moi, je le perçai, & il tomba à mes pieds fans mouvement & fans vie.

Fatale victoire! Combat malheu-reux! Qu'il m'a couté de larmes! Je quittai promptement ce lieu funefte pour me dérober à la vue de mon crime; mais les reproches naiffoient dans mon cœur, & je devins, dès lors, le vengeur le plus implacable de l'ennemi que je venois d'immoler. Ma raifon reparut avec toute fa lu-mière, elle fixa mes yeux fur la con-duite de ma maîtreffe, & j'apperçus

A 7                        tout

tout ce qu'il y avoit d'affreux dans
fon caractère.

Je rentrai chez moi rempli de ces
idées; ma fureur s'étoit éteinte dans
le fang que je venois de répandre;
mon amour cedoit aux fentimens de
l'humanité, & mes réfléxions, n'ayant
plus rien à combattre, vinrent alors
me préfenter toutes les circonftances de mon crime. Quoi! difois-je, u-
ne Amante m'expofe aux coups d'un
ennemi redoutable! Je lui fuis donc
moins chèr que fa vengeance, elle ne
m'aime que pour acquérir le droit de
fe repofer fur moi de la cruauté de
fes paffions: Encore comment a-t-el-
le été offenfée? Aveugle que j'étois!
ne devois-je pas m'appercevoir
qu'elle vouloit punir un infidèle? Eft-
ce m'aimer que rappeller & pourfuivre l'ingratitude d'un autre? Mais
quel eft l'homme que je viens d'immoler à fa colère? Un homme qui m'a
arraché mon eftime, qui ne m'offen-
fa, que je ne vis jamais, & qui fans
doute tenoit un rang illuftre. C'eft
ainfi que ma raifon, d'abord impuif-
fante pour m'arrêter, fut bientôt af-
féz éclairée pour me punir. Elle s'é-
teignoit

teignoit cependant à mesure que
j'approchois du moment auquel je
devois recevoir le prix de mon o-
béïssance. C'étoit là l'heure de mon
amour, & je ne l'avois que trop ac-
coutumée à ne pas lui disputer ses
droits: Elle ne fit, pour ainsi dire,
que se montrer & disparoitre devant
un Rival qui avoit toujours triomphé de ses lumières. Je fus donc livré encore à ce nouveau maître, il
rappella toutes mes foiblesses, & leur
rendit tout l'empire qu'elles venoient de perdre. Ah! m'écriai-je,
dans ces nouvelles dispositions, que
je suis peu fait pour aimer! Que je
connois mal le bonheur de régner
dans un cœur! Mademoiselle de....
ne veut être heureuse que par moi;
pouvoit-elle chercher ailleurs ce
qui doit faire sa félicité? Etoit-ce
à un autre à sacrifier un homme qui
me disputoit son amour? Elle ne
veut que moi pour vainqueur, & son
ame, d'intelligence avec mes intérêts, s'est révoltée contre un homme qui les combattoit: Oui, elle
m'aime, & elle veut m'aimer, puisqu'elle perd ce qui pouvoit l'empêcher d'être à moi sans réserve.

Ces

Ces fentimens m'occupoient tout entier, quand je fortis pour aller lui rendre compte de ce qui s'étoit paffé: A quels tranfports ne m'attendois - je point ? La joie rouvrit ma bleffure, j'aimois à voir mon fang couler encore pour elle, & demander ma récompenfe; je me flattois de venir lui offrir fon bonheur & fon repos, & de le partager avec elle; mon imagination lui dictoit les expreffions de fa joie; je jouïffois de fes transports; je comptois fes remercimens; je l'entendois me jurer une foi éternelle; je la voyois prefqu'à mes pieds; je m'empreffois pour l'arrêter; je lui répondois par mes fermens & par mes larmes. J'entrai enfin avec la joie d'un Amant couronné, & la confiance d'un libérateur: Mademoifelle, lui dis - je en l'abordant, c'en eft fait, vous êtes vengée, votre ennemi a paié par fa mort le crime de vous avoir déplu. Je la vis friffonner, fes yeux fe troublèrent; puis rentrant fubitement dans un férieux qui m'effraia: Monfieur, me dit-elle, le voilà puni de fon ingratitude, & vous le ferez bientôt de votre inhumanité;

je

je n'ai d'autre prix à donner à votre
foumiſſion que la haine la plus implacable. Que dites-vous ? interrompis-
je, eſt-ce à moi que vous parlez ?
Oui, à vous-même, dit-elle, au monſtre le plus odieux que je puiſſe per-
ſécuter : Que ne puis je raſſaſier dans
votre ſang toute ma vengeance! Non,
lui répondis-je, me jettant à ſes
pieds, ce n'eſt pas à moi que ce diſcours eſt adreſſé ; ouvrez les yeux,
c'eſt votre Amant que vous voyez,
c'eſt lui qui vient d'expoſer ſa vie
pour vous obéir, qui ne l'a défendue
que pour vous défendre vous-même,
& vous l'offrir une ſeconde fois; voyez mon ſang: Hélas! je leuſſe tout répandu ſi vous l'aviez ordonné. Eſt-
ce à vous de me punir de l'empire
que vous avez ſur moi ? Cherchez
dans mon cœur tout ce que vous a-
vez perdu, connoiſſez mon reſpeƈt,
connoiſſez mes tranſports, ne ſau-
roient-ils vous dédommager? Voyez
comme je vous aime; je viens de
vous enlever un infidéle, un ingrat
qui a trahi votre foi, qui ne connut
ſans doute jamais le prix de votre a-
mour, & je vous jure une paſſion
éter-

éternelle, & une fidélité à toute é-
preuve. Et moi, interrompit-elle encore une fois, je vous jure de vous
détester toujours, c'est vous qui avez
fait mon crime, & fans vous j'aurois
encore mon innocence ; mais apprenez que je me confole de l'avoir perdue, fi par un nouveau crime je parviens à effacer le prémier, & à me
fatisfaire. A ces mots elle difparut,
& , je puis le dire, mon amour difparut avec elle. Il m'avoit profter-
né, & ma raifon me releva ; elle
me découvrit toute la honte de la fituation dans laquelle elle me furpré-
noit.

Je fortis plein de fureur de ces
lieux funeftes, & bien puni par
mes remords des defleins criminels
que j'y avois formés. Lorfque je
je n'eus plus de bandeau fur les yeux,
& que je les rejettai fur tout ce qui
venoit de m'arriver : Hélas ! difois-
je, par quel aveuglement me fuis-je
donc livré à une furie ? Comment
ai-je pu m'y méprendre ? Il ne me
refte que mon crime & le répentir
ftérile de l'avoir commis : Pleurons;
mais en pleurant vengeons-nous par
le

le mépris de l'auteur de mon infortune.

Voilà le dénouement fatal de ma première avanture. On peut y retrouver dans la moindre circonstance le malheur d'un homme, qui, sans goût & sans choix, se livre aux caprices d'une femme. Nous sommes le plus souvent les instrumens & les victimes de leurs passions : La raison seule est propre à nous gouverner, c'est elle qui doit guider nos hommages, examiner, pour ainsi dire, & confirmer les ordres de l'Amour. Je dois ces réfléxions à mon malheur, & à la perfidie de mon infidèle; nous sommes ainsi punis de nos passions par nos passions mêmes ; & souvent nous puisons notre innocence dans les sources de nos égaremens.

Le bruit de la mort de mon inconnu se répandit bientôt à la Cour & à la Ville; mais personne ne me le nommoit, & toutes mes recherches furent inutiles. Les soupçons ne vinrent jamais jusqu'à moi. Je me montrai par-tout ; les démarches même que je fis publiquement pour le connoître furent excusées, par la

cu-

curiosité à quoi on les attribuoit. J'é-
tois cependant trop intéressé à la vérité pour rien négliger de ce qui pouvoit m'aider à la découvrir. Je chargeai un ami de gagner celle des femmes de Mademoiselle de..... qui,
dans le cours de mon inclination,
m'avoit paru avoir le plus de part à
sa confiance. Sa maison n'étoit pas
une école de vertu, & la fidélite dans
tous les genres y étoit très étrangère. Cette femme promit bientôt de
m'aprendre tout ce qu'elle savoit de
ce funeste secrèt. Je la vis en effet
le lendemain, & voici tout ce qu'il
me fut possible d'en tirer.

Sa maîtresse avoit entretenu pendant deux ans une habitude qu'elle
avoit soigneusement cachée, parce
que sa Mère vivoit encore. Son A-
mant ayant été rappellé en Province,
y devint infidèle, & s'y maria avan-
tageusement. Mademoiselle de....
désespérée de se voir trahie, jura de
s'en venger. Elle chercha longtems
un ministre de sa vengeance: Elle jetta les yeux sur moi, &, s'étant assû-
rée de mon obéïssance, elle fit écrire
à son ennemi, au nom de son Frère
qui

qui arrivoit de France. Sa Lettre ex-
primoit toute sa fureur ; elle lui demandoit raison de l'affront qu'elle
prétendoit avoir reçu, & lui assignoit
un jour & un lieu pour le combat.
Comme la lettre étoit offençante,
elle irrita celui à qui elle étoit adres-
sée. Il accepta le défi, & s'échapant
des bras de sa nouvelle Epouse, il
courut à la mort qui l'attendoit.
C'est-là tout ce que je pus arracher
de cette confidente, elle m'assûra
que Mademoiselle de.... s'étoit toujours opiniâtrée à taire le nom de son
Amant qu'elle pleuroit nuit & jour,
& qu'elle ne prononçoit le mien que
pour le maudire.

Mon indifférence ne me permit
pas d'être sensible à sa haine : Je cherchai à effacer dans les plaisirs l'im-
pression douloureuse que mon malheur avoir laissé dans mon cœur ;
mais je ne me trouvai plus pour eux
cette vivacité inquiète, qui, avant
mon avanture, me rendoit avide pour
tout ce qui portoit le titre d'amuse-
ment. Je m'ennuiois de tout, les
plaisirs violens m'étourdissoient, & la
joie tranquille avoit à peine de quoi
m'é-

m'effleurer. Les femmes n'étoient
point ma reffource, je n'en voyois
point qui ne me fît friffonner ; je
partageai entr'elles le mépris que
Mademoifelle de.... méritoit toute
feule ; je ne lui en donnois que fa
portion, & j'accufois prefque tout
fon fexe d'un caractère, qui fans doute n'appartenoit qu'à elle, mais que
je craignois de rencontrer encore.

La Cour me parut le théatre du
vice ; & ma mélancolie prenant le
langage de la vertu, me perfuada de
me retirer. Mon crime devoit être
expié, & j'étois deftiné à trouver dans
la folitude de nouvelles peines qui
prendroient leur fource dans le fang
que j'avois répandu. Je fentois mon
cœur m'emporter à une nouvelle inclination ; je le voyois s'échaper dans
mes rêveries, & parcourir tout ce
que les compagnies lui préfentoient
de plus aimable ; je craignis pour fa
foibleffe ; & mon goût fe confon-
dant avec ce que je prenois pour vertu, je pris le parti de me cacher.

Je me dérobai brufquement à mes
amis, & j'allai me fixer dans une de
mes terres dont j'avois toujours ouï
fai-

faire une defcription agréable. J'y
arrivai dans la belle faifon : La beauté de ma retraite, & les fombres
difpofitions de mon efprit me firent
croire que j'allois enfin devenir heureux. Que ma jeuneffe ne rende
point ici mon lecteur incrédule : Je
haïffois le monde, & il eft de tous les
âges de fuir ce qu'on n'aime point. Il
verra bientôt renaître mes paffions.
Comme ce n'étoit pas la vertu qui les
enchaînoit, elles eurent bientôt fe-
coué le joug étranger que je leur
impofois ; leur filence ne dura pas
longtems : Pouvois-je fans appui ne
pas m'ennuier dans une folitude où
je ne retrouvois que moi ? Il fallut
donc me diftraire, & raffembler fouvent dans ma retraite ce que je m'é-
tois promis de fuir pour toute ma
vie : Ma maifon devint une maifon
de plaifir. J'excufai mon inconftance
par l'opinion où j'étois que ma nouvelle fociété étoit moins dangereufe. En effet, je n'y trouvai que la Nature & la Simplicité : Les hommes y
étoient vrais, doux & traitables, &
les femmes n'y connoiffent pas cet
art dangereux de galanterie, qui à réduit

duit la féduction en fyftême; elles plaifoient par leur innocence, & je cherchois dans leur commerce, les vertus que la Cour m'avoient enle-vées. Mais je ne voltigeai pas long-tems fur ces beautés champêtres; je fus bientôt fixé. Je vis par hazard une belle inconnue, toutes mes ré-folutions, mon dégoût pour les fem-mes, mon éloignement pour l'amour tout tomba à fes pieds, & fes regards me rendirent mes prémières difpofi-tions. Je la vis pour la prémière fois dans un Château voifin: Je remarquai fur fon vifage une expreffion de dou-leur qui remplaçoit fa vivacité, & qui étaloit les graces mêmes qu'elle avoit effacées; fa beauté perçoit à travers ce voile trop foible pour la dérober toute entière. J'appris qu'el-le pleuroit un mari aimable que la mort lui avoit enlevé. Sa douleur é-toit fincère, & dix mois d'affliction n'avoient pas encore tari fes larmes. Je la quittai pénétré d'admiration,& vaincu fans reffource. Qu'on eft heureux, me difois-je à moi-même, quand on aime ce qui mérite vérita-blement d'être aimé! La mort ne

nous

nous enlève point nos droits sur un cœur fidèle : Pourquoi ce bonheur n'a t-il pas été fait pour moi? L'aimable veuve m'infpiroit fes regrets : Avant de la voir je croyois que pour être heureux il ne falloit point aimer. Je l'eus à peine apperçue, que je plaçai le fouverain bien dans une inclination bien affortie, & je le fis confifter, bientôt après, dans le bonheur de l'adorer, & d'en être aimé. Mon cœur alloit s'enivrer dans ma mémoire; il couroit y retrouver fes graces, y jouïr encore de fa converfation, y raffembler tous fes charmes, & fe livrer à fes appas.

Je trouvai fans peine les occafions de l'entretenir, mon amour ne fe produifoit que dans mes foins & mon empreffement : Je pleurois avec elle, je m'affociois à tous fes fentimens, je voulus frapper par la reffemblance; mais fon cœur étoit infenfible, la reconnoiffance & l'amitié ne pouvoient me conduire jufqu'à lui : Il fallut parler; fa douleur étoit trop farouche pour me permettre une déclaration; je travaillai à la forcer de connoître mes fentimens;

mes

mes difcours rouloient tous fur l'a-
mour; je ne parlois qu'en général
de l'union, & du bonheur de deux
cœurs faits l'un pour l'autre; mes
yeux feuls en faifoient l'application.
Cette méthode fut encore inutile,
elle n'entendoit qu'un langage dans
ce genre, & le feul homme qui pouvoit le parler étoit mort.

Quoi! lui dis-je un jour, défefpéré
de fon filence & de fon obftination,
vous ne découvrez plus rien dans
le monde qui mérite vos regards?
N'y a-t-il perfonne en état de vous
confoler, & de vous rendre cet a-
mour, cette fidélité & tous ces tranfports que la mort vous a enlevés? Es-
tes-vous perdue pour le Genre hu-
main? Cachez donc vos vertus,
n'expofez point les hommes à la fatale néceffité de les adorer, & au
défefpoir d'apprendre que vous n'en
jugez plus aucun digne de vous.

Je vous entends, me répondit-elle, Monfieur, & je vous entends depuis plus longtems que vous ne penfez. Je connois tous les progrès que
j'ai faits dans votre cœur, je vous
paye par toute mon eftime; mais,

ou

ou vous vaincrez ma raifon & mes
fermens, ou vous n'irez jamais plus
loin. Ce n'eft pas à vous à chaffer
de mon cœur l'idée précieufe de l'a-
mant que j'ai perdu ; je ne rappelle
le titre de mari qu'il oublia toujours,
que pour avoir le droit de le pleurer
par tout ; je vous en avertis encore,
il ne vous appartient pas de l'effacer. Vous avez des vertus, & vos
qualités étoient les fiennes: Ce qui
en vous mériteroit ma tendreffe
m'avertit de tout ce que je dois à ce
que j'ai poffédé : Eh! ne dois-je point
ma fidélité à ces mêmes chofes auf-
quelles je croirois devoir mon amour
fi j'étois libre! Travaillez à vous
vaincre, vos efforts feront inutiles.
J'ai pour me défendre tout ce que
vous avez pour m'attaquer. Vous
m'ébranlerez par des graces qui me
foutiendront en me rappellant celles
d'un homme à qui j'ai mille fois juré
de n'aimer que lui ; en un mot nous
ne fommes pas faits l'un pour l'autre,
parce que je fuis faite pour être fidèle.

Ces paroles m'étourdirent dans les
prémiers inftans ; mais j'apperçus
bien-

bientôt tout ce qu'elles contenoient
de flateur. J'y fondai toute mon espe-
rance : Je promis de ne plus parler
d'amour, pour obtenir la permission
de n'être pas fidèle à ma promesse.
J'assûrai ma charmante Veuve que je
me rendois à ses raisons, & que je
goûtois toute leur solidité. J'acquis
par là le droit de la voir, de me faire
honneur de mon obéïssance, & de
m'unir au tems pour triompher de sa
douleur & de sa constance. Je retranchai en effet de ma conduite
tout ce qui pouvoit démentir la parole que je venois de donner.

Je la voyois tous les jours ; mais
je n'étois pour elle que ce que j'étois
pour toutes les autres. Je fus toujours doux, complaisant, empressé ;
je n'avois garde de cacher aucun de
mes talens ; je ne travaillai qu'à lui
dérober la part qu'elle avoit à tous
les soins que je prenois pour paroître
aimable. Je faisois ainsi, sans qu'elle pût s'en défier, passer sous ses yeux
tout ce qui pouvoit m'aider à la
vaincre ; je m'armois contre elle de
toutes mes forces, sans jamais lui
fournir l'occasion de les repousser,

&

& de croire qne je les réuniſſois contre ſa réſiſtance. Je m'attendois que
ne trouvant plus dans mon amour un
prétexte de me craindre, elle ne fer-
meroit plus les yeux à ce que je mé-
ritois, & que mes ſoins, dépouillés
de ce qui devoit les rendre dangereux & inutiles, la forceroient enfin
à s'appercevoir que j'étois aimable,
& que je devois n'être pas rebuté.

Mon amour ſe plia longtems à
cette forme étrangère, & à ce langage inconnu. Il ne ſe rebuta point
d'une contrainte qui parut inutile
bien plus de tems que je ne l'avois
penſé. Je ne démêlois rien de ce
qui ſe paſſoit dans le cœur de Madame de..... elle m'aplaudiſſoit, elle
recherchoit ma converſation, je ſentois qu'il ne lui échapoit rien de ce
que mon amour lui appliquoit en ſecrèt ; mais ſa conduite étoit toujours
unie ; ſes yeux ne faiſoient que me
regarder ; il n'échapoit, ni à ſa poli-
teſſe, ni à ſa complaiſance, aucune
expreſſion de tendreſſe ; j'étudiois
tous ſes pas, j'examinois toutes ſes
actions ; mais je n'appercevois point
l'amour, je n'en découvrois nulle

B 3          part

part aucun veſtige. Cette idée me
déſeſpera; je craignis de ne l'avoir
que trop perſuadée que j'avois ceſſé
de l'aimer, & que j'étois réellement
coupable du crime de lui avoir obéï.
Cette crainte me replongea dans
mes langueurs, je devins triſte & rê-
veur; je me retrouvai dans cette me-
lancolie funeſte que j'avois déja é-
prouvée. Elle détruiſit ma ſanté; je
perdis cet embonpoint & cette
fleur de jeuneſſe qui faiſoient tout
le mérite de ma figure.

Je voyois toùs les jours l'auteur de
mes peines, & elle me parut auſſi
inſenſible à ma langueur qu'elle me
l'avoit paru juſques-là à mon enjouement. Sa compaſſion n'avoit que la
teinture de l'eſtime, & peut-être de
l'amitié, & l'amour qui cauſoit mes
maux pouvoit ſeul les guérir. Je dé-
périſſois cependant; car tel eſt ſur
moi l'effet des paſſions violentes, que
mon corps en eſt auſſi fatigué que
mon ame; ces deux victimes ſont
inſéparablement unies, elles gemiſ-
ſent ſous le même joug, & elles
ſuccombent ſous le même fardeau.
Mes peines ne pouvoient finir que
par

par un remède violent ; je résolus de parler, & de périr plutôt par un arrêt, que par l'incertitude. La crainte étouffoit mes espérances ; j'avois promis, non seulement de ne plus aimer, mais encore de ne jamais parler d'amour ; j'avois applaudi aux raisons de Madame de…. & je les avois fortifiées de mon approbation. N'étoit-ce pas l'offenser que de lui déclarer que je l'avois trompée ? C'étoit cependant là mon unique ressource, je n'en trouvois point dans mes propres forces, & l'avenir ne m'offroit qu'une affreuse succession d'amour & de peine.

Je choisis une heure favorable à mon dessein ; & ranimant mes espérances par mon amour, & mon amour par mes espérances, j'abordai l'aimable objet de l'un & de l'autre. Ne rougirez-vous point de votre cruauté, lui dis-je en m'approchant, & ne vous appercevrez-vous jamais de votre ouvrage ? Comment n'ai-je point exprimé mon amour ? Je l'exprimai par ma soumission, je l'exprime aujourdhui par ma pâleur & ma désobéissance ; ne m'entendrez-vous point, & m'avez-vous condam-

né

né à traîner ma vie dans des douleurs éternelles ? Ne m'oppofez
point vos fermens; ce n'eft pas les
violer, c'eft être fidèle à votre mari
d'aimer en moi ce que vous aima-
tes en lui : Qu'avoit-il que je ne pos-
fède? Il puifa dans vos yeux & dans
votre cœur ces vertus qui vous le
rendent fi cher : Ouvrez-moi les
mêmes fources, & vous les verrez
naître en foule dans mon ame: Jet-
tez la vue fur mon amour, vous y
trouverez ce que vous pleurez,
vous y appercevrez le fond infail-
lible d'une paffion fans exemple, &
d'une fidélité éternelle. Vous l'a-
vez recompenfé de fes fentimens:
pourquoi me punir de penfer & de
vous aimer plus que lui? Il fut votre amant dans le mariage, le devoir & l'honneur réclament la moitié de fes mouvemens , & l'amour
a produit tous les miens; il ne les
partage qu'avec lui-même, & vous
le verrez toujours acquitter feul
tout ce que je vous devrai : Pro-
noncez. Que dois-je efpérer? Eft-
ce la mort ? Eft-ce la vie ? Dois-
je vivre pour vous aimer encore,
pour remplir de vous feule tous
les

les inſtans que vous allez m'accorder? Dois-je mourir pour vous a-
voir aimée plus que mon repos,
plus que moi-même, pour avoir vu
vos charmes, & pour avoir obéï à
ce qu'ils éxigent de tous ceux qui
les apperçoivent?

J'attendois mon arrêt, je fixai en
tremblant mes yeux ſur ceux de Madame de.... elle ne répondoit rien;
mais je crus l'avoir ébranlée. Quoi!
ajoutai-je en embraſſant ſes genoux,
vous ne me dites rien? Ah! ſi vous
m'aimiez, vous ne chercheriez point
une réponſe; l'amour l'auroit faite
avant que je l'euſſe demandée, il
vous l'eût inſpirée, & je devois la
trouver dans vos yeux, & la lire ſur
votre front. Levez-vous, me dit-
elle alors, vous triomphez; je vous
aime, & je veux bien vous l'avouer;
mais vous payerez cher votre victoire. Je ne la cède que malgré moi,
& parce que je ne ſaurois réſiſter au
penchant victorieux qui m'emporte
vers vous. Préparez-vous à des travaux; & puiſque votre amour me
donne le droit de vous donner des
ordres, je vous commande d'être un

B 5                         an

an fans me voir. Je demande tout
ce tems pour travailler à vous oublier, je n'y épargnerai rien ; mais,
fi malgré tous mes efforts, vous ré-
gnez encore dans mon cœur, & fi,
par votre fidélité & votre obéïffance, vous êtes alors digne de mon a-
mour, je vous facrifierai tous mes
fcrupules, & je me donnerai à vous
pour toujours. Ne repliquez point ;
la véritable tendreffe confifte dans la
foumiffion. Je fens que l'épreuve eft
difficile ; mais ma fermeté, mon
triomphe fur ma paffion doivent ré-
gler votre courage ; & mon amour,
qui eft le prix que je vous propofe,
doit le foutenir. Je vous quitte :
Quand vous répandrez des larmes
pour moi, fouvenez-vous que j'en
répands pour vous. Je vous promets
cependant de vous venger de ma rigueur ; je dois défirer qu'en ceffant
de m'aimer, vous me forciez à une
fidélité que votre conftance ne devroit point ébranler.

Elle fuit alors, & m'abandonna à
des mouvemens que je n'entrepren-
drai point de décrire. Elle m'aimoit,
& fon amour auffi cruel que la haine,

ne, me condamnoit aux douleurs d'une année. Je mefurois cet efpace par les foupirs & les peines dont je devois le remplir; j'embraffois d'un coup d'œil cette longue fucceffion de travaux, & c'étoit en faire un fiè-cle. Quoi! difois-je, pleurer encore ! Par quelle fatalité fuis-je deftiné à verfer des larmes, dans l'inftant mê-me que j'apprends que je fuis aimé? Ainfi tout fe réunit pour me perfé-cuter. J'ai été victime de l'ingrati-tude, l'amour & la vertu s'arment encore aujourdhui contre moi, & ne me couronnent que pour me con-damner. Puis, jettant les yeux fur les beautés qui devoient être la ré-compenfe de mes chagrins, je me fa-miliarifai avec leurs rigueurs, l'a-mour répandit fur eux ce fentiment de joie dont il peut tout animer; cha-que foupir m'offroit une couronne; je confentis à tout, j'obéïs fans murmure; & fi mes difpofitions a-voient pu être comptées, ces pré-miers momens euffent acquitté tout ce qu'on éxigeoit de moi.

J'allai me renfermer, & condam-ner mes yeux à ne rien voir, puis-

qu'ils

qu'ils ne pouvoient plus se fixer sur
le seul objet que mon cœur leur eût
permis de considérer. Je ne la voyois plus ; mais je trouvois dans l'o-
béïssance même de quoi me dédommager. J'allois la trouver dans mon
cœur, mes homages couroient l'y
chercher; là, je l'abordois sans crainte, je l'entretenois sans lui déplaire,
j'osois m'applaudir devant elle de ma
constance dans les maux que je souf-
frois pour obéïr à ses ordres; j'accu-
sois quelquefois sa dureté, mais je
finissois toujours par la soumission &
la fidélité.

Madame de.... de son côté, étoit
dans la retraite; le droit que mon
cœur avoit sur ses actions étoit trop
bien fondé pour que je négligeasse
de m'en informer. Elle vivoit seule,
& s'étoit même retranché les amusemens les plus innocens. Nous passa-
mes ainsi sept mois dans les contrain-
tes d'une épreuve sans doute trop ri-
goureuse. Nous avions rempli les
conditions avant le terme, & notre empressement l'avoit, pour ainsi
dire, rapproché sans l'abréger: J'i-
gnorois, il est vrai, si je régnois en-
co-

core dans fon cœur; mes fentimens diffipoient mes foupçons fur les fiens; mon amour me raffûroit, & je m'abandonnois avec confiance au preffentiment fecrèt qui me flatoit, que je devois la poffëder. Je tou-chois en effet au moment heureux qui alloit triompher de toute fa ré-fiftance.

Je m'étois rendu chez un ami pour une affaire importante : comme je me retirois pour aller reprendre mes peines, je ne pus réfifter à mon a-mour, le Château de Madame de.... n'étoit pas loin du chemin que je fuivois, il voulut voir le lieu fortuné qui la renfermoit. Je ne promis d'a-bord que de la lui montrer, & ma hardieffe n'alla jamais jufqu'à elle. Je m'approchai en effet les yeux tou-jours fixés fur cette maifon précieu-fe; j'entrai dans une maifon du Villa-ge, & me fixant à une fenêtre, je per-mis à mes regards de fe raffafier d'u-ne vue fi chère. Je ne rendrois que très imparfaitement toutes mes idées. J'allois chercher Madame de.. à travers l'épaiffeur des murs qui me la déroboient, je l'entendois pronon-

cer

cer mon nom, & l'unir à celui de l'amour; je tombois à ſes pieds, elle me relevoit; je l'entretenois de mon obéïſſance, & je la voyois ſe rendre à ma tendreſſe. L'eſpérance m'arrachoit de la fenêtre, & m'emportoit à ſes genoux; la ſoumiſſion m'y ramenoit, & me rendoit à ma contemplation. Je m'y ſerois oublié toute ma vie, ſi Madame de.... ne m'avoit offert un bien plus ſolide.

Je vis arriver un de ſes domeſtiques qui vint de ſa part me prier de monter chez elle. Je n'avois pris aucun ſoin de me cacher; & les gens de ma ſuite s'étant répandus dans le Village, elle avoit bientôt appris mon arrivée. Mon deſſein n'étoit pas de la lui dérober, je voulois qu'elle apprît que je reſpectois aſſez ſes ordres pour vaincre ma curioſité, & pour leur ſacrifier le plaiſir de la voir. Quelle fut ma joie quand je reçus celui de me préſenter devant elle! J'y volai : Ses regards vinrent me chercher juſqu'à ſa porte; comme leur expreſſion eſt la plus rapide, elle les chargea de m'annoncer qu'elle m'aimoit encore.

J'en-

J'entrai plein de confiance ; fon accueil m'apprit tout ce que je devois attendre. Monfieur, me dit-elle d'un ton doux & badin, je n'euffe pas cru que vous euffiez befoin d'un ordre pour entrer chez moi, quand vous vous trouvez fi près. Madame, lui répondis-je, je ne cherche point à me juftifier, vous connoiffez la fource de ma faute; j'ofe cependant vous prier d'avoir affez de bonté pour ne pas me la pardonner. Non, interrompit-elle, vous êtes pardonné : Ne déguifons rien, m'aimez-vous encore? Ah! lui dis-je, faut-il le demander? Rappellez tous mes fermens, ajoutez-y tout ce que j'ai fouffert loin de vous, & reconnoiffez mon amour. Je me rends donc, dit-elle, & ma défaite me coute affez pour que je ne puiffe me la reprocher. Je fuis à vous; mais connoiffez toutes vos obligations. Vous allez remplir la place de l'Epoux le plus tendre : Sa complaifance, fa douceur, fa fidélité ont fait le bonheur de ma vie; il ne ceffa jamais de foupirer; il m'offrit tous les jours de nouveaux fujets d'amour;

je

je règnois dans son esprit, je règnois dans son cœur; il ne cherchoit ses plaisirs qu'en moi; & depuis sa mort jusqu'au jour que vous en avez triomphé, je n'ai cherché les miens que dans la douleur & les larmes. Je me réserve, en me donnant à vous, le droit de le pleurer encore, vous aimer toujours, le regretter; voilà le partage de ma vie : J'attends de vous tout ce que je trouvai en lui. Vous avez à justifier ma foiblesse , & je veux bien aujourdhui vous la dévoiler toute entière. J'ai désiré cent fois, depuis notre dernière conversation, que vous ne fussiez point docile aux ordres que je vous avois donnés; je me plaignois de votre obéïssance; j'osai me flater que l'amour en triompheroit, & je vous fis presque un crime de votre fermeté. Cependant votre retraite m'apprenoit que vous m'aimiez toujours; j'ai compté vos peines, & je les ai payées par les miennes. En un mot je vous aime; encore une fois c'est à vous à justifier mon amour. Je vais vous épouser; mais songez à mes conditions, me rendrez-vous mon époux ? Oui:

ré-

répondis-je, Madame, je vous le rendrai avec tout fon amour. Je m'en fie à vos charmes, je m'en fie à mes tranfports; j'ofe me flater même de l'emporter fur lui : Appartient-il à quelqu'un d'aimer comme je vous aime? Eh bien, dit-elle, regardez-moi comme votre époufe : Je ne vous demande que le tems d'informer de mes difpofitions un frère que j'aime tendrement. Hélas! que dira-t-il de ma foibleffe? C'étoit le plus fidèle ami de mon époux; il a connu toutes fes vertus : Me pardonnera-t-il de les oublier? il ne connoît pas les vôtres ; la feule excufe que je puiffe préfenter, & je le vois friffonner de mon inconftance: N'importe , je vous peindrai à fes yeux, je lui offrirai un ami digne de remplacer celui qu'il a perdu. Que fa mort a dû lui couter de larmes! Je ne l'ai point vu depuis ce malheur; il eft allé en France chercher des diftractions à fa douleur, & fa Patrie lui eft devenue odieufe par la perte de fon ami. Il fut prefque le témoin du crime qui m'en a féparée pour toujours; mais fes recherches ont été inutiles, &

l'afl'affaffin s'eft dérobé à la vivacité de fes pourfuites. Vous m'aiderez à le confoler, il vous recevra de mes mains, & je verrai enfin renaître dans ma maifon la plus tendre union qui fût jamais. Attendons fon confentement pour nous unir, ma joie fera bien plus parfaite fi je la vois s'augmenter de la fienne.

Voilà le plus beau jour de ma vie: Il me fut permis dès lors de voir tous les jours Madame de.... & de l'entretenir de mes fentimens pour elle. Quels momens! Je lui offrois le plan de ma conduite pendant le mariage, complaifance, empreffement, fidélité; je faifois repaffer tout fous fes yeux, je conduifois fa reconnoiffance dans cet avenir que mon amour embraffoit dans toute fon étendue, & dont il nous faifoit jouïr, en le fixant, pour ainfi dire, devant nous. Nous raprochions tous nos plaifirs, ces égards tendres, cette fatisfaction tranquille d'où naît le bonheur de deux époux, nous réuniffions tout, & le préfent contenoit pour nous tous les charmes que les Amans les plus paffionnés ne font que prévoir ou efpérer.                    Nous

Nous attendions, dans ces difpofitions, la réponfe de fon frère : Elle
arriva enfin. Il marquoit d'abord à
fa fœur toute fa furprife; il l'accu-
foit prefque d'ingratitude. Le com-
mencement de fa Lettre n'étoit que
l'éloge de fon Epoux; il paroiffoit
qu'il croyoit impoffible qu'elle pût le
remplacer. Son ftile cependant s'a-
douciffoit peu à-peu: Puifque vous
demandez mon fuffrage, difoit-il, je
vous l'accorde, je connois affez vos
lumières & vos fentimens pour me
raffûrer. Le portrait que vous me
faites de votre Amant, les avantages
que ce mariage vous procure, l'honneur de fon alliance, tout me force
à y confentir. Si la raifon, plutôt
que l'amour, a conduit votre plume
quand vous me l'avez dépeint, j'ofe
me flater enfin que ma douleur finira
avec la vôtre; & bien loin de vous
reprocher votre inconftance, je pré-
vois que bientôt je ferai moi-même
infidèle, finon à mon ami, du moins
à mes peines. Il promettoit à la fin
de fa Lettre de venir dans peu partager notre joie.

Tous les obftacles fe trouvèrent
le-

le  és; & pour la prémière fois de
ma vie j'allois être véritablement
heureux. J'écrivis au frère de Madame de.... jufques-là elle n'avoit
point voulu me le permettre. Je le
remerciai de toute fa bonté, je combattis fes fcrupules , & je travaillai
à le raffûrer fur toutes fes craintes.
Je lui offris mon amitié, je lui de-
mandai la fienne, & ma Lettre ex-
primoit les fentimens les plus em-
preffés & les plus tendres. Il répondit avec tranfport, & j'héritai ainfi,
pour l'amour & l'amitié, de tout ce
qui avoit appartenu à celui de qui
j'allois prendre la place. Nous ne
penfames plus Madame de.... & moi
qu'à preffer le moment fortuné qui
devoit nous unir : Il arriva enfin. Je
me trouvai dans cette fituation violente de bonheur, dont les fréquentes fecouffes ébranlent l'ame la plus
vigoureufe ; j'étois furchargé de ma
félicité, je n'étois pas accoutumé à
me voir ainfi, s'il eft permis de le
dire, noyé dans les plaifirs ; les graces de mon époufe, le nombre de
fes vertus, tout m'inondoit.

Je m'accoutumai peu à peu à cette

te heureuse abondance, & je me trouvai enfin dans cet état tranquille, dans lequel on goûte tout sans yvresse ; je partageai mon attention, je divisai les différens objets ; cette foule qui m'accabloit d'abord fut changée en une variété heureuse qui remplissoit différemment tous mes différens désirs. J'étois heureux de mon propre bonheur, & de celui de ma nouvelle épouse. Ma vivacité parcouroit tous ses appas, j'errois de grace en grace, & je payois à chacun le tribut d'amour qu'il méritoit ; la constance, en me retenant dans le même objet, me procuroit ainsi tous les plaisirs de l'infidélité. Je me montrois de même à ses yeux tous les jours sous une forme différente : Tantôt je lui offrois tout le feu des transports, & l'active rapidité des passions, & tantôt je me parois de la lente solidité de la raison. Nos jours étoient filés de joie ; l'amour, l'amitié, l'estime, la confiance, tout nous prêtoit ses plaisirs : Ils nous suivoient par tout, ils naissoient sous nos pas. Nous rassemblions les situations les plus différentes, la tranquil-

quillité de la poſſeſſion, les mouvemens de l'eſpérance, les efforts de la
fidélité, la confiance des déclarations, & les triomphes du mariage.
Nous nous étions fait, pour ainſi
dire, une langue qui n'appartenoit
qu'à nous, elle n'avoit qu'une expreſſion qui ſuffiſoit à l'immenſe va-
rieté de nos ſentimens; & je vous
aime, rendoit pour nous toutes les
idées de notre eſprit, & tous les
mouvemens de notre cœur. Voilà
en effet ce que nous ſentions, & ce
que nous penſions, tout ſe confon-
doit avec notre amour, en prenoit
l'expreſſion & la teinture, & ne méritoit, que par cette ſeule alliance,
de nous occuper.

Mon épouſe pleuroit quelquefois,
& j'étois amoureux de ſes larmes; je
trouvois dans ſa fidélité que, ni les
plaiſirs, ni un nouvel amour ne pouvoit éteindre, un ſujet de confiance
qui me faiſoit aimer ſes pleurs, &
croire qu'ils n'étoient répandus que
pour moi. Sa douleur cependant ne
s'oppoſoit jamais à ma joie, elle reſ-
pectoit ſon activité, elle diſparoiſſoit
devant elle; mais je n'étois pas plutôt

tôt éloigné, que, comme si j'avois emporté avec moi le seul prétexte qui lui permît d'être satisfaite, elle se replongeoit dans les regrets, & s'acculoit presque de ne pas en remplir tous les momens de sa vie. Je m'en apperçus; & quelque content que je fusse de découvrir dans son cœur de nouvelles vertus, cet avantage me parut trop pénible pour ne pas travailler à le détruire. Je redoublai mes efforts, je ne l'abandonnai jamais à sa douleur, je la suivois partout pour la défendre contre elle-même; je ne réussis cependant qu'à rendre ses attaques mois fréquentes, & je n'étois pas destiné à l'étouffer pour toujours.

Madame, lui dis-je un jour, j'apperçois, & tous vos plaisirs, & toutes vos peines. Je suis trop pénétré des uns, pour oser jamais me plaindre des autres: Mais pourquoi empoisonner votre vie & la mienne? Pourquoi, par votre douleur seule, empêcher un époux que vous aimez, d'être souverainement heureux? Jusqu'ici vos pleurs n'ont combattu que votre repos, ils attaquent

au-

aujourdhui le mien avec le vôtre. Je
ne vous dirai point que fi je rem-
pliſſois votre cœur comme vous
rempliſſez le mien, il ne s'y trouveroit plus de mouvement étranger:
Non, j'y fuis, & quelque rang que
j'y occupe, je ne fuis que trop récompenſé de mon amour : Mais
permettez-moi de vous défendre
contre vous-même, oubliez un
homme qui ne ſubſiſte plus que
pour vous agiter: Vous avez retrou-
vé ſa tendreſſe, ſa ſoumiſſion, ſes
empreſſemens ; il ne lui reſte que
ſon nom: mérite-t-il de troubler la
tranquillité de votre deſtinée ? Pourquoi le rappeller? Ah! fi j'oubliois
tout ce que je vous dois, fi mes
yeux & ma raiſon ſe fermoient ſur
vos graces, vous pourriez alors l'arracher du tombeau, & forcer ſes
cendres à dépoſer contre moi. Si
mon bonheur rallentiſſoit mon a-
mour, s'il s'éteignoit dans la poſſeſſion, vous pourriez me rappeller ſon
hiſtoire, & m'offrir un modèle de
fidélité dans ſon mariage ; mais je
retrouve dans mon cœur, & l'imi-
tateur, & le modèle; j'y lis, & mon
de-

devoir, & mon hiſtoire : Pourquoi donc fixer votre mémoire, & ſans doute votre cœur, ſur un objet qui ne ſauroit jouïr de vos regrets ? J'en jouis moi-même, me répondit-elle, & c'eſt aſſez ; mes larmes ne doivent point vous offenſer. Vous n'avez demandé, & je ne vous ai promis que mon amour, laiſſez-moi diſpoſer de ma douleur. Hélas! elle n'eſt pas ſans doute tout ce qu'elle devroit être! Je m'abandonne toute entière au plaiſir d'être à vous ; à peine depuis notre union ai-je pleuré quelques inſtans. Cependant j'ai cherché à vous dérober mes ſoupirs, j'ai craint la part que vous daignez y prendre. Je vous les cacherai encore : mais, ſi malgré mes ſoins, vous les ſurprenez quelquefois, je vous en conjure, ne m'en parlez plus, & laiſſez-moi ignorer que je vous aye donné des ſujets d'affliction.

J'obéïs, & je ne cherchai plus à la conſoler que par mon attachement à lui plaire. J'étois comblé des faveurs de l'amour, & je n'avois plus à déſirer qu'un ami fidèle qui voulût partager ma fortune & ma joie.

Mon épouse m'entretenoit sans cesse de son frère; & son nom, dans les momens même les plus heureux, venoit s'associer à nos plaisirs. Nous soupirions après le jour qui devoit nous le rendre; nous n'oubliames rien pour le presser; nous écrivions l'un & l'autre; mes lettres annonçoient le plus vif empressement d'embrasser un frère qui devoit me devenir si cher. Il répondoit à mon amitié bien plus encore qu'il ne répondoit à mes prières. Son stile étoit aussi animé que le mien, & son cœur me parut avoir pour moi les mêmes dispositions que je ressentois pour lui. Il promit enfin d'arriver auprès de nous. Avec quels transports d'impatience n'attendois-je pas le bonheur de le serrer entre mes bras! Mon cœur étoit le prémier présent que je devois lui faire, il voloit au devant de lui, & s'accoutumoit à se confondre avec le sien.

Il parut en effet; je l'attendois dans l'appartement de sa sœur assis auprès d'elle; nos deux visages exprimoient la vivacité de l'amour, & l'empressement de l'amitié: Il entra:

Mais,

Mais, Dieu! qu'elle entrevue! Quoi!
ma sœur, dit-il en frissonant, le
meurtrier de votre mari dans vos
bras! Il n'ajouta rien, la colère lui
étouffa la parole dans la bouche;
mais hélas! que pouvoit-il ajouter?
Ma malheureuse épouse tomba sans
sentiment, & je fus renversé du même coup; je n'avois que trop reconnu le funeste témoin de mon crime.
Quel spectacle! J'ouvrois les yeux,
l'horreur les chassoit de par-tout, ils
n'osoient se fixer, & parcouroient
ainsi tous les sujets de douleur qui
m'environnoient; mon cœur étoit
ouvert à tous ces traits qui se réunis-
soient pour le percer! l'affreux désespoir de mon épouse, la fureur de son
Frère devenu mon ennemi, la douleur d'être l'auteur de tant de maux,
tout m'accabloit, & conspiroit à
m'arracher le sentiment & la vie.
Je me retirai de ce lieu fatal qui
m'offroit tant d'horreurs, je courus
me cacher dans le fond d'un aparte-
ment; mais ces cruelles images me
poursuivoient par tout: Quel état!
qu'il étoit différent de ces jours tranquilles que j'avois coulés dans les

mou-

mouvemens les plus heureux! Hélas,
difois-je, un feul crime mérite-t-il
des fupplices fi cruels? Ne l'avois-je
pas expié par mon repentir & mes
larmes? Pourquoi fuis-je deftiné à
porter deux fois le poignard dans le
fein de ce que j'ai de plus cher?
Que deviendra-t-elle, quand, revenue de fon étourdiffement, elle con-
noîtra tout fon malheur? Aura-t-elle
la force de l'envifager & de le foutenir? Elle va me haïr, me détester comme un monftre armé pour
fon fupplice: Mon Rival va reprendre dans fon cœur la même place
qu'il y occupoit avant que j'entreprife de le dépofféder; elle m'im-
molera à fa mémoire; & comme
c'eft moi qui fais fes malheurs, elle
va par fa haine faire tous les miens.

Je paffai la nuit dans ces cruelles
agitations, je parcourus toutes les
peines qui m'attendoient, & je fré-
mis en les envifageant. Mon Beau-
frère demanda à me parler le lendemain matin: D'abord, fes regards
étoient furieux; mais ils devinrent
tranquilles. Lorfqu'il fe fut approché de moi, il pouffa plufieurs foupirs;

pirs; il me regarda, tantôt avec pitié, tantôt avec colère; il me reprocha tous les malheurs de sa sœur, &
les siens propres. Il convint cependant que j'étois encore plus malheureux que criminel; que je n'avois pu,
ni connoître, ni soupçonner son a-
mi; qu'il avoit soigneusement caché
le genre de sa mort, & que c'étoit-
là de quoi justifier mon second crime: mais, ajouta-t-il, je viens vous
demander raison du prémier; mon
Beau-frere acheva d'expirer entre
mes bras, & j'ai juré d'être son vengeur. Voilà mon sein, répondis-je
en marchant vers lui, vengez-vous
vous même, vengez votre sœur; je
m'offre à vos coups, je les implore,
terminez une vie odieuse que je vous
abandonne. Je cherche à vous punir,
repliqua-t-il, & non à vous assassi-
ner, je n'attaquerai vos jours qu'en
exposant les miens, je ne combats
que contre un ennemi qui se défend.
Je ne me défendrai jamais, lui répondis-je, prenez votre parti sur
cette parole que je vous donne: Eh
quoi! vous balancez? Qu'attendez-
vous? Ah! vous m'abandonnez à

des

des peines plus longues. La mort est
pour moi un secours que je ne dois
point attendre d'un ennemi : Mais
pourquoi êtes-vous le mien ? J'ai tué
un Rival que je ne connoissois pas,
un amour furieux avoit armé mes
mains ; j'ai été puni, je me suis puni moi-même de ce crime ; je suis
venu me cacher dans l'extrémité
d'une Province, j'ai vu votre sœur,
je l'aimai, je travaillai à lui plaire ;
je voulus sécher des larmes dont je
ne me soupçonnois pas d'être l'auteur, je vainquis sa résistance ; par
votre suffrage même je devins son
époux, je suis votre Beau-frère, je
suis votre ami, après ces titres si
vous me haïssez encore, frappez,
je ne repousserai point vos coups.
Mais s'ils triomphent de votre ini-
mitié, soutenez-moi dans mes malheurs, & aidez votre sœur, rappellez son courage, ranimez sa vertu,
disposez-la à revoir sans haine un
époux, qui, malgré son crime, est
toujours son époux.

Je vis les larmes couler des yeux
de mon Beau-frère, il s'attendrit ;
j'allai embrasser ses genoux, le presser

fer encore d'oublier une mort que j'avois expiée par tant de larmes, & le conjurer de me ramener aux pieds de mon épouse. Il m'embrassa alors, il me promit & ses conseils, & son amitié : Ne vous attendez pas, me dit-il, que ma sœur consente à vous voir si-tot, respectez sa douleur, ne l'irritez pas en vous montrant; si vous connoissiez le prix de ce que vous lui avez enlevé, que vous seriez peu étonné de l'abondance de ses larmes! Retirez-vous pour quelques jours, je ferai valoir auprès d'elle ces é-gards que vous marquerez pour son affliction.

J'obéis à ses conseils, je quittai cette maison où j'avois goûté tant de plaisirs, & qui ne m'offroit plus que du désespoir & de l'horreur. Je fortois sans voir mon épouse, je n'en voyois pas moins l'excès de sa dou-leur: Hélas! disois-je en m'éloignant, où est le tems qu'inséparablement u-nis l'un à l'autre, chaque pas m'of-froit le plaisir de le faire auprès d'el-le, elle maudit sans doute ce même amour qui nous a procuré tant de joie, c'est moi qui ai troublé une si

bel-

belle vie, j'ai détruit la plus belle u-
nion , j'ai porté dans son cœur le
trouble & la honte qui ne devroient
pourfuivre que mon crime ; fans moi
elle jouïroit encore de fon époux:
Quel droit ai-je aujourdhui à fon a-
mour ? Je ne dois attendre que fa
haine. Je marchai dans ces agitations, & j'allai me renfermer dans
ce même Château qui avoit toujours
été le confident de mes peines. Celles que j'y apportois étoient bien
plus cruelles que toutes celles qui
m'y avoient autrefois agité ! L'efpérance me foutenoit dans mes prémières épreuves, & je n'avois point
cette reffource contre mes peines
préfentes. J'envoyois tous les jours
apprendre des nouvelles de mon
époufe; fon frère me mandoit qu'elle
refufoit toute confolation, qu'elle a-
voit toujours le nom de fon prémier
époux à la bouche, & qu'elle ne prononçoit jamais le mien. Je le preffois
d'obtenir pour moi la permiffion de
paroître, il ne le put jamais.

Je paffai ainfi plufieurs mois fans
favoir fi j'étois condamné pour toujours, ou fi je devois efpérer enfin
que

que mon amour & mon titre d'époux effaceroient mon crime. J'avois été plufieurs jours fans rien apprendre, lorfqu'un foir je vis arriver un domeftique ; il me remit une Lettre. Je la faifis en tremblant : Quels furent mes tranfports quand je reconnus les caractères de mon époufe ! Je l'ouvris prefque étouffé de foupirs & de fanglots. J'y lus ces funeftes mots.

*JE cours cacher ma honte & la vôtre, expier mon amour, & me dérober pour toujours à vos recherches. Vous, fi vous pouviez m'en croire, vous oubliriez une Époufe, qui reuffira peutétre à devenir tranquille en vous oubliant. Adieu.*

Ces paroles me jettèrent dans un étourdiffement qui fit craindre pour ma vie. Je ne me relevois que pour retomber, tout mon corps fut ébranlé des agitations de mon ame, elle paffoit rapidement de la colère à l'engourdiffement, de la fureur à la léthargie : Le tems retint enfin dans mon cœur ces momens toujours violens, & il me permit de compofer mes démarches.

C 5                    Je

Je courus au Château de.... j'y trouvai mon Beau-frère plongé dans la douleur; il avoit été trompé, son empreffement à parler en ma faveur l'avoit rendu fufpect: Il n'eût d'ailleurs jamais confenti à une retraite auffi extraordinaire. Je me fouvins alors pour la prémière fois des droits d'un époux, des devoirs d'une femme, & des loix qui les lient l'un à l'autre: Je me crus offenfé; je cherchai par-tout, & je ne découvris jamais la moindre trace de la fuite de la mienne. Mon amour cependant s'irritoit de fon abfence, & fe nourriffoit dans le défefpoir. Je me flattois qu'après le prémier effort de la douleur, fes réfléxions & fa raifon la rameneroient dans mes bras. Mes efpérances furent inutiles, j'attendis toujours envain. J'avois d'abord aimé mes peines, il me fembloit qu'elles me tenoient lieu de celle qui les caufoit; mais l'inutilité de mes foupirs me fit enfin connoître que je devois arracher de mon cœur ces femences de trouble & d'inquiétude; ma raifon ne parvint jamais à féduire mon cœur, il réfifta à fes confeils, il fe révolta contre fon

joug,

joug, & resta toujours fidèle, je ne lui épargnois pas les épreuves ; & pour lui en offrir de séduisantes & de nouvelles, je résolus de passer en France. L'envie de connoître par moi-même une Nation si célèbre étoit depuis longtems décidée dans mon cœur, les plaisirs & l'Amour l'avoient suspendue ; l'espérance de trouver un remède à ma douleur dans cette multitude immense d'amusemens que Paris produit à chaque instant, la fit & renaître, & satisfaire.

J'arrivai en effet dans cette superbe Capitale avec une curiosité avide de tout. Cette succession rapide de plaisirs, qui y rend enfin la vie d'un homme répandu si fatigante, me parut une ressource bien assurée contre les dispositions languissantes que l'amour entretenoit toujours dans mon cœur. Les François ne connoissent de l'amour que sa joie ; ils rient d'une tendresse constante, ils rient d'une infidélité. Leur caractère répand des couleurs badines sur toutes les situations, & la gaieté exprime tous leurs mouvemens. Tout se présente à leurs yeux sous

C 6      la

la forme de l'amufement ; la Méta-
phifique pour leur plaire doit fe
transformer en Roman, la Phifique
en converfation galante, & la morale a befoin de s'unir au ridicule du
théatre pour les éclairer. La fages-
fe n'y plaît que fous les habits de la
folie, & n'y triomphe qu'en parta-
geant la gloire de fes conquêtes avec
fa Rivale. On ne fauroit fans doute
leur difputer aucun des avantages
qui concourent à former le mérite.
La nobleffe des fentimens, l'éleva-
tion du génie, la délicateffe de l'efprit, la bravoure, la générofité, les
talens, les vertus, ils raflemblent
tout, & par-là, leurs défauts deviennent aimables. Les femmes y font
dans le même goût, elles aiment le
plaifir, elles aiment à vivre ; & chez
les François, vivre c'eft rire & s'amu-
fer. Les Dames règlent la conduite
des hommes, les hommes de même
y gouvernent les Dames. Ils dépen-
dent ainfi mutuellement les uns des
autres jufques dans les moindres chofes ; l'éloignement n'emporte rien de
leurs droits. Le beau fexe préfide
entier à la toilette d'un homme, &
les hommes raflemblés ordonnent &
con-

conduifent la parure d'une femme. C'eft le plaifir qui a établi cette dépendance, il eft là le reffort de la focié té, & le centre qui réunit les intérèts les plus éloignés,& les paffions les plus oppofées.

Mon humeur Angloife,encore appefantie par mes malheurs, s'étourdiffoit dans ce cahos. Il fallut des efforts pour rompre fa roideur, pour flater fon inflexibilité, pour animer fa lenteur; elle fe refufoit à cette agilité volage, à cette légéreté françoife qui vole de fleur en fleur, & qui l'emporte. Je rappellai cependant peu à peu mes talens pour la volupté, mon amour, fans les détruire, les avoit empoifonnés : Un Amant tendre & malheureux eft inacceffible aux amufemens; & fi je les recherchois encore,c'étoit plutôt par habitude, que par un goût décidé que mon ame préoccupée ne pouvoit plus admettre dans mon cœur. Pour n'être pas inutile à Paris, il fallut travailler à ma guérifon, les remèdes accouroient en foule pour effacer ma paffion, elle triompha longtems de leurs efforts; mais enfin elle fut é-

bran-

branlée, & chacun en emporta une
partie. Ce n'est pas que je n'aimasse
encore ; mais mon amour se réduisit
au silence, je le croyois éteint, & il
n'étoit qu'assoupi ; il ne règnoit plus
avec autorité, il ne se soumettoit plus
mes autres sentimens, son langage
n'étoit plus le langage impérieux
d'un Tiran ; mais il alla, pour ainsi dire, se cacher, & se dérober à mes recherches dans le fond de mon cœur,
il y étoit tranquille, sans agitation &
sans mouvement.   Il parut me cèder
ma liberté ; ce qui devoit le détruire
ne fit que l'envelopper, & je ne soup-
çonnai plus qu'il existât encore. J'é-
tois cependant dans tout le feu de la
jeunesse, ma résistance étoit battue
par les bouillons fougueux d'un tempérament emporté, elle se brisa contre leurs efforts, je commençai une
nouvelle vie ;   & à l'exception de
cette étincelle d'amour & de chagrin, réfugiée, pour ainsi dire dans u-
ne extrémité de mon cœur, je me
trouvai en France,   tel que j'avois
d'abord paru à la Cour d'Angleterre.
   Ma conduite fut la même pendant
les prémiers mois, il falloit corriger,
                                    par

par le goût françois, cette indolence pareſſeuſe qu'on pardonne à Londres, & le tems ſeul pouvoit me naturaliſer. Il y réuſſit, je me précipitai dans cet abîme tumultueux, dans cette turbulence confuſe d'amuſemens avec autant d'emportement, que ſi j'étois né à Paris. Mes Amis François me communiquèrent cette intrépidité, cette vigueur voluptueuſe que rien ne peut, ni arrêter, ni étourdir. Je me ſurpris bientôt dans ces diſpoſitions ; & bien loin de travailler à les corriger, je n'eus ſans doute alors d'autre chagrin que de les devoir à une Nation à qui la mienne diſpute le privilège de lui apprendre quelque choſe. Elles aiment l'une & l'autre le plaiſir ; c'eſt là chez les deux peuples preſque l'unique emploi de la plupart des perſonnes de qualité ; mais leur conduite eſt différente.

La vie d'un Anglois eſt une viciſſitude de réfléxions & de volupté qui ſoumet la raiſon à plus d'un affront ; elle ſe montre quelquefois, mais ce n'eſt que pour être vaincue ; ſa voix eſt étouffée, il l'enchaîne ſans ſcrupule, & ſouvent il force ſa main même

même à ferrer le bandeau qui lui couvre les yeux. Le François, fans être plus fage, eft moins rébelle : Il vit dans une yvreffe qui n'eft jamais interrompue ; il n'a triomphé qu'une fois de la raifon, mais il a triomphé pour toujours ; il ne la voit, ni ne l'entend plus ; il court au ha-zard, fans fiftême & fans guide ; fon goût ne décide rien pour fon plai-fir, la mode, le public appliquent ce terme ; & toujours fans examen, fouvent fans fentiment, il fe préci-pite aveuglément dans ces décifions. Chaque Anglois a fes plaifirs, un François n'a que ceux de tout le monde, le prémier choifit, le fecond obéït. L'un s'étudie lui-même, & fe forme un plan de volupté. L'au-tre s'oublie, ne fe cherche jamais, toutes fes idées, pour ainfi dire, font des idées d'adoption, il ne penfe que d'emprunt, il ne fent que d'après les autres. En Angleterre, pour revenir à la fageffe, il faut s'ar-racher à fon goût, renoncer à foi-même ; & en France, ce qui fans doute eft bien moins difficile, il ne faut que s'arracher aux autres, & re-venir à foi-même. J'ai éprouvé ces

deux

deux états : Le goût Anglois m'arma contre la raison, le goût François m'enivra. Je suis enfin réveillé, j'ai secoué le joug de cet assoupissement étranger ; mais avant de toucher à ce terme heureux, j'ai erré encore dans des routes égarées, & je me suis vu soumis à des coups rigoureux. Je dois donc offrir encore des plaisirs & des peines à la curiosité de mes lecteurs, & leur montrer les deux différens chemins qui m'ont ramené à la sagesse. Je fus longtems à Paris sans amour ; uniquement occupé du soin de me distraire, je regardois les femmes avec des yeux trop effraiés, pour qu'ils osassent se fixer longtems sur elles : Je ne les fuiois pas cependant, & je m'appercevois que mon air étranger me donnoit auprès d'elles des avantages dont je ne cherchois pas à profiter. Les Dames Francoises connoissent le peu de solidité dont les François se piquent en amour, elles ont souvent été le jouet de leur inconstance, & les victimes de leur indiscrétion ; elles n'appliquent ces vices qu'à leurs amans, & s'apperçoivent rarement qu'avec quelque dégré de différence ils ap-
par-

partiennent à tous les hommes. Elles fe flattent qu'un étranger vient
leur apporter les vertus qu'elles ne
trouvent point autour d'elles, &
qu'il a paſſé les mers pour les dédommager de ce que leur nation ne
ſauroit leur offrir; elles s'empreſſent
autour de lui, elles ſe diſputent une
conquête à laquelle elles aſſignent
elles-mêmes tout ſon prix. Elles
adorent dans un homme qu'elles
n'ont jamais vu, ſa fidélité, ſa ſoumiſſion, ſa diſcrétion & ſes tranſports: Elles vengent ainſi les étrangers de tout l'empreſſement qu'un
François inſpire aux femmes chez
les autres nations. Je ſentois tout
ce que je valois dans ce genre auprès des femmes que je fréquentois.
Je voyois l'une ſe rendre à un cœur
encore neuf, & qu'elle vouloit entreprendre de former; car le moien
qu'on puiſſe aimer ailleurs qu'à Paris! Et je voyois l'autre encourager
ma timidité, me faire ſigne de parler, & ſe promettre un Amant ſou-
mis à qui la crainte étouffoit l'a-
mour dans la bouche. C'étoit ſans
doute là de quoi me divertir: mais
la ſcène devint ſérieuſe.

J'é-

J'étois un jour à la repréſentation de Pompée, je me trouvai à côté d'une femme monſtrueuſement groſſe qui avoit cinquante ans écrits ſur le front; je les lus, & je payai éxactement le reſpeȼ qu'éxigeoit un titre qui me parut inconteſtable. Je m'apperçus que ce ſentiment-là auroit aiſément trouvé crédit, & qu'elle demandoit un tribut plus flateur. Elle ſaiſit avidement le droit que ma figure étrangère, qu'elle crut peut-être Américaine, lui donnoit de m'inſtruire; elle me promena dans les différentes ſituations de la Tragédie; elle s'opiniâtra à me rendre habile; ſon commentaire ne fut que galant; l'enflure de l'ouvrage, la diviſion d'intérêt lui échapèrent; elle ne s'aviſa point de s'amuſer à des réfléxions grammaticales; mais elle s'empara des ſentimens, & ce fut ſur cet article qu'il fallut eſſuier des leçons, & ſe réſoudre à devenir ſavant. Elle adoroit les mouvemens tendres de Céſar, il lui paroiſſoit plus grand aux pieds de ſa maîtreſſe qu'il ne le fut jamais dans le cours de ſa vie; mais je la voyois, pour ainſi dire, voler à

la

la place de Cléopatre, fupprimer fes
réponfes, & fubftituer les fiennes;
elle s'indignoit de fon ambition, &
ne vouloit que de l'amour; fes yeux
enfin, & le ton de fa critique me difoient bien clairement qu'elle auroit
bien mieux rempli fon rôle. Elle fut
affez contente de ma docilité pour
qu'elle me condamnât dès lors à
l'éternité de fes inftructions.

Elle me pria de la fuivre, & de
fouper chez elle. J'obéïs, elle alla en
arrivant fe répandre fur un Sofa, elle
l'inondoit de fes vaftes & antiques
appas. Je m'affis auprès d'elle, & les
fermons recommencèrent. Elle em-
pruntoit toujours fon texte de Cor-
neille; mais l'explication embraffoit
toute la morale amoureufe; elle m'en
dévelopoit les miftères, elle m'en
découvroit les plaifirs; & pour tout
dire enfin, elle m'offrit prefque de
devenir mon guide. Je fus effraié de
l'impudente coquetterie de cette
femme. J'étudois fon hiftoire dans
fes yeux, je cherchois fur fon vifage
les veftiges de fes avantures: Je n'en
impofe point, j'y rencontrai tout, j'y
retrouvai jufqu'aux traits les plus im-
per-

perceptibles de fon caractère. Ses
regards dévelopoient fes difcours, &
fes difcours interprétoient fidéle-
ment fes regards. Je m'indignai contre moi-même de la complaifance
qui m'avoit entraîné à la fuivre; il
n'étoit plus tems de me dédire, &
je ne pus la réparer que par le ferment
de ne revoir jamais une femme fi
dangereufe. Cette idée diffipa la
colère qui s'étoit répandue fur mon
front, & qui ne pouvant plus fe
contenir, alloit s'échaper. Je parus
riant & tranquille, je repris cet air
de docilité qui d'abord avoit fait
ma fortune auprès d'elle, & l'heure du foupé arriva.

Je vis entrer une compagnie très
choifie. Ma favante Douairière changea de langage, fon ton devint férieux & mefuré, elle jugeoit avec dif-
cernement, elle parloit avec juftefle.
Je fus étourdi de la métamorphofe,
& j'admirois comment un efprit pouvoit fe plier à des ufages fi différens.
Tel eft cependant le caractère de la
plupart des femmes; elles font foli-
des pour le refte des hommes, lorfqu'elles en ont trouvé un avec qui elles

les puissent se délasser des contrain-
tes de la sagesse, & des fatigues de la
représentation; elles parviennent
par là à satisfaire & leur goût, & leur
vanité, & cette régularité affichée
augmente le prix des mouvemens secrets qui les dédommagent, par l'air
pénible du sacrifice qu'elle répand
sur eux. Je ne fus pas longtems étonné de me trouver auprès de celle-ci
avec des gens pleins de mérite, son
caractère public méritoit d'être re-
cherché par les compagnies les plus
brillantes, sa conversation étoit légère & solide, elle prodiguoit ce feu &
ces graces d'expression qu'il n'appartient qu'aux Dames de marier à la
sécheresse de la raison, & son esprit,
lorsqu'il pensoit tout haut, ne montroit que de la justesse & de la vertu. Je l'écoutois avec transport, je
ne m'occupois que d'elle; tous ceux
qui soupoient avec moi ne me parurent être que des auditeurs, & la
distraction seule conduisit mes yeux
sur une Demoiselle qui étoit presque
à côté de moi. C'étoit la Nièce de
Madame de.... elle-même qui nous
régaloit. Sa tante me l'avoit pré-
sen-

fentée lorfqu'elle étoit arrivée ; mais je ne l'avois apperçue que dans un moment d'indignation qui m'avoit armé contre toutes les femmes. Lorf-qu'elle fut appaifée, & que je la re-marquai encore, je retractai bientôt mon offenfe ; je me permis de la con-fidérer, & de la trouver aimable; mes fermens ne tinrent point contre fes charmes ; & fi j'avois juré une fois de ne plus revoir Madame de.... j'en jurai cent de revoir fa Nièce. Je me dérobai après fouper à la conver-fation commune, pour en lier une particulière avec elle ; fa modeftie, fa vivacité, fa beauté, tout m'en-chanta, & j'oubliai auprès d'elle la diftinction de caractère que fa tante m'avoit rappellé. Je la crus auffi ver-tueufe qu'elle le paroiffoit, & je com-pris d'ailleurs, qu'étant fans expé-rience, elle ne pouvoit pas avoir appris à fe déguifer.

Je me retirai frappé de mes nou-velles idées, il s'élevoit dans mon cœur des mouvemens qui ne m'é-toient que trop connus, j'apperçus l'Amour ; & l'expérience de tant de maux qu'il m'avoit caufés l'eût fans

dou-

doute étouffé dans fa naiſſance, s'il n'avoit lui-même pris le funeſte foin d'en effacer le fouvenir. On eût dit qu'il venoit de détruire tout ce qui s'étoit écoulé de ma vie; j'avois beau me rejetter dans le paſſé, mon imagination n'y trouvoit que des plaiſirs, c'étoit comme un tableau qu'elle formoit au gré de ſon goût, elle en avoit arraché les épines & les ronces, elle le couvroit de fleurs, elle me ramenoit dans des paſſages rians que je n'avois jamais apperçus, elle me reconduiſoit dans des forêts délicieuſes dont je n'approchai jamais, je revoyois, je retrouvois une tranquillité & un bonheur que je n'avois reſſenti de ma vie. Quel égarement! Que j'étois inſenſé! J'enviſageai un nouvel engagement comme la continuation de cet heureux tiſſu, de cette chaîne de délices que mon aveuglement fixoit devant mes yeux; je m'abandonnai à la douceur de ces eſpérances, je ne décidai jamais plus promptement, &, d'après la première converſation, je réſolus d'être amant, & fidèle.

Je revis donc encore Mademoiſelle
de

de. ... Ma délicateſſe n'étoit pas d'a-
bord contente de la meſure de ma
paſſion, & je cherchai dans ſon eſprit, dans ſon cœur & dans ſa beauté des raiſons de l'augmenter, & de
la porter à cet excès que j'avois déja
éprouvé. Je ne réuſſis que trop dans
ce deſſein ; ſes vertus étoient ſaillan-
tes, & il ne falloit que l'approcher
pour les appercevoir dans toute leur
étendue. Il n'en échappa rien à ma
connoiſſance, & s'il m'eſt permis de
parler ainſi, il en échappa encore
moins à mes ſentimens. Ce commerce m'expoſoit aux fréquentes attaques de la tante : Je la ſuivois dans
toutes ſes métamorphoſes ; mais à
peine nous étions ſeuls, qu'elle étoit
démaſquée. Son viſage quittoit le
fard de la raiſon, ſes yeux dépouil-
loient la ſérieuſe lenteur de la ſages-
ſe, & elle reprenoit la phiſionomie
du libertinage, & tout le feu de la
volupté. Je m'apperçus que ſi je ne
l'arrêtois, elle couroit à grands pas
à une declaration bien circonſtan-
ciée, & la ſituation me paroiſſoit
embarraſſante. J'avois cependant beſoin de ne pas lui déplaire pour me

mé-

ménager les occafions d'entretenir
fa Nièce, & cette idée me ramena à
la néceffité de l'entendre. Elle ne fe
piquoit pas avec moi du talent de
déguifer fes fentimens, & j'étois juftement cet homme unique qu'elle
avoit choifi pour fe délaffer des travaux d'un rôle, auquel les bienféan-
ces l'avoient condamnée.

A peine nous nous connoiffions,
après quinze jours de liaifon & d'affi-
duité: Monfieur, me dit-elle, avec
ce ton libre & aifé dont on parle fa
langue naturelle, Monfieur, croyez-
vous être auffi heureux que vous l'ê-
tes en effet, & avez-vous remarqué
tous les fentimens favorables que j'ai
pour vous? J'ai perdu un Mari que
j'aimois tendrement, je l'ai pleuré
longtems, & le deuil que j'en porte,
vous voyez mes habits, eft extraor-
dinairement régulier: Je vous ai choifi pour héritier de l'amour & de la fidélité que j'ai toujours eu pour lui.
Ses regards jettoient fur ce compliment un air paffionné, plus impudent
encore; je diffimulai le mépris & la
colère que cette démarche m'infpiroit contre elle. Madame, lui répon-
dis-

dis je, en jouant la fatisfaction d'un
homme enchanté, vous ne me don-
nez pas ce que j'ofe dire que mes fentimens ont acheté, je vous aime, &
votre amour ne fera jamais que récompenfer le mien. Je ne me flate
pas cependant de l'avoir obtenu, cette retenue que j'ai remarquée dans
tous vos difcours, & cette fageffe
dont le public vous loue depuis fi
longtems, me caufent une fraieur que
je ne faurois vaincre, & la bonté
que vous venez de me témoigner ne
me raffûre pas contre cette vertu
fcrupuleufe qui ne fut jamais contes-
tée. Ah! dit-elle (& cette diftinction
dévoile tout fon caractère) je fuis
vertueufe pour tout le monde, & je
ne veux être aimable que pour vous :
Pourquoi ne vous en appercevez-
vous pas? Je diftribue mes réfléxions,
je trace aux femmes des modèles de
fageffe, aux hommes des modèles de
modération, & mes graces, fi j'en
ai, je ne les réferve que pour vous.
J'avoue que fans les intérêts de mon
nouvel amour j'euffe éclaté, j'euffe
peint cette femme à fes propres yeux
avec un pinceau fi fevère, qu'elle

D 2      n'aun'auroit plus efpéré de plaire à un homme qui la connoiſſoit ſi bien. Je me retins, les ſervices que j'en attendois me forcèrent à l'épargner, & je ne balançai plus à lui laiſſer entrevoir aſſez de reconnoiſſance pour la flater. Elle me crut dès lors auſſi paſ-ſionné qu'elle le déſiroit. Elle avoit u-ne langue pour toutes ſes différentes paſſions; elle m'avoit juſques-là parlé le langage incertain de l'eſpérance, & elle prit alors le ton ſatisfait de la poſſéſſion. Mon rôle n'en fut que plus pénible, elle exigeoit une com-plaiſance & une aſſiduité dont je cherchois envain à me décharger; ma diſſimulation lui avoit cèdé le droit de commander; & refuſer d'o-béïr, c'eût été, & la déſabuſer, & perdre tous les fruits que j'en atten-dois. Il fallut recourir à une hypo-criſie d'amour, être empreſſé par ré-fléxion, tendre par intérêt, & fidèle par attachement pour une autre. El-le m'avoit donné des leçons de dé-guiſement qui ne me furent pas inu-tiles. J'étois cependant éperduement amoureux de ſa belle Nièce, elle ne nous auroit jamais pardonné ni à l'un ni

ni à l'autre, elle de m'avoir infpiré
de l'amour, & moi de le reffentir. Je
lui cachai avec foin des difpofitions
auffi offenfantes, je contraignois mes
yeux dévant elle; quand ils ne pouvoient plus contenir l'expreffion de
mon amour, quand, malgré, moi, il
falloit lui permettre de s'échapper,
je les forçois du moins à s'égarer, à
perdre la route où mon inclination
les emportoit; & ma prudence, en
domptant leurs efforts, les appliquoit
fur un objet qui ne leur préfentoit
que des fujets d'indignation. Ma
langue fe trouvoit expofée à la même violence; elle fe refufoit aux fentimens tendres que j'étois obligé de
feindre, elle ne les adoptoit, pour
ainfi dire, que pour les découvrir à
ma maîtreffe; je réuffis pourtant à
la rendre complice de mes menfon-
ges, & à l'affocier à ma diffimulation.
J'acquis le nom d'Amant, & fous ce
titre je pus voir, entendre, & entretenir celle pour qui feule je voulois
le porter. Je fus longtems fans hazarder devant elle le mot d'amour: je
ne chargeai que mes foins & mon af-
fiduité de ma déclaration. Je la fui-

D 3                    vois

vois par-tout, je prodiguois à pleines
mains les respects & les éloges, &
je crus enfin être entendu. J'attendois sa réponse, je me flatai de la
trouver dans sa conduite; mais j'apperçus aussi qu'elle me défendoit de
la demander dans un autre genre. Je
m'opiniâtrai à mériter un aveu déclaré par la même voie qui avoit fait
connoître, & peut-être approuver
sécrettement mon amour; & c'est-là
qu'elle me fut inutile. Mademoiselle de... ne parla jamais; aussi ne
lui convenoit il pas de me prévenir.

Mon amour étoit né le prémier, &
c'étoit à lui d'entamer les situations.
Je parlai donc; je fis l'histoire de ma
passion, j'exprimai mes idées avec ce
feu de soumission & d'empressement
qu'elle pouvoit seule m'inspirer, je
rassemblai tous les tems sous les yeux
de Mademoiselle de.... je lui rappellai tous les sentimens que j'avois
éprouvés, mon visage lui montroit
ceux qui m'animoient encore, & je
conduisois sa vûe sur tous ceux dont
je devois remplir le reste de ma vie;
l'excès de mon amour, sa durée, son
respect, rien ne m'échappa, & j'em-
ployai

ployai tout ce qui me paroiſſoit propre à l'ébranler. Elle m'écouta attentivement, & ſans colère. Quand ce torrent de penſées & d'expreſſions amoureuſes fut paſſé, j'attendis mon arrêt dans le ſilence; elle parla enfin: Monſieur, me dit-elle avec cette douceur tempérée que l'amour ne connut jamais, & qui n'appartient qu'à la raiſon, je me crois peu faite pour aimer; du moins je ne ſens rien dans mon cœur d'auſſi violent que ce que vous venez de me montrer, tout y eſt tranquille; je ne veux pas cependant vous laiſſer ignorer que votre attachement m'a plu, & qu'il me plait encore, mais je vous en conjure, ne me parlez plus d'amour, ce mot m'effraie, il préſente à mon eſprit des idées de peine & de trouble auſquelles je ne ſaurois m'accoutumer: méritez toujours que je vous aime; mais n'en exigez jamais l'aveu, il convient trop peu au ſiſtême de tranquilité que je me ſuis formé.

Je fus étonné de la ſingularité de cette réponſe. Mademoiſelle de.... m'aimoit, il n'étoit plus poſſible d'en

D 4                    dou-

douter; elle se défendoit cependant le plaisir le plus sensible d'un cœur véritablement touché, qui est d'avouer sa défaite, & d'en entretenir celui qui l'a causée; elle me permettoit de me dédommager par les actions, de la rigueur du silence auquel elle me condamnoit, elle avoit de l'amour, & elle en craignoit les Amans, à qui ce sentiment ne promet & ne laisse entrevoir que des plaisirs. J'apperçus dans ces dispositions les mouvemens d'un cœur qui se débattoit; l'amour avoit dicté ce qu'il y avoit de favorable dans sa réponse, & la raison s'aidoit de la modestie & de la crainte, pour me disputer les avantages que la passion m'y ménageoit. Je connoissois trop par moi-même la foiblesse de son autorité pour la craindre. Je voulois aimer, je voulois plaire, & j'obtenois l'un & l'autre; c'en fut assez pour me satisfaire.

Je remerciai Mademoiselle de.... & de ce qu'elle me donnoit, & de ce qu'elle ne me donnoit pas. Je lui promis de respecter ses ordres, de contraindre mes feux, & de renfermer

mer dans mon cœur tous les fentimens qu'elle y feroit naître. Je n'a-
vois nullement le deffein de lui o-
béïr ; fon amour méritoit toute ma
défobéïffance, & je ne travaillai plus
qu'à ne pas être ingrat. Je cherchai,
dès lors, à la délivrer de fes fcrupules, & à vaincre cette défiance qui
empoifonnoit le plaifir qu'elle reffentoit à m'aimer, & qui interrompoit
la violence qui l'entraînoit vers moi.
Je la combattois en étalant tous les
jours à fes yeux ce que l'amour a de
plus aimable ; je ramaffois devant elle toutes les graces d'un engagement
heureux, ces tendres fecouffes qui
tranfportant deux ames l'une dans
l'autre les enivrent du plaifir d'y
règner, les dépouillent de leurs fentimens, & les animent chacune de
ceux qu'elle puife dans ce qu'elle aime. Je réuniffois ces douces inquiétudes, ces troubles légers qui flatent
fi délicieufement un cœur tendre ; &
je raffemblois ces émotions de joie
qui fe nourriffent de tout, & qui ré-
pandent un fentiment de bonheur
fur les moindres circonftances.

Mes empreffemens trahirent ma

dis-

dissimulation; la vieille Tante s'apperçut de tout mon attachement pour sa Nièce. Cette femme étoit faite pour m'étonner, elle m'avoit surpris par l'effronterie de sa première conversation, par ce ton vertueux de raison & de sagesse qui venoit, comme de lui-même, dérober aux yeux du public jusqu'aux moindres traits de la corruption de son cœur; elle m'avoit surpris par cette impudente déclaration, qui, en me découvrant toutes ses foiblesses, me découvroit toute son hipocrisie, & elle me surpit encore par une modération dont le vice ne m'avoit jamais paru capable. Elle me fit connoître qu'il ne lui échapoit rien des nouveaux sentimens qui m'animoient, qu'elle voyoit tous mes soins, & qu'elle appercevoit tout mon amour. Elle ne changea pourtant pas de conduite à mon égard, ce fût toujours la même politesse, & le même empressement; j'étois toujours associé à ses plaisirs, j'étois toujours distingué par ses complaisances, & elle porta son désintéressement jusqu'à me presser d'être

en-

encore plus affidu auprès de ma nouvelle maîtreffe. Ce n'étoit, ni à fa
vertu que j'étois redevable de toutes
ces faveurs, je fentis bien que le vice fe mafquoit encore. Madame de...
ne fe crut pas en état de difputer une
conquête à fa Nièce, la vûe de fon
âge & de fa figure fuffifoit pour é-
touffer cette idée; elle connoiffoit
d'ailleurs affez l'amour pour favoir
qu'il s'irritoit des obftacles, & qu'il
puife des forces nouvelles dans la
contrainte la plus rigoureufe; il falloit donc ou me cèder, ou éclater, &
les éclats ne convenoient guère à la
fageffe & à la modération dont, depuis trente ans, le Public lui faifoit
honneur. Le vrai parti fut bientôt
choifi: Il faloit encore effacer les impreffions peu favorables que fon emportement avoit laiffées dans mon
efprit, & elle comprit jufte, qu'un
homme fans prévention & fans a-
mour verroit toute fa honte; elle ne
s'épargna pas à tout réparer. Monfieur, me dit-elle un jour, enfin je
fuis contente, & je vois ma Nièce
jouir tranquillement d'un bien que
j'ai travaillé longtems à lui procurer;

D 6                        vous

vous l'aimez, & votre mérite me per-
met de m'applaudir du préfent que
j'ai fçu lui faire, vous l'avez vu, je
n'ai rien oublié pour vous attacher à
elle, ma tendreffe a même voulu lui
épargner le rifque de l'indifférence;
j'ai tout pris fur moi, j'ai feint de
vous aimer, je vous ai parlé d'amour
pour la décharger du foin de vous inftruire dans ce langage; mes foins,
vous m'en voyez tranfportée de joie,
mes foins n'ont point été inutiles, &
le fuccès me dédommage bien avan-
tageufement de la contrainte à laquelle il a fallu forcer mon caractère:
foiez conftant, ma Nièce eft digne
de toute votre fidélité, ne me don-
nez jamais occafion de me répentir
de mon ouvrage; & de tout ce que je
vous ai demandé, ne m'accordez que
votre eftime & votre amitié, c'eft-
là fans doute tout ce qui convient
& à mon goût, & à mon âge.

Un Courtifan françois fe feroit
fans doute tiré de là plus galament
que moi: Il eût rendu menfonge pour
menfonge, & il n'auroit pas laiffé é-
chaper l'occafion de paroître amoureux, il eût répondu qu'il avoit été
　　　　　　　　　　　　　　　aſſez

affez malheureux pour fe tromper,
qu'elle n'avoit que trop infpiré pour
elle ce qu'elle ne demandoit que
pour une autre, qu'il aimoit enfin,
& qu'il aimoit pour toujours ; il
auroit avidement faifi le plaifir d'aimer la Nièce, & de tromper la Tante. Ma conduite fut plus régulière,
parce que je n'avois pas encore porté le goût François à toute fa perfection, je ne montrai que de la reconnoiffance, je peignis même mon
amour avec une vivacité fans doute
offenfante pour une Rivale qui l'avoit
difputé ; je la remerciai de fes bienfaits, & je pouffai l'ingratitude jufqu'à les demander encore. Madame
de.... me promit tout, elle fe chargea de foutenir fa Nièce dans fes
fentimens pour moi, elle fe retira a-
vec un air fatisfait, que le dépit lui
vendoit chérement, & alla fans doute remplir avec quelqu'autre les engagemens d'une vie férieufe.

Elle tint fcrupuleufement fa parole.
Je voyois tous les jours Mademoifelle de.... & fa tante fembloit me difputer le droit de l'entretenir de mon
amour; nous partageames, pour ainfi

D 7      di-

dire, cet emploi, j'exprimois le refpect, & elle fe chargeoit de la vivacité: Je n'y perdis rien ; car fa bouche n'étoit pas faite pour affoiblir les emportemens. La Nièce cependant cèdoit peu à peu, j'oubliai & la défenfe qu'elle m'avoit faite de parler, & la parole que je lui avois donnée de me taire, elle l'oublia de même, & fon attention me récompenfa toujours de ma défobéïffance. Ce n'eft pas que je violaffaffe d'abord brufquement ma promeffe, elle confervoit encore quelque refte de crainte & de fcrupule qu'il falloit refpecter. Je n'éxigeois rien ; mais je furprenois tout, je ne parlois de même qu'avec précaution ; mais je faifois tout entendre, c'eft à-dire que la cérémonie étoit régulière, & qu'en même tems nos difpofitions étoient bien développées : Notre amour étoit un commerce de divination , nous entendions ce que nous ne difions pas , & nous appercevions tout ce que nous voulions nous cacher. Cette contrainte ne dura pas même toujours, il arriva un tems qui nous furprit très familiarifés avec les expreffions les
plus

plus tendres. Mademoiselle de.... a-
voit triomphé de sa défiance en é-
tudiant mon caractère, elle y avoit
vu tout ce qui peut raffûrer une A-
mante: En effet, je ne paroissois pas
né pour l'inconstance; & quoique
mon amour pour elle fût lui même
une infidélité, je ne me soupçonnois
pas d'en être capable. J'avois tendrement aimé mon épouse, je l'aimois
encore; mais je l'ignorois parfaitement : Sa fuite m'ôtoit le pouvoir
d'appliquer mon amour, elle m'avoit
offensé , je ne savois point si elle m'aimoit encore, & son silence o-
piniâtre ne fortifioit que trop mes
soupçons. Je ne cherchois point à
tromper Mademoiselle de.... ce caractère me parut toujours affreux. Je
n'approuvai jamais les raisons qu'on
allègue en France pour le défendre,
& la perfidie de la plupart des femmes ne me paroissoit pas un titre de
justification pour la nôtre. J'avois
soigneusement caché à ma maîtresse
l'histoire de mes avantures, je la cachai à tout le monde, & je me la
cachois alors à moi-même. Je voulois vivre dans les plaisirs, & mon
cœur

cœur ne s'arrêtoit que fur ceux de
l'amour. Je crus les trouver auprès
d'elle dans toute leur pureté, je la
choifis pour mon bonheur fans deffein & fans vûe, il ne m'étoit plus
permis de former un engagement,
& je ne voulois que la fatisfaction
d'aimer & d'être aimé. Je la trouvai toute entière, j'en jouis même
longtems: C'étoit pour moi un é-
tat tout nouveau. Ma prémière
paffion de Londres avoit été troublée par des incertitudes, que le
monftre, Auteur de toutes les ré-
volutions de ma vie, n'avoit diffi-
pées qu'en m'ordonnant un crime;
l'amour que j'avois reffenti pour la
belle veuve, qui devoit me fixer
pour toujours, avoit eu à vaincre
l'obftacle le plus difficile; après mon
mariage mon bonheur m'avoit ac-
cablé, j'avois été livré à la tumul-
tueufe fatisfaction de toutes les paffions, leur emportement m'avoit a-
gité, j'étois furchargé de joie, & je
n'avois point de paix. Je vivois à Paris fans trouble & fans inquiétude,
mon bonheur n'étoit diminué, ni par
la crainte, ni par l'excès; je n'avois
de

mesure de joie que ce qu'il en faut
pour être véritablement heureux.
J'avois fixé mes désirs aux simples
sentimens, & en les obtenant ils se
trouvoient parfaitement remplis.
Cette tranquillité ne devoit pas ê-
tre éternelle : Elle finit, & je me
trouvai replongé dans des douleurs
plus cruelles encore que toutes celles que j'avois éprouvées.

Mademoiselle de.... se destinoit
pour un établissement dans le monde, elle avoit beaucoup de bien & de
naissance; son mérite d'ailleurs étoit
digne du plus vif empressement. Il
se présentoit tous les jours des partis
avantageux; elle les refusa tous sans
distinction, parce que son choix é-
toit déja fixé. Mon aveuglement ne
me permettoit pas de voir que je la
perdois; de la façon dont je la re-
merciois de ses sacrifices, je l'encou-
rageois à m'en faire tous les jours de
nouveaux; sa Tante, sa famille, toute la France crut que j'avois demandé & obtenu sa main; je jouissois
cependant de leur erreur, & je l'im-
molois sans scrupule à la fatale passion que j'avois pour elle. Voilà mon
cri-

crime; il eſt grand ſans doute, auſſi
ne l'oublirai-je jamais: J'ai ſans ceſſe
devant les yeux les pleurs que je lui
ai cauſés; & ſa retraite, jointe à ſa ſageſſe, ne me défendront jamais de
l'excès de mon répentir. Le Marquis de.... fut de ſes ſoupirans celui
qui témoigna le plus d'amour. Il la
fit demander à ſa Tante, il devoit
devenir Duc, & ſon mérite & ſon
bien rendoient ſon alliance très conſidérable. On la preſſa de répondre,
& elle comprit bien qu'elle ne pouvoit honorablement refuſer, qu'en
diſant qu'elle étoit promiſe; elle ne
s'aviſa donc qu'alors de me demander une explication; J'ai le malheur,
me dit-elle, de paroître aimable bien
plus que je ne voudrois, c'eſt une
gloire à laquelle je n'aſpire qu'auprès
de vous, & je voudrois être inconnue
au reſte de l'Univers; cependant le
Marquis de.... s'aviſe de s'en appercevoir, il me demande en mariage, &
ſa fortune tente tous ceux à qui j'ap-
partiens; je ne l'aime point, il oſe
vous diſputer un bien qui eſt à vous
par tant de raiſons, il eſt votre Rival,
& ce titre me le rend odieux: Je vous
                                    par-

parle avec toute la confiance que mérite la sincérité de vos sentimens. Que dois-je répondre ? Je ne demande point une décision prompte, examinez-vous, je serai bien plus flattée de vous devoir à vos réfléxions qu'à votre amour. Vous n'avez jamais pensé au mariage, vous vous êtes accoutumé à ne me rien cacher de vos idées, & vous ne m'en avez jamais parlé ; les mers qui séparent nos deux Nations, & la différence de nos Religions ont sans doute écarté vos espérances : Mais que l'Amour les raproche ! Ma Patrie sera toujours l'endroit où je serai avec vous & peut-être un jour, j'ose du moins l'espérer, en revenant à ma croyance, reviendrez-vous à celle de vos pères. Délivrez moi du supplice d'être à un autre, pensez à ce que je dois faire, & revenez dans trois jours me rapporter la réponse qu'on attend ; c'est le tems auquel je l'ai promise.

J'eus le bonheur de cacher alors à Mademoiselle de.... les mouvemens que son discours venoit de faire naître dans mon cœur ; je lui dérobai mon agitation ; mais elle avoit à peine ouvert la bouche, que je vis tou-

tes

tes les peines que j'allois reſſentir.
Je la quittai confondu, & à chaque
pas que je faiſois, une nouvelle réfléxion venoit m'ouvrir une nouvelle perſpective de malheurs. Je ne
pouvois, ni la conſerver, ni la perdre : Mon amour, juſques-là ſi tranquille, ſe transforma en la paſſion la
plus emportée, il m'aveugloit, &
il m'éclairoit tour à tour, ſes ombres
m'offroient des eſpérances, & ſa lu-
mière ne me découvroit que des devoirs accablans. Qu'ai-je à répondre, hélas ! diſois-je, qui ne décla-
re que je mérite d'être déteſté !
Quoi ! ferai-je toujours le bourreau
de toutes celles que ma cruelle perſévérance force de m'aimer ? Je ne
ſoupire, je ne plais que pour aſſaſ-
ſiner. Ces Créatures innocentes que
mon amour a ſéduites, doivent-el-
les être les victimes de mes fureurs ?
J'en ai déja immolé une ; car aura-
t-elle pu ſurvivre à ſa douleur, &
ſoutiendroit-elle mon infidélité ſi
elle la connoiſſoit ? Je viens encore dans des terres étrangères ſoufler
le poiſon impur qui me dévore :
Que deviendra cette Amante ſi tendre & ſi fidèle, quand elle apprendra
que

que je ne lui ai arraché fon amour
que pour la tromper? Que j'attendois
qu'il fût fans remède pour le rebuter,
& que mes foins, ma complaifance &
mes fermens ne devoient aboutir
qu'à la mieux préparer à être immo-
lée à la plus fanglante perfidie. Que
deviendrai je moi-même, quand je
ne pourrai plus, ni la voir, ni l'entendre, & quand il ne me fera plus permis de l'affûrer que je dois l'aimer
toute ma vie? Où me confoler de la
douceur de fes regards, des charmes
de fa converfation; en un mot, qui
me fera oublier que j'en étois aimé,
& qu'elle a voulu s'engager à m'aimer toujours? Je ne quittois ces idées
que pour tomber dans des convul-
fions encore plus meurtrieres, je m'a-
gitois pour m'étourdir fur la cruauté
de mes peines, je ne trouvois du repos que dans ces mouvemens terri-
bles dont les violentes fecouffes é-
branloient tous mes refforts. Mais
mon amour me retiroit bientôt de ce
funefte affoupiffement, pour me livrer à toute l'agitation d'un cœur encore plus ébranlé : Il m'abandonnoit
aux coups redoublés du défefpoir, de
la

la honte & de la fureur ; je pleurois,
& ma douleur s'aigriſſoit de mes larmes, je criois, mais ce n'étoit que
pour me reprocher mes injuſtices, &
pour me faire entendre l'arrêt cruel
qui devoit m'en punir. J'étois ainſi
dans les plus rigoureux ſupplices, à
charge à moi-même, & me croyant
odieux à la nature entière, quand je
vis entrer un domeſtique qui me dit
qu'une Dame Angloiſe, retenue
dans ſon lit par une maladie dange-
reuſe, demandoit à me parler avec
beaucoup d'inſtance. Je friſſonnai
en l'écoutant ; mon cœur m'annon-
çoit ma cataſtrophe, je n'oſois l'é-
couter, il m'offroit des images con-
fuſes ſur leſquelles je refuſois de
porter la vûe, parce que je n'étois
pas en état d'en ſoutenir l'horreur.
Je le ſuivis cependant, je ne le ſuivis qu'en tremblant. Mes queſtions
furent inutiles, il n'étoit pas en état
de les ſatisfaire ; il me conduiſit dans
une rue écartée, & j'entrai dans la
maiſon, me débattant toujours contre les préſages dont mon cœur s'o-
piniâtroit à me prédire la certitude.

Je m'approchai du lit, j'y jettai les
yeux :

yeux: Ciel! j'en friſſonne encore, c'é-
toit mon Epouſe elle-même, preſque
dans les bras de la mort ! Son viſage,
avant même qu'elle eût perdu la vie,
raſſembloit toutes les horreurs du
tombeau! La pâleur y traçoit toutes
ſes peines , & montroit à la fois & les
maux de ſon cœur, & ceux de ſon
corps: ſes regards étoient ſans force,
& l'amour ſeul put les conduire juſqu'à moi ; ſes larmes éteignoient encore ce peu de vigueur qui leur reſtoit. Quel coup d'œil ! Je tombai
foudroyé, & preſque ſans ſentiment.
Eh! que pouvois-je reſſentir ? Que
pouvois-je appercevoir qui ne fût
mille fois plus cruel que la mort?
Mon amour, ſoutenu par la préſence
de celle qui l'avoit fait naître, rompit ſes chaînes, & reprit dans mon
cœur la place victorieuſe qui lui é-
toit due; il réunit, dans une ſeule
image, toutes les circonſtances de
ma vie, il me la préſentoit avec indignation, il me pourſuivoit, il m'accabloit de cette cruelle peinture, &
la mort réfuſoit d'y fermer mes yeux.
Mon Epouſe cependant, ma triſte
Epouſe n'étoit pas dans une ſituation

moins

moins violente; je l'entendois soupi-
rer, & mon ame qui se refusoit à
moi-même, s'abandonnoit au plaisir
& à la douleur de la considérer. Elle reprenoit avidement cette heureuse occupation dont elle avoit été autrefois si jalouse. J'entrepris plusieurs
fois inutilement de parler; je ne trouvois plus d'expressions dans ma bouche , on eût dit qu'elle sentoit,
qu'elle ne me devoit plus que des
sanglots. J'allai les reprendre dans
ces mêmes traits qui m'en avoient
inspiré de si tendres , & qui me
faisoient aujourdhui des reproches
si amers. Ah! lui dis-je, enfin, je
vous trouve donc encore! Je n'étois
donc pas condamné à mourir sans
revoir encore une fois ce qui peut
seul me rendre heureux : mais hélas!
que ma joie est funeste ! Puis-je la
ressentir dans l'état affreux où je
vous vois?

Il est votre ouvrage , ingrat, me
répondit-elle ; je meurs éclairée sur
toutes vos perfidies. Je ne vous re-
proche point mes peines passées , u-
ne autre a partagé avec vous le fatal
avantage de les produire. Je vivois,
&

& vous feul avez armé la mort contre moi. Je vous ai fui pour dérober à mes yeux la vûe du meurtrier d'un Amant fidèle : mais en vous fuiant, j'emportai votre amour, j'emportai votre nom d'époux, je n'oubliai jamais ni l'un ni l'autre, ils faifoient mon unique confolation; je ne les combattis que pour leur cèder; vous fûtes toujours dans ma retraite mon Amant & mon Epoux: Hélas! vous triomphiez, vous alliez me revoir plus charmée, plus amoureufe, plus fidèle que jamais! Je courois me redonner à vous pour toujours, & vous rendre tout ce que ma douleur vous avoit ôté; je venois reprendre vos mains pour effuier mes larmes, & vous adorer encore, quand j'appris votre perfidie! Ah! qu'étoient devenues tant de promeffes, tant de fermens de n'aimer que moi? Vous les oubliates, ingrat, & je vous aimois toujours. Je n'étois peut-être malheureufe que par vos douleurs, je ne fentois que vos peines; mille fois je me reprochai d'en être la caufe. Je ne pus fupporter longtems cette

*Tome V.*              E              idée;

idée ; j'étouffai ce reſte de fidélité
qui s'oppoſoit à votre bonheur, &
vous étiez aux pieds d'une autre!
Vous m'enleviez mon bien le plus
cher, vous prodiguiez un cœur &
un amour qui n'appartenoient qu'à
moi. Vous pourrez vous ſatisfaire,
& la mort va bientôt vous délivrer
de l'obſtacle importun qui vous arrêtoit. Aimez cette heureuſe Rivale : mais apprenez à quel prix vous
l'achetez. C'eſt au prix d'une vie
que l'amour vous avoit conſacrée,
que vous avez juſqu'ici remplie d'a-
mertume, & que vous m'arrachez
enfin ſans ſcrupule ; car, ne vous y
trompez pas, je vivois de mes peines, & je meurs de votre infidélité!
J'ai ſurvecu à mon prémier Amant,
& je ne ſurvis point à votre ingratitude. Que répondrez-vous? Le dé-
guiſement eſt inutile, je m'intéres-
ſois trop à vos démarches pour les
ignorer : je connois tout votre a-
mour: Mais, que dis-je? les amuſemens de Paris vous ont ſuffi pour
me faire oublier ; vous vous y êtes
abandonné ſans retenue ; & moi cependant, je pleurois, & je traînois
dans

dans les douleurs une vie languiffante. Jouiffez, ingrat, de votre cruauté, cette vie va bientôt finir, elle
ne pourra plus troubler votre bonheur. Vous voyez toute ma langueur; enivrez-vous de tout le plaifir de ce fpectacle: j'ai voulu vous
rendre témoin de ma mort, je vous
ai appellé lorfque j'ai fenti qu'elle
approchoit, pour charger vos remords du foin de ma vengeance.

Pourrois-je repréfenter mon état!
J'écoutois ces foudroyantes paroles
fans les entendre, & fans les perdre;
je me les difois à moi-même, & ce
difcours accablant étoit autant de
moi que de ma malheureufe époufe.
Ah! lui dis-je, vous êtes déja vengée; vivez, chère époufe, j'oppofe ce nom à votre reffentiment, je
me couvre de fes charmes contre
votre colère; vivez, pour me rendre toute mon innocence. J'avoue
mon crime; mais vivez pour le faire ceffer; rendez-moi votre amour,
mettez y un prix, je fuis prêt à l'a-
cheter encore: Je l'arrachai à votre
fidélité, & je réuffirai par mes tranfports à l'arracher au fouvenir de

E 2 mon

mon ingratitude, que demandez-
vous? hélas! Pourquoi me fuir?
Cette fuite malheureufe a caufé tous
mes crimes! Sans elle, je ferois à
vos pieds, non pour y pleurer côm-
me aujourdhui, mais pour vos adorer. Pourquoi m'enlever votre beauté? Elle eût fait toute ma vertu, vos
graces m'auroient défendu contre
l'infidélité. Une Rivale, l'Univers
entier ne fauroient tenir contre vous
dans mon cœur, je vous adore, &
je ne veux aimer que vous. Faut-il
défavouer tout ce que j'ai promis,
rappeller ma parole, retraĉter mes
fermens, ordonnez; je vais écrire
fous vos yeux le défaveu de toutes
mes démarches: Mais laiffez-vous
toucher, attendriffez-vous fur l'é-
tat infortuné de votre époux; lifez mes douleurs dans mes foupirs,
voyez-les dans mes fanglots. Vivez
pour jouir de mon repentir, &, s'il
fe peut, de mon amour.

Non, dit-elle, c'en eft fait, je
n'en jouirai plus; mais ce moment
me rend la plus longue vie. Je meurs
contente puifque vous m'aimez-
C'eft moi qui caufe tous mes malheurs,

heurs, ce n'eft qu'à moi de les fupporter. Hélas! pourquoi empoifonner votre tranquillité? Vous viviez
content, puis-je me pardonner de
vous avoir replongé dans les peines?
Vous allez me perdre; mais confo-
lez-vous, laiffez-moi du moins emporter au tombeau l'efpérance de
votre repos: Oui, je vous aime,
ma voix s'affoiblit, & je ne jouirai
pas longtems du plaifir de vous le
dire; vous n'entendrez plus fortir
ces mots de ma bouche; mais, après
ma mort, entendez-les encore.
N'oubliez jamais les momens heureux que j'en rempliffois, & auxquels
je trouvois tant de charmes à ne les
prononcer que pour vøus. Répondez-moi comme vous me répondiez
alors, que je vous fuive par tout, &
que mon image jouiffe encore de ce
que j'ai tant de fois recueilli; qu'elle
vous récompenfe de votre fidélité,
cherchez en elle toute ma reconnoiffance & mon amour. Chargez-
là de l'emploi pour lequel feul je voudrois vivre, qu'elle effuie vos larmes, qu'elle foupire avec vous,
qu'elle travaille fur-tout à votre con-

fo-

folation, qu'elle partage votre vie, conduifez-la dans vos plaifirs, fi vous devez en goûter encore ; conduifez-la dans vos peines, & puiffiez-vous vous décharger, fur elle de tout leur poids. Adieu, cher Epoux, ce nom chéri doit me fermer la bouche : Redites-moi que vous m'aimez, & fuiez le trifte fpectacle que je vais donner. Mais non, recevez mon ame, elle vole au devant de vous. Recevez fon amour, confervez ce dépot précieux, & voyez y toujours ce que je vous ai donné.

Elle expira à ces mots, & m'abandonna ainfi à toute l'horreur de ma deftinée. J'embraffai ce cadavre fi chéri, je baifai mille fois cette bouche qui venoit d'exprimer des fentimens fi héroïques & fi tendres, je ne rendois les miens que par des cris affreux qui épouvantoient tous ceux qui les entendoient. J'euffe voulu, pour ainfi dire, arracher mon ame, & la faire paffer dans ce corps inanimé, vivre en lui, l'échauffer de mon amour, & me perdre tout entier dans fes veines. Je l'interrogeois,

geois, je lui redemandois ce que je venois de voir & d'entendre, je cherchois des regards amoureux dans des
yeux éteints, & des expreſſions tendres ſur une bouche que la mort venoit de fermer pour toujours! Je lui
adreſſois les regrets les plus tou-
chans, je me juſtifiois, je m'accuſois tour à tour! Hélas! je n'entendois plus cette voix conſolante, qui
eût changé mon crime & mon repentir en amour; je ne voyois plus
ces tendres regards qui euſſent diſſipé mes nuages, & ramené la tranquillité dans mon cœur, j'avois tout
perdu! Comment pus-je alors, comment puis-je encore aujourd'hui ſurvivre à une perte ſi rigoureuſe!

On entreprit inutilement de me
tirer de ce lit funeſte: J'y trouvois
ma vie, ma fortune, mes biens, mon
cœur, mon eſprit; ce cadavre étoit
tout ce qui me reſtoit de l'Univers
entier, tout ce qui me reſtoit de moi-
même. Il fallut cependant le quitter, vivre encore, & pleurer ſans
lui: mais cette chère image, que je
tenois, pour ainſi dire, de ſes mains,
venoit s'unir à mes peines; je la vo-
E 4 yois

yois devant mes yeux avec toutes ſes
graces ; je tombois à ſes pieds, j'em-
braſſois ſes genoux, je rougiſſois devant elle, & je la conjurois de me
pardonner, de vivre encore. Mon
corps ſuccomboit cependant ſous les
efforts violens de ma douleur, je
m'affoibliſſois, & je ne fus plus bientôt en état de quitter le lit. Le tems
de porter ma réponſe à Mademoiſelle de.... étoit arrivé. Que mes diſpoſitions à ſon égard étoient différentes ! Je ne lui pardonnois pas d'a-
voir été complice de mon crime, ma
fureur ſe partageoit entre elle & moi;
il me tardoit de braver ſa beauté,
d'inſulter à ſes graces, de rejetter
ſon cœur, & de les punir de mon infidélité. C'eſt ainſi que je vengeois
mon Epouſe ſur la perſonne la plus
innocente, qui alloit elle-même a-
voir beſoin d'un vengeur contre
moi. Quels outrages ne lui faiſois-je
pas? Je l'arrachois de mon cœur avec
indignation, je la repouſſois avec
mépris, & je forçois cette image fidèle qui m'accompagnoit par-tout &
qui devoit m'inſtruire à la modération, à l'écraſer, & à la fouler aux
pieds.

pieds. Je reconnoiſſois ainſi ſon a-
mour & ſon empreſſement pour ma
ſanté. Elle envoyoit tous les jours,
& ſes domeſtiques me rendoient les
allarmes les plus tendres. Elles m'ir-
ritoient encore, & je l'accuſois de
me diſputer à l'ombre de mon épouſe, & à ma douleur.

Ma jeuneſſe & ma vigueur me ren-
dirent enfin à la vie, & me conſer-
vèrent par là à l'éternité de mes peines. Mademoiſelle de .. me preſſoit
de la voir, & de lui apporter la dé-
ciſion que je lui avois promiſe. Je
me déterminai en effet à l'entretenir
pour la dernière fois. L'honneur &
la raiſon vinrent heureuſement affoiblir les tranſports qui m'agitoient
contre elle, & diſſiper mon aveuglement. Je rappellai tout ce que je
lui devois, & je penſai à adoucir, par
le reſpect, le coup que j'allois lui
porter; ſon mérite & ſa naiſſance demandoient les plus grands égards, &
ſon amour devoit encore la rendre
plus reſpectable à mes yeux. Elle
m'attendoit avec impatience, & j'o-
ſe croire que le plaiſir de ſe raſſûrer
ſur ma ſanté y avoit plus de part que

E 5                    ma

ma décifion. On l'avoit reſſée pendant ma maladie de ſe décider ſur le compte du Marquis de.... mais elle avoit reculé ſa réponſe, parce qu'elle eſpéroit la mienne.

Je la vis donc, & je remarquai ſur ſon viſage les veſtiges de toute la douleur que mon mal lui avoi cauſée. Elle me reçut avec une joie qui m'accabloit, elle s'attendrit juſqu'aux larmes, & je fus longtems expoſé à toute la vivacité de ſes tranſports. Il fallut parler enfin, & étouffer un amour qui m'importunoit. Mademoiſelle, lui dis-je, qu'allez-vous penſer, quand vous apprendrez que je ſuis indigne de votre amour, & que je dois vous preſſer de l'eteindre? Je vous ai trompée, ajoutai-je en rougiſſant, je ne ſuis plus deſtiné à aimer, je ſuis condamné à paſſer mes jours dans l'amertume. Les douceurs d'un mariage heureux ne ſont plus pour moi. Ecoutez mon hiſtoire. Je lui fis alors le détail de toutes les avantures de ma vie. Je n'en retranchai que ce qui regardoit ſa Tante; j'exprimai mon dernier malheur, mes diſpoſitions pré-

ſenfentes, la douleur que je reſſentois, & la fidélité que je promettois à mon Epouſe, avec des tranſports qui euſ-ſent dû l'offenſer. Non, lui diſois je, je ne dois plus que pleurer; mon cœur ſe ferme pour jamais à tous les ſenti-mens qui pourroient affoiblir ſes pei-nes. Je vais me cacher pour ne plus appercevoir que mes crimes : Tout me devient odieux, parce que tout devoit s'élever contre moi, & me ra-mener à l'éxécution de mes ſermens. Vous, Mademoiſelle, vengez-vous par le mépris de tous mes outrages, couronnez cet Amant empreſſé ſur qui je n'eus jamais d'autre avantage qu'un amour injurieux, puiſqu'il é-toit criminel. Vivez heureuſe avec lui; ce ſouhait eſt le dernier ſenti-ment que mon cœur puiſſe produire pour une autre que mon Epouſe; il rentre dans ſa douleur, & il n'en ſortira jamais.

L'amour de Mademoiſelle... écar-ta, pour ainſi dire, de ſon cœur les traits injurieux que je lui lançois, il ne lui montra & dans mon hiſtoire, & dans mes ſoupirs qu'un homme fait pour la fidélité, & pour le bonheur

E 6       d'une

d'une Amante qui pourroit vaincre
fa réfiftance. Je n'attendois que des
fureurs, & je n'eus que de la tendres-
fe & des prières. Quoi! me dit elle,
vous vous condamnez à des larmes
éternelles? Pleurez vos malheurs,
mais pourquoi les augmenter encore en fuiant ce qui peut vous confoler? Permettez à mon amour de les
partager, je pleurerai avec vous:
Venez apprendre auprès de moi que
vous n'avez pas tout perdu, & qu'il
y a encore un cœur qui vous appartient. Je ne demande point votre
foi; je l'achetai par mon amour, je
veux l'acheter encore par la part que
je prendrai à vos peines. Il me fuffit de l'efpérance, vous me verrez
faire pour elle tout ce que je pourrois faire fi vous répondiez à mes
feux. Vous triomphates de la douleur de votre Epoufe, je vous offrirai
toujours ce qui fervit à votre triomphe, le même amour, & la même
perfévérance. Jugez de mon état par
le vôtre, je fuis tout ce que vous fu-
tes alors; répondez-moi comme elle
vous répondit, éprouvez-moi comme elle vous éprouva, condamnez-
moi

moi au silence ; mais souffrez que dans ce chemin difficile j'aie toujours les yeux sur vous, & placez-vous au terme de mes travaux.

Ce langage si tendre étoit repoussé par ma douleur: les larmes qui l'accompagnoient en le rendant redoutable, le rendoient plus odieux. Je m'irritai contre un amour qui sembloit éxiger un nouveau crime, & qui vouloit m'arracher les sentimens les plus chers. Non, lui répondis-je brusquement, vos artifices ne me séduiront plus ; apprenez que c'est vous, que c'est votre fatale beauté qui cause tous mes malheurs. C'est à vous que je m'en prens, c'est vous que je dois punir. De quel droit m'avez-vous enlevé à mon devoir? Pourquoi m'écouter, pourquoi m'encourager à l'infidélité, pourquoi me poursuivre encore ? Je fuis le Ciel qui vous éclaire, je voudrois fuir la terre qui vous soutient. Je pars en vous maudissant, je ne veux vivre que pour vous haïr, & la mort seule arachera votre nom à mes imprécations.

Elle éclata à son tour: Qu'entens-je,

je, dit-elle, perfide! A qui parlez-
vous? Eſt-ce moi qui vous ai re-
cherché? Combien de fois avez vous
embraſſé mes genoux avant que je
priſſe le ſoin de vous relever? Mais,
vous le devez, puniſſez-moi d'avoir
aimé un monſtre né pour le ſupplice
de ma vie. Barbare! vous avez donc
ſoupiré pour vous préparer le plaiſir
cruel de rire de mon amour? Jouiſſez
de votre ouvrage, il eſt digne de
vous: Oui, je vous ai aimé plus que
moi-même, je vous ai préféré à
vingt Rivaux: Je fondois ſur vous
toute l'eſpérance de mon bonheur;
mais fiez-vous à moi de votre vengeance, je me punirai plus cruelle-
ment que vous ne me puniriez vous-
même. Je remplirai d'amertume ce
même avenir que mon amour ne
rempliſſoit que de vous. Je pleurerai mon aveuglement, la haine vient
le diſſiper, & c'eſt d'elle que j'atten-
drai mon innocence.

Elle me quitta les larmes aux yeux,
& la fureur peinte ſur le viſage. Je
n'apperçus point alors la brutalité de
ma conduite; mon cœur en proie à
la douleur étoit trop funeſtement oc-
cu-

cupé de ſes peines pour être encore
ſuſceptible de compaſſion. La fureur
régnoit dans tous ſes mouvemens, &
ma cruauté, trop reſſerrée, pour
ainſi dire, en moi-même, cherchoit
plus d'étendue, & ſe répandoit ſur
tout ce qui s'offroit à mes yeux. Je
me félicitois de ma fermeté, & je
courois m'en parer devant l'image de
mon épouſe. Mes vertus n'étoient
que pour elle, je n'avois plus que
des vices, du mépris, de la colère
pour le reſte des femmes. Plus je
devinois de déſeſpoir dans le cœur
de Mademoiſelle de... mieux je la
croyois punie d'un crime que je m'o-
piniâtrois à lui ſuppoſer. Mais je n'é-
tois pas fait pour des diſpoſitions ſi
barbares ; je revins à la pitié quand
je fus rendu à moi-même, je m'ac-
cuſai de ſon malheur, je le pleurai,
& les larmes que je lui donnois ſe
confondoient familièrement avec
celles que je répandois pour mon
Epouſe. Je connus tous les devoirs
de ma ſituation, & mon cœur enfin
me parut plus digne de celle qui l'occupoit encore, lorſque j'y trouvai de
la ſenſibilité & de la douleur pour
des

des maux que j'avois caufés. Ce précieux fouvenir que j'en confervois
méritoit en effet de n'être placé qu'a-
vec des vertus , & c'étoit lui être
infidèle que de le défendre par la dureté & l'ingratitude. Je crus donc
devoir encore jetter les yeux fur fa
Rivale , & m'inftruire de fon fort.
Cette curiofité n'étoit pas dangereufe , & je fentois qu'elle ne pouvoit
me conduire à l'infidélité. Ce que
j'en appris me plongea dans le chagrin le plus affreux : Elle s'étoit dérobée du fein de fa famille , elle a-
voit méprifé les larmes de tous ceux
qui la recherchoient , & étoit allée
dans un Couvent embraffer toutes
les auftérités de la pénitence. Cette
nouvelle me foudroya. J'envifageois
avec effroi toutes les rigueurs d'un
Cloitre , je me la repréfentois acca-
blée fous un poids qui me paroiffoit
fi cruel, j'y portois la main pour le
détourner d'une perfonne qui m'a-
voit été fi chère ; je ne lui fuppofois
d'autre vocation que le défefpoir, &
je ne fupportois pas la honte de l'a-
voir condamnée à une vie fi pénible.
Les efforts de fes proches furent ce-
pen-

pendant inutiles, elle réfifta toujours.
Je friffonnai de fa fermeté; & quelque raifon que j'euffe de ne plus o-
fer me montrer devant elle, je ne
pus m'empêcher d'aller m'oppofer à
fon facrifice. Je réfolus de la voir,
& de la preffer de m'épargner les
peines de me croire l'auteur de tout
ce qu'elle alloit fouffrir. Je me fla-
tois de pouvoir encore reprendre le
chemin de fon cœur; & quoique ma
conftance ne fût point ébranlée, je
la forçai de fe cacher, je voulois
combattre Mademoifelle de.... par
l'efpérance, & la racheter de fes
fupplices en m'impofant celui de la
contrainte.

J'allai donc la demander, je fré-
mis en entrant dans fa retraite; &
ces dehors lugubres auxquels je n'a-
vois jamais accoutumé mes yeux,
verfèrent dans mon ame un fentiment d'horreur qui la fit, pour ainfi
dire, fe retirer en elle-même pour fe
réfufer à une fi trifte contemplation.
La nouvelle Pénitente parut fous des
habits qu'on pourroit appeller, les
livrées de la fainteté, elle n'avoit rien
perdu de fes graces, mais elle a-
voit

voit pris ce ton févère qui diffipe
les difpofitions les plus prophanes,
& qu'on ne peut qu'admirer. Son
vifage avoit une expreffion de joie
& de tranquillité qui m'étonna. Elle m'aborda avec une douceur que
j'attendois moins encore. Mes larmes lui annoncèrent que je n'étois
plus ce Barbare qui l'avoit fi cruelle-
ment outragée. Mon langage fut de
même bien différent ; je lui parlai a-
vec tout l'empreffement & toute la
foumiffion d'un Amant ; je pleurai le
malheur de fa fituation ; je la conjurai, par les fentimens les plus tendres, de ne pas m'accabler par une
perfévérance que je me reprocherois
toujours. Elle m'écouta avec attention ; & lorfque les fanglots m'eurent
coupé la parole : Monfieur, me dit-
elle, les tems font changés, Dieu
lui-même s'eft chargé du foin de me
rendre heureufe ; n'entreprenez pas
de me difputer à la grace : C'eft ici,
dans cette retraite qui vous paroît fi
affreufe, qu'elle a placé tous les plaifirs que je défire. Un quart-d'heure
dans fon fein m'a donné plus de joie,
& une tranquillité plus pure, que celle

le que la cupidité m'offroit auprès de vous dans la plus longue vie. Je m'abandonne à fa miféricorde ; & quand de cet heureux afile je jette les yeux fur les précipices dont il m'a fauvée, je ne puis que l'adorer, & pleurer fur le trifte fort de ceux qui courent encore dans ces routes dangereufes. Vous avez part à mes larmes, & je voudrois, en purifiant mon cœur, purifier le vôtre. Ah ! laiffez-vous toucher vous-même ; où vivez-vous ? Eft-ce à une femme à défiller vos yeux, & à conduire votre vue fur des périls inévitables ? Vous avez fi fouvent offenfé votre Dieu à côté de moi; uniffons notre repentir : qu'à la même place, que dans le même cœur il vous retrouve cette chafte innocence qui doit faire notre félicité. Ne vous flatez pas d'être l'auteur de ma retraite, le crime ne produit que le crime, & ma fanctification part d'une origine plus noble. Mais que me répondez-vous ! Dois-je vous pleurer encore ? Voyez dans quelle différence je me préfente à vous. Ce n'eft que d'aujourdhui que je vous aime en Dieu. Le monde de n'offre que de fauſſes amitiés, je m'aimois, j'aimois le plaiſir & la diſſipation, vous me parutes l'inſtrument le plus propre à ma ſatisfaction, & c'eſt-là ce que vous avez pris pour de l'amour. Vous y répondites alors: Ah! ſi le vice mérita votre attention, oſerez-vous la refuſer à la vertu ? Je ne voulois votre amour que pour l'enchaîner dans mon cœur, je vous le demande maintenant pour votre Créateur. Croyez-vous digne de monter juſqu'à lui, aſpirez à lui devenir agréable, & mépriſez tout ce qui flatte votre ambition ſur la terre.

Ces paroles produiſirent en moi des mouvemens d'admiration qui effacèrent bientôt la réſolution que j'avois priſe de l'arracher à ſa retraite. Elle étoit heureuſe, & c'étoit-là le terme de tous mes déſirs. Son diſcours répandit dans mon ame un éclat lumineux qui m'éclaire encore. Je fus touché de ſes prières; je la conjurai de ne point m'oublier, de ſe charger de mes beſoins auprès d'un Dieu qui n'avoit plus pour elle que des yeux de miſéricorde, & je la

la quittai avec des regrets qui ne re-
gardoient plus que fa vertu. Mes
chaînes étoient trop fortes pour être
rompues tout d'un coup, & je n'é-
tois pas deftiné pour être du nombre de ces prodiges que la grace fe
forme dans le fein du vice même. Je
tenois encore à la terre; mais cet inftant fut comme le fignal qui me
rendit à la fageffe. Je date delà mon
nouveau goût pour la raifon. Je
quittai Paris défabufé des inutilités
du monde, & je vins en Angleterre reprendre cet ancien amour pour
la folitude, à qui je devois le peu
de momens de repos que j'avois
goûtés en ma vie.

C'eft-là dans cette aimable retraite
où je fus autrefois fi heureux, que
depuis une longue fuite d'années je
ne m'occupe plus que du foin de bien
vivre. J'y fuis partagé entre mes regrets & ma raifon; la douleur me
ramène fouvent à mon Epoufe; mais
je ne pleure plus que fes vertus. La
fageffe me conduit fous les faintes
grilles, à travers lefquelles la pieté
porta jufqu'à moi des inftructions fi
falutaires. Je gémis donc encore,
j'écou-

j'écoute, & je travaille à former mon bonheur de mes larmes & de ma docilité. Je ne me permets plus d'autres plaifirs que ceux que je puife dans les douceurs de l'amitié. J'ai trouvé un illuftre confident de mon repos dans mon Beau-frère : Hélas ! je ne lui en donne plus le nom, il réveille en moi de trop funeftes idées ; mais il m'aime, il mérite celui de mon ami, & c'eft-là l'unique fecours que j'oppofe depuis long-tems aux efforts que font les paffions pour fe remettre en poffeffion d'un homme qui ne les accoutuma que trop à croire qu'il vouloit toujours leur appartenir.

L'A-

# L'AMOUR MARIÉ,

## OU LA

# BISARRERIE

## DE L'AMOUR

*Dans l'état du Mariage.*

C'Est une chose étonnante que l'Amour sans lequel il n'y a personne de bon sens, qui n'avoue, que la Société seroit importune, les conversations froides, & l'entretien languissant, & comme mort; que l'Amour, dis-je, qui anime les plaisirs, & leur donne la pointe, devienne si fade dans le Mariage, que le plus souvent au-lieu de s'appercevoir de ces agréables effets, il est si insupportable & bizarre, qu'il suffit d'être marié, pour ne plus aimer.

Un

Un Prince Souverain , voulant rétablir ſes Etats, dépeuplés par de
longues & ſanglantes guerres, s'a-
viſa d'un moyen qui vous fera connoître cette ſurprénante vérité. Il
fit défence à toutes perſonnes , de
quelque qualité , état , & condition, qu'elles puſſent être, il leur
défendit, ſous peine de la vie, de
garder le Célibat ; & pour faciliter
l'éxécution de ſon Edit, il contribua de ſon fonds aux Mariages que
la fortune pouvoit rendre inégaux.
Il accorda de très grands privilèges
aux Etrangers, pour les attirer en
ſes terres , & les perſonnes qui
avoient le plus d'enfans étoient les
mieux venues en Cour.

Sa Femme la Princeſſe, qui n'é-
toit pas plus ſcrupuleuſe que lui,
mais qui regardoit de plus près aux
coffres de l'épargne, s'appercevant
que cette manière de repeupler le
Royaume diminuoit le revenu du
Prince , s'aviſa d'un ſecrèt plus in-
faillible, & moins incommode pour
le Souverain. Elle conſeilla le Prince
ſon Mari, dont ſans doute l'Hymen
avoit enſeveli l'amour, d'accorder
une permiſſion générale à ſes Sujets,
de

de changer de Maris & de Femmes,
autant de fois qu'ils le jugeroient à
propos, l'avis fut trouvé bon &
promptement éxécuté, & le Prince,
que vous connoîtrez bientôt avoir
été de l'humeur de fa Femme, raffi-
nant encore fur l'imagination de la
Princeffe, fit non feulement l'Edit
de divorce qu'elle lui avoit confeil-
lé, mais de plus il promit azile &
protection à tous les Etrangers qui
fouhaitèrent venir en fes Terres,
pour fe fervir du privilège. Cette déclaration ayant été publiée dans tous
les Royaumes voifins, on ne voyoit
que flottes de gens de toutes Nations,
& de tous Sexes, qui venoient s'é-
tablir dans cet heureux Royaume,
afin d'y jouir de la liberté du païs;
que vous dirai-je? il n'y avoit pas as-
fez de bleds dans ce lieu, quoiqu'il
foit un des plus fertiles du monde.

Mais comme il eft de la Politique
d'un Souverain de donner l'exemple
des chofes qu'il commande, le Prince & la Princeffe, qui expérimen-
toient l'un & l'autre la bizarrerie de
notre Amour, furent des prémiers à
réduire en pratique ce qu'ils enfei-

gnoient aux autres; mais comme ils
étoient prudens & délicats, ils voulurent connoître les gens qu'ils choi-
firent, c'est pourquoi, ils s'établirent juges de toutes les personnes
qui demandoient la liberté du divorce. Le Prince interrogeoit les
hommes afin d'apprendre d'eux l'inclination de la Femme qu'il projet-
toit de mettre en la place de la
sienne, & la Princesse ayant le même intérêt dans l'examen des Femmes, voulut être commise à juger
de leurs mécontentemens. Notre
Prince se trouva bien embarrassé à
bien juger des accusations des Maris, il leur trouvoit à tous tant de
raisons, que leur sincérité lui étoit
suspecte, il ne pouvoit croire qu'il y
eût aussi grand nombre de Femmes
incommodes qu'il en trouvoit dans
cette recherche, & voyant par ces
rapports, que sa Femme étoit encore plus traitable que les autres (bien
qu'elle eût beaucoup de défauts) il
craignoit d'être forcé de s'en tenir à
son prémier Mariage, quelque désir
qu'il eût de procéder à un autre. Se-
lon le rapport de ces nouveaux Plai-
deurs,

deurs, Avocats en leur cause, il n'y avoit point de belles qualités dans une Femme qui ne fussent accompa-gnées de quelque mauvaise circon-stance ; les belles étoient ou coquet-tes ou méprisantes, les laides soup-çonneuses, les spirituelles impérieu-ses & opiniâtres, les ingenues pesan-tes, enfin elles avoient toutes quel-que qualité contraire à la douceur de la Société ; mais ce pauvre Prin-ce dans son embarras, ne s'apperce-voit pas, sans doute, qu'on ne lui proposoit que les imparfaites, peut-être n'eût-il pas été si empêché, s'il eût considéré, que celles qui ne l'é-toient pas, contentant leurs Maris, ils ne demandoient point de divorce avec elles. Mais la Princesse ne se trouva pas si empêchée que le Prin-ce à rencontrer son assortiment, soit qu'elle fût moins difficile à conten-ter, ou que le Prince son Mari eût des qualités si communes, que tous les autres en eussent de plus rares, el-le trouvoit dans tous les Maris mé-contens dequoi faire valoir le privi-lège, mais le Prince son Mari vouloit qu'elle attendît qu'il eût fait la même rencontre, il aimoit mieux à la véri-

F 2 té

té une nouvelle Femme que l'ancienne, mais il trouvoit la sienne meilleure que rien. Cela fut cause qu'on dépêcha promptement d'entendre les parties, il y avoit tous les jours de nouvelles audiences, tant pour les Hommes que pour les Femmes, & sitôt que l'une étoit finie, on en recommençoit une autre.

La prémière de toutes les Femmes qui comparut devant la Princesse, afin d'y plaider sa cause, fut une jeune brune, enjouée, d'une démarche libre, d'un air gai, & d'une phisionomie tout à fait spirituelle : son habit étoit aussi propre, qu'agréablement inventé, ses actions plaisoient, & il étoit aisé de remarquer qu'elle les faisoit à ce dessein : passez, lui dit notre Princesse, aussi tôt qu'elle la vit, il n'est pas nécessaire de vous examiner pour savoir dequoi vous vous plaignez, vous voulez, sans doute, avoir des Amans, & vous en méritez, mais votre Mari ne veut pas le souffrir, il ne peut vous permettre la vûe des honnêtes hommes, leur entretien avec le nôtre lui est insuportable, leurs visites lui font fâcheuses, & leurs conversations su-

*spec-*

fpectes, vous avez raifon de le changer, les époux de ce caractère font
incommodes, & vous devez en changer, jufques à ce que vous en trou-
viez un, qui ne contraigne point votre humeur. Hélas Madame! reprit
la brune, mon Mari ne me contraint
point, & s'il falloit avoir des fujets
de fe plaindre d'un Epoux pour jouïr
des privilèges du changement, je ne
ferois pas venue dans vos Etats: mon
Mari m'aime, il eft jeune & bien-
fait, il chante & danfe bien, il eft
puiffant & libéral, je ne manque de
rien, les bijoux les plus nouveaux,
les parures les plus à la mode font
à ma difcrétion ; & pour répondre à votre penfée, je vous dirai
Madame, qu'il n'y eut jamais Mari
moins jaloux que le mien : hé ! pourquoi le changez-vous donc, interrompit la Princeffe, toute furprife
de ce que cette Femme lui difoit :
feulement pour le plaifir de changer,
Madame, reprit la brune en fouriant;
mais voyant que la Princeffe, s'attendoit à quelque autre raifon, c'en
eft une bien forte Madame, lui dit-
elle, car je vous prie n'eft-ce pas

F 3                    beau-

beaucoup faire, continuoit notre
belle plaideuse, de rompre quand on
veut une chaine qui nous attache
tout le tems de notre vie ; & pour
fortifier fa caufe, quelle fouhaitoit
gagner, & rendre meilleure, elle
s'avifa de faire à la Princeffe cette
comparaifon : N'avez vous jamais
vu, dit-elle, de gens nourris de mêts
les plus délicieux, fe faire un plaifir d'un groffier morceau ? Sans mentir, s'écria la Princeffe, il faut avouer
que notre fexe eft admirable, & je
confeffe ingenûment, que je ne croyois pas qu'il portât le caprice du
changement fi loin. Après cette ré-
flexion la Princeffe, pour la nouveauté du fait, ordonna que cette
Femme fut mife à la tête des Epou-
fes malcontentes, & qu'on lui donnât le choix de tous les Maris qui fe-
roient à pourvoir.

Après cet éxamen, on procéda à
un autre, & fitôt que cette brune
fut fortie du parquet, il y entra une
blonde, auffi belle que la brune,
mais fâde & languiffante, dont la démarche auffi négligée que les habits,
faifoit aifément connoître la paref-
fe

se naturelle ; quelles plaintes faites-
vous contre votre Mari, lui dit notre Princesse ? Madame, reprit froidement la blonde, il m'aime trop,
il veut incessamment me caresser, je
n'ai pas un moment de repos, il
m'inquiète toujours. O Dieu! s'écria
la Princesse, qu'on m'ôte promptement cette Femme d'ici, qu'on pren-
ne bien garde de la mettre avec les
autres, elle est de méchant exemple,
& prenant le nom de son Époux sur
des Tablettes qu'elle avoit en sa poche, elle crut que c'étoit par cet
homme-là, qu'elle devoit commencer cette nouvelle loi de divorce.

A peine avoit-elle pris cette résolution, qu'on lui présenta une troi-
sième Femme dont la phisionomie
passionnée lui fit juger qu'elle se plaignoit d'un mal tout contraire à celui
de la précédente : vous êtes jalouse,
lui dit-elle, & vous quittez votre
Mari, parce qu'il est coquet ; plût à
Dieu Madame, lui dit cette Femme,
que vous eussiez deviné : ah ! dit-elle
en soupirant, je ne serois pas si malheureuse que je suis, il n'y a rien de
si commode qu'un Mari coquet, il

F 4                               se

se tient toujours propre, leste & bien
acommodé, il sort tout le jour, &
la crainte qu'il a qu'on ne pénètre
en ses affaires, l'oblige à nous abandonner la conduite des nôtres; mais
hélas! le mien n'est pas de cette humeur, il se mêle de tout, il est toujours à la maison, il n'en sort qu'aux
bonnes fêtes, & jugeant de mon
tempérament par le sien, je ne sors
jamais qu'il ne me serve d'Ecuier: sa
cause fut trouvée si bonne, ses raisons si solides, & ses complaintes si
légitimes qu'elle eut incontinent
permission de changer.

La Princesse qui ne se lassoit point
d'entendre ces procédures, dans
l'éxecution desquelles elle prenoit
beaucoup de plaisir, fit venir une quatrième Femme, dont le sujet de
plainte étoit aussi nouveau que bizarre. Son Mari vouloit qu'elle fît l'a-
mour, & elle ne le vouloit pas, il sou-
haitoit qu'elle fût galante, & elle ne
désiroit pas de l'être, en un mot il la
vouloit coquette, & elle ne pouvoit
s'y résoudre; c'est donc que l'Amant
qu'il vous propose ne vous plait pas,
lui dit la Princesse? non Madame,
dit

dit la Femme, ce n'eſt point cela,
car il me donne la liberté de choiſir,
il dit que les Femmes qui ont de
l'honneur ſont ſi mechantes en menage qu'elles y deviennent inſupor-
tables, que pourvu que je n'aie plus
cette qualité d'honnête femme, il
lui eſt indifférent qui me la faſſe perdre : en effet, Madame, j'avoue
qu'elle me rend un peu fière, car enfin c'eſt un beau joyau que l'honneur,
& quand une Femme peut dire, je ne
crains rien, elle eſt rarement vaincue dans les différens du menage ;
c'eſt pour cette raiſon que mon Mari veut me contraindre à devenir coquette, il dit que les Femmes ſont
beaucoup plus dociles quand elles
ont quelques apparences à menager ;
mais, Madame, j'aimerois mieux
mourir que d'y conſentir, j'aime
l'honneur, je ne veux rien faire qui
l'offence, & je rénonce plutôt au mariage qu'au privilège de parler hautement & ſans crainte, comme une
honnête Femme doit faire. La Princeſſe trouva cette Femme ſi ridicule,
dans ſon procédé, qu'elle fit ſigne
qu'on l'ôtât de ſa vûe, ſans daigner
F 5 lui

lui faire réponfe;elle eut quelque
raifon de ne pas s'arrêter longtems
à cette Femme, car elle étoit fui-
vie d'une autre qui avoit tant de
chofes à dire qu'elle confuma toute
l'audience.

C'étoit une très belle étrangère,
originaire d'un Royaume fameux
pour les belles qu'il produit, mais
celle ci étoit douée d'une beauté fi
paifaite & accomplie, qu'elle ne
pouvoit cèder aux prémières beau-
tez de la terre; fes yeux, fa taille,
& fon port, montroient, je ne fai
quoi de fi doux, de fi noble & de fi
charmant, qu'il étoit difficile de la
voir fans l'aimer, & s'attacher à elle
d'une affection toute particulière,
auffi notre Princeffe ne la vit qu'avec
admiration; comment, dit elle, eft-
il poffible, qu'un Mari veuille changer une fi belle Femme ? l'étrangère
ne répondit à ce difcours qu'avec la
couleur qu'il lui fit monter au vifage,
& demandant à la Princeffe la permiffion de raconter fon Hiftoire toute entière, comme elle n'étoit pas
faite d'une manière à être refufée,
elle obtint facilement fa demande;
&

& ayant prié la Princesse de ne se pas
ennuier de la longueur de sa cause,
dont elle lui vouloit dire toutes les
circonstances, elle la commença de
la sorte en François qu'elle parloit
parfaitement, aussi bien que quanti-
tité d'autres langues qui lui étoient
connues.

# HISTOIRE
# D'IRCADE
## ET
## DE MARIANE

JE ne sai, Madame, par où je dois
commencer mon Histoire, le
portrait des personnes qui est ordinairement le prélude des narra-
tions, m'est interdit, car vous voyez
comme je suis faite. Je ne ferai point
aussi de généalogie inutile, je crois
qu'il vous est indifférent de savoir
quels sont mes Ancêtres, pourvu que
vous connoissiez l'affaire dont il s'a-
git.

F 6

git. Je ſuis Femme, & je me plains de mon Mari, écoutez s'il vous plait le ſujet de mes plaintes, & jugez de mes raiſons.

Je ſuis de la principale Ville de ma Province, & m'appelle Mariane; un Gentilhomme voiſin de nos quartiers, ayant eu quelques affaires en ville, il m'y vit, & me trouvant à ſon gré, il me dit qu'il m'aimoit; je vous avoue, Madame, ingénûment, que cette confidence m'engagea, & que par je ne ſai quel mouvement, que je n'avois point encore expérimenté, je me ſentis ſi obligée de ce qu'il me l'avoit faite, qu'un jour m'ayant demandé avec empreſſement, ce qu'il devoit eſpérer, je lui promis de lui faire connoître le lendemain, par un billet que je conçus en ces termes, voulant faire un Acroſtiche ſur ſon propre nom de Joſeph qu'on appelloit communément Ircade.

## ACROSTICHE.

*Ircade aime, mon cœur en ſera de moitié,*

Oſe

*Ose tout espérer de ma tendre ami-*
*tié,*
*Suis les beaux sentimens, que ton*
*amour inspire,*
*Et crois qu'on est heureux, alors*
*que l'on soupire.*
*Pour un objet qui veut avec toi par-*
*tager,*
*Hazard, honneur, amour, infortu-*
*ne, & danger.*

Jamais Amant ne parut si content qu'Ircade me témoigna de l'être à la prémière vue ; après mille remercie-mens, il me fit cent protestations d'un amour éternel, & il étoit sur le point de me demander à mon Pè-re, lorsque le Roi l'appellant en sa Cour, pour des affaires peu impor-tantes à mon Histoire, interrompit ses desseins ; il partit pour s'y rendre, après un adieu qui me fit connoître tout l'amour dont un homme est capable : le Roi conçut tant d'esti-me pour lui, qu'il l'arrêta auprès de sa personne, il m'avertit de sa nou-velle faveur, & pendant quelque tems j'eus sujet de croire qu'elle ne le forceroit pas à m'oublier, il m'é-crivoit souvent, & ses Lettres me

F 7 sem-

sembloient tout de feu, mais la
Cour qui ôte aisément la mémoire
des Provinces rendit insensiblement
Ircade si paresseux à m'écrire, qu'à
la fin il ne m'écrivit plus; je passai
plus de deux ans sans recevoir aucune de ses Lettres, & peut-être
que les choses ne seroient pas venues, où elles ont été depuis, sans
la mort de Madame la Mère qui le
rappellant chez lui l'obligea de passer encore par la ville, où j'étois
toujours demeurée; je ne sai si ce
fut par hazard ou par dessein, mais
enfin il m'y vit, j'avoue sans vanité,
que j'étois en réputation d'être la
plus belle Fille qui fût en ce tems-là
dans toute la Province : j'avois plus
d'enbonpoint que lors qu'Ircade m'a-
voit vue la prémière fois, ma gorge
& ma taille s'étoient formées : Ircade de son côté étoit devenu le Seigneur du Royaume le plus accompli,
de sorte que vous pouvez juger, que
nous n'eumes pas beaucoup de peine
à ralumer les prémières flammes
d'un feu qui n'étoit pas encore entièrement éteint ; je ne voyois rien dans
la Province de si parfait qu'Ircade,
& il me juroit qu'il n'avoit rien vu à
la

la Cour qui m'égalât, mais le trait de
légèreté qu'il m'avoit déja fait, me
faifoit douter de fes nouvelles proteftations, ou du moins lui témoigner
que je n'avois pas lieu de les croire,
que je me fouvenois toujours, qu'il
m'en avoit dit autant avant que de
partir, & qu'il m'avoit oubliée en
me perdant de vûe, mais il trouvoit
de fi beaux prétextes à fon filence,
& j'avois un défir fi violent qu'il dît
vrai, que je l'aidois moi-même à
me tromper; fa fortune & fon devoir le rappellant auprès du Roi, il
fe vit obligé de me quitter une fe-
conde fois, mais il donna fujet de
croire qu'il ne retomberoit pas dans
fa prémière faute : en effet il m'écrivoit de tous les lieux où il paffoit,
il n'y avoit aucune mode à la Cour,
dont je n'eufle la prémière, & les
bienfaits du Roi l'ayant élevé dans
un rang, où il ne devoit pas craindre
d'être refufé, s'il me demandoit à
mes parens, il fit cette demande a-
vec tant d'ardeur & tant d'avantage
pour moi, que je lui fus incontinent
promife; il vint m'époufer en la ville où j'étois, & le mariage y ayant
été

été fait avec pompe, il me conduifit
à la Cour , avec un équipage qui
reffembloit plutôt au train d'un Prince, qu'à celui d'un Gentilhomme
particulier. Le Roi reçut mon E-
poux avec bien de la joie , il lui donna de nouvelles charges , & la Reine me combla de préfens & de cares-
fes ; enfin , Madame, j'avois le plaifir de voir mon Epoux , dans les
bonnes graces de fon Roi , & il
avoit celui d'entendre louer fon
choix par tous ceux qui me connoif-
foient à la Cour.

Trois ou quatre mois fe paffèrent
de la forte avec tant de contente-
ment, & pour l'un & pour l'autre,
que je ne puis penfer à ce bienheu-
reux tems, fans foupirer de douleur,
de ce qu'il ne dure pas encore ; ah!
Madame, eft-il poffible, ce que je
vais vous dire, à peine les prémiers
tranfports de notre joie furent pas-
fés, que les noms d'Epoux & d'Epoufe nous devinrent infuportables, Ircade augmentoit tous les jours d'eftime & de crédit , & je puis dire que
l'air de la Cour ne diminuoit pas mes
charmes : fi Ircade n'eût point été
mon

mon Mari, j'aurois eu befoin de toute ma vertu pour ne le pas aimer plus
que je n'aurois dû, & il confefloit
que fi je n'avois pas été fa Femme, il
feroit mort d'amour pour moi, mais
la néceffité de nous aimer, nous donnoit occafion de nous haïr, & fi le
caprice ou l'habitude nous arrachoit
quelques careffes, elles nous fem-
bloient à contre tems. Ce n'eft pas
que nous n'euffions l'un pour l'autre
un fonds d'eftime tout-à-fait grand.
Ircade vivoit avec moi, avec beaucoup de refpect, & toute l'honnête-
té poffible, & je ferois morte mille
fois plutôt que de manquer à ce que
je lui devois, mais nous nous regar-
dions comme de bons amis, qui é-
tant affurés l'un de l'autre s'aiment
d'une amitié tranquille, fans transport, paffion ni empreffement, &
ce n'eft pas affez pour de jeunes
cœurs qui s'attendent à quelque chofe de plus fort, on voudroit que les
commencemens fuffent durables, &
quand ce qui devroit être un pur effet d'amour n'eft qu'un effet de complaifance, ou de quelque politique,
le mariage devient un fardeau très
pe-

pesant, c'est ce qui nous rendoit chagrins l'un & l'autre.

Un des meilleurs & des plus familiers Amis d'Ircade, nommé Géronte, homme adroit & judicieux, & pour lequel Ircade n'avoit rien de caché, s'en étant apperçu, voulut en savoir la raison, il presse mon Epoux de lui dire le sujet de sa mélancolie, & l'assûrant qu'il douteroit à jamais de son amitié, quoiqu'il la lui eût déja fait connoître en plusiers rencontres, s'il refusoit de lui donner cette marque de confiance, il lui arracha l'aveu de son dégoût pour moi: Vous êtes dégoûté de Mariane, lui dit Géronte tout surpris ah je vous prie, de grace, dites-moi si vous connoissez au monde quelque Femme plus belle, & plus digne de notre amour qu'elle? Ce n'est pas de sa beauté que je me plains, reprit froidement mon Epoux, j'avoue qu'elle est grande, & qu'un autre qu'un Mari la trouveroit parfaite, mais mon cher ami, de quel usage m'est cette beauté? de quel usage, reprit Géronte, ah pour qui voulez-vous donc qu'elle soit d'un usage commode, si ce n'est

n'eſt pour vous même ? quoi ne
mettez-vous point de différence entre une Femme dégoutante, & une
Femme bien faite ; & quand même
vous retrancheriez l'uſage de l'Hi-
menée au ſeul plaiſir de la vue, n'eſt-
il pas plus charmant pour un E-
poux, de trouver chez lui quand il
y arrive, une Femme jeune & brillante, qu'une vieille & déſagreable ?
Ah mon Dieu mon ami, reprit Ircade d'un ton mépriſant, une Femme eſt toujours aſſez belle, on vit
avec la laide comme avec la belle,
& même il y a plus d'avantage d'a-
voir l'une que l'autre, car quand on
a une belle Femme, il ſemble qu'on
ait perdu le ſens : lorſqu'on en aime
une autre, les Dames vous ren-
voient toujours à notre Femme qui
eſt, diſent-elles, ſi belle, vous avez
beau leur jurer, prendre Dieu à témoin, vous ne les perſuadez jamais:
ah ! ſi j'étois le Mari d'une telle,
pourſuivit-il, en nommant la plus
laide Femme de la Cour, avec quel
plaiſir dirois-je à Mariane, qu'elle eſt
la plus belle Femme du monde ; elle me croiroit, car elle verroit b en
que

que je ne mentirois pas, elle m'auroit obligation de mes louanges, &
peut-être qu'elle les recompenseroit
de quelques petites faveurs; mais si
je faisois cet aveu aux plus belles
Femmes de la Cour, elles croiroient
toujours que je me raille, car elles
savent bien dans le cœur que Mariane est beaucoup plus belle qu'elles.

Cette conversation se faisoit dans
une Salle basse, où l'on mangeoit
d'ordinaire, & il y avoit une Grotte à côté de cette Salle, où je m'é-
tois retirée incontinent après le di-
ner, afin de m'y reposer, de sorte
que j'entendois distinctement tout
ce qu'ils disoient l'un & l'autre : je
ne fus point surprise du commence-
ment des discours d'Ircade, si l'on
m'avoit demandé la vérité de mes
sentimens, j'aurois dit de lui tout ce
qu'il disoit de moi, mais quand je
l'entendois souhaiter d'être le Mari
de celle qu'il avoit nommée, je ne
pus m'empêcher de faire un grand
éclat de rire.

Géronte, qui l'entendit, mit aussi-tôt la tête dans la Grotte, pour
voir

voir qui l'avoit fait, & m'y voyant
affife, un Livre dans la main, & le
vifage auffi tranquille que fi je n'a-
vois point eu d'intérêt à ce que l'on
venoit de dire: fans mentir, nous
dit-il en riant à fon tour, voici la
maifon des Miracles, l'homme du
Royaume qui a la plus belle Femme, voudroit avoir la plus laide, a-
fin d'avoir le plaifir de faire l'amour
à la fienne, & la Femme du monde
qui mérite le mieux toute la paffion
de fon Mari, reçoit les affûrances
de fon dégoût avec un éclat de rire? quels gens êtes-vous donc, con-
tinua-t-il, en nous regardant l'un a-
près l'autre? Vous, dit il à Ircade,
puis que vous trouvez Madame votre Femme fi digne de votre amour,
pourquoi ne l'aimez-vous pas? en-
trez je vous prie dans cette Grotte
avec elle, & lui dites vos raifons,
& comme un troifième eft toujours
importun en pareille rencontre, je
vous laifferai feuls. Non, non, dit
Ircade, en retenant Géronte, vous
n'avez pas befoin de fortir, il m'eft
fi fort permis de dire à Mariane tout
ce que je veux, que je n'ai plus rien

à lui dire : j'avoue que cette réponce.
me fit rire, ce que voyant Géronte,
& vous Madame, en s'adreſſant à
moi, vous recevez, me dit-il, cet
aveu de la ſorte, vous en riez ? pourquoi n'en rirois-je pas, lui dis-je ſans
m'émouvoir, la choſe n'eſt-elle pas
aſſez plaiſante pour en rire? oui, ſans
doute, reprit Géronte, j'avoue que
les ſentimens de votre Mari ſont dignes de la riſée des gens indifférens;
mais, Madame, je ne croyois pas
que vous conſervaſſiez ce caractère
avec lui, c'eſt le meilleur que je
puiſſe prendre, lui dis-je froidement,
outre que je ſuis ſi fort du ſentiment
d'Ircade ſur toutes ces choſes-là, que
je croirois commettre un crime de
le blâmer. De grace, dit mon É-
poux, en tirant Géronte par le bras,
allons prendre un peu l'air, vous a-
vez ſi ſouvent prononcé les noms de
Mari, de Femme, & d'Époux, que
j'en ai la migraine, ils ſortirent en
diſant cela.

Un moment après mon Tailleur
m'ayant fait un habit, d'une mode
toute particulière, me l'apporta, je
l'eſſayai, & me trouvai ſi belle avec
cet-

cette parure, que je m'en allai chez
la Reine afin de m'y faire voir; mais
je la rencontrai dans la rue qui alloit
au Sermon, où n'étant pas d'humeur
à la suivre, je m'en allai chez elle,
où n'ayant pas trouvé les Dames que
j'y cherchois, j'allai dans le Jardin,
attendre son retour: j'avois promis
mon carosse à une de mes amies ce
jour-là, de sorte que je lui envoyai
sitôt que j'en fus descendue, & choi-
sissant l'endroit du Jardin le plus solitaire, j'allai m'y entretenir avec mes
pensées.

Mais, Madame, admirez le caprice de la destinée, j'étois seule, il n'y
avoit personne de mon train à la porte du Jardin, où je me tenois mas-
quée, mon Mari & Géronte qui par
hazard étoient venus se promener en
ce lieu, passerent proche de moi sans
me connoître, & Ircade voyant une
Femme d'assez bonne mine, qui se
promenoit seule, vint incontinent
m'accoster, il n'avoit jamais vu l'habit
que je portois, & m'avoir laissée vê-
tue à la négligée lorsqu'il étoit sorti,
de sorte que n'ayant aucun soupçon
de la vérité, il débuta d'abord par

un

un éloge très galant de ce qu'il voyoit de ma perſonne. Cette rencon-
trée me parut ſingulière, & voulant
m'en divertir, je déguiſai le ton de
ma voix le mieux qu'il me fut poſſible, & contrefaiſant la plaideuſe de
Province, qui ne ſavoit aucune des
particularités de la Cour, je ſecondai
ſi bien ſon erreur, qu'il ne lui vint
jamais dans l'eſprit de croire ce que
j'étois.

Le voila ſur les louanges & ſur les
proteſtations, il admiroit tantôt ma
taille, tantôt le brillant de mes yeux,
ma gorge dont il ne voyoit que la
forme, étoit la mieux faite du monde, mes cheveux étoient les plus
beaux qu'il eût vus, ma demarche,
mon action, ce qu'il appercevoit du
bas de mon viſage, car on portoit
en ce tems là les maſques très petits,
enfin tout l'énchantoit: Géronte a-
voit beau le tirer, pour lui faire quitter une converſation dont il apré-
hendoit les ſuites, il ne le pouvoit
ôter d'avec moi, il vouloit, diſoit il,
me ſuivre au bout du monde, en un
mot, il ſortit de ce lieu le plus a-
moureux de tous les hommes.

Ge-

Géronte voyoit cette manie avec compaſſion, j'entendois qu'il lui diſoit, dans une langue qu'il ne croyoit pas que je ſçuſſe, de ne point s'arrêter à une femme qu'il ne connoiſſoit pas, & laquelle peut-être n'étoit rien moins que ce qu'elle paroiſſoit ; que toute la ville étoit pleine de ces ſortes de femmes, qui contrefaiſoient les prudes & les innocentes, quoiqu'elles en ſçuſſent plus que tous ceux qu'elles interrogeoient, & qu'au reſte il ſe rendroit la riſée de toute la Cour, ſi on y découvroit qu'il ſe fût arrêté ſi longtems à une telle Femme ; mais Ircade avoit l'oreille bouchée à toutes ces raiſons, il auroit juré ſur ma mine que j'étois auſſi ſage qu'en effet je l'étois : s'opiniâtrant à vouloir me reconduire à mon logis, pour apprendre ma maiſon, j'eus beſoin de tout le pouvoir que je commençois à avoir ſur ſon eſprit, pour l'obliger à me permettre que je me retiraſſe avec liberté : je lui dis pour ce ſujet, que j'avois un Mari jaloux, qui ne pouvoit ſouffrir de gens faits comme lui dans ſa maiſon, que je jugerois de l'effet que j'aurois fait fur lui, par la déférence qu'il auroit pour mes volontés, qu'il me fît la juftice de croire qu'étant une femme reconoiffante, je faurois bien le récompenfer une autre fois de la curiofité qu'il me facrifieroit par cette obéïffance.

Il fe retira flatté de cet efpoir, & moi ayant trouvé le fecret de marcher fur le pied de Géronte, je lui fis figne que je voulois lui dire quelque chofe; il me fuivit dans un endroit que je lui marquai de l'œil, où Ircade n'ofant l'accompagner, crainte de me déplaire, l'attendit au bout de l'allée, très impatient de favoir ce que je lui difois. Géronte, lui dis-je, quand je jugeai que mon Epoux ne pouvoit nous entendre, je fuis la Femme d'Ircade; il penfa s'écrier à ce nom, mais lui ferrant la main, taifez-vous, lui dis-je, cette intrigue eft affez plaifante pour être pouffée plus loin, venez me prendre ici dans un caroffe inconnu, le plutôt que vous pourrez, nous rirons à loifir de cette inopinée rencontre. Géronte retourna trouver Ircade avec une fi grande envie de rire, qu'il eut bien
de

de la peine à s'en empêcher. Il dit à mon Epoux, que je m'étois enquise de sa maison, & des moyens dont il falloit se servir pour lui écrire, & l'ayant accompagné jusques à l'appartement du Roi, il s'échappa de lui adroitement, il prit le prémier carosse qu'il trouva dans la Cour, avec lequel il vint me retrouver où il m'avoit laissée.

Géronte, Madame, étoit un parfait ami de mon Epoux, & dans toute autre occasion, je n'aurois jamais pu le résoudre à le trahir ainsi, mais il regardoit cette galanterie comme un innocent moyen qui pourroit ralumer sa passion pour moi, & il estimoit ce service un des plus grands qu'ils eût jamais pu lui rendre.

Sitôt que je fus arrivée dans mon appartement, je quittai l'habit que j'avois, je commandai à une de mes suivantes de l'enfermer soigneusement, & je deffendis à toutes de dire à qui que ce fût que je l'eusse porté, & reprenant celui qu'Ircade m'avoit vu le matin, je consultai avec Géronte sur les moyens de bien jouer notre farce.

G 2                    E

En vérité, Madame j'étois abfo-
lument infenfible aux mépris de mon
Mari, & je ne m'attendois pas à le
faire ceffer par cette rufe; mais je
trouvois l'hiftoire fi plaifante, que
je voulus la pouffer plus avant; je ne
me fuffe pas avifée de l'inventer,
mais puifque le hazard l'avoit fait
naîtra, je voulus le feconder.

Géronte en fut d'avis, & retour-
nant trouver Ircade, il lui dit autant
de bien de moi, qu'il lui en avoit dit
de mal avant de me connoître. Sans
mentir, lui dit-il, cette inconnue
que nous avons vue dans le Jardin de
la Reine eft bien faite, je ne vois
rien qui égale fa bonne mine, & fi ce
que fon mafque nous cache eft auffi
beau que ce qu'il nous a laiffé voir,
c'eft la beauté du monde la plus parfaite. Ircade l'embraffant à cet aveu,
le conjura par l'amitié qu'il lui avoit
toujours porté, de lui aider à découvrir cette Dame inconnue : il lui a-
voua ingénûment qu'il n'avoit jamais
reffenti tant d'amour qu'elle lui en
avoit donnée.

Je fortifiois cette paffion par deux
ou trois entrevues, où j'avoue que je
fai-

faisois de mon mieux pour triompher de l'erreur de mon susceptible
Mari; il m'étoit d'autant plus facile
de le voir & lui donner des rendez-
vous, que la manière dont nous vi-
vions l'un avec l'autre, ne nous permettoit pas d'être souvent de même
compagnie: nous avions chacun les
nôtres à part, de sorte que quand il é-
toit sorti, je me vêtois d'habits qu'il
ne pouvoit connoître, & ne prenant
avec moi que des Filles qui lui é-
toient inconnues, auxquelles je dé-
fendois de me nommer, j'allois le
poursuivant de cercles en cercles,
pour lui faire de nouvelles blessu-
res.

Le changement, que le masque ap-
portoit à la voix, déguisoit tellement
la mienne, qu'Ircade ne me regarda
jamais que comme l'inconnue du Jardin, & dans cette qualité je ne di-
sois pas une parole dont il ne parût
enchanté; il me conjuroit par tout
ce qu'il pouvoit de plus tendre de lui
donner les moyens de me voir chez
moi, mais le Mari jaloux que je lui
avois supposé dès notre prémière
vûe, me tiroit d'affaire là-dessus; &

quand

quand de la propofition des vifites, il fe retranchoit à celle de lui laiffer voir ma face, je voulois, lui difois-je, l'éprouver encore un peu de tems, avant de me découvrir à lui ; enfin je lui dis que s'il s'opiniâtroit davantage, & qu'il voulût me faire fuivre, comme il avoit déja voulu faire, je me cacherois fi bien à l'avenir, qu'il pourroit bien me tenir pour perdue. Cette crainte le faifoit demeurer dans les termes où je voulois qu'il fût, & pour le récompenfer de fa foumiffion, je lui donnois fouvent de mes Lettres, que Géronte faifoit copier, & en recevoir les réponfes: je me fouviens que ces Lettres firent naître une plaifante avanture, que je veux bien vous dire.

Ircade en perdit une, & comme je lui avois parlé tant de fois d'un Mari jaloux que je lui fuppofois, il apprehenda qu'elle ne fût trouvée par quelques gens fufpects ; & pour éviter cet accident, il s'avifa de ce moyen: il fit faire plufieurs billets galans, qu'on appelle communément en France, des *Poulets doux*, il y employa quantité de différentes mains, pour

pour les faire de divers caractères, il les fit mettre ensuite dans les poches de tous ceux de la Cour, qu'il favoit être gens à bonne fortune.

Je ne puis vous répréfenter, Madame, combien cette plaifanterie fit naître de trouble à la Cour. Tous ces billets étoient amoureux, les uns étoient doux, & les autres emportés, il y en avoit qui exprimoient de la jaloufie, & du dépit, & quelques-uns étoient d'honnêtes remerciemens ; mais prefque tous donnoient des rendez-vous, de forte qu'on ne voyoit autre chofe aux promenades, que des galans à billets doux, qui venoient à l'affignation qu'ils croyoient avoir eue : cela fit quantité de querelles à la Cour, un chacun tâchoit à découvrir d'où venoit fon billet, c'eft d'une telle, difoit l'un, feroit-il poffible que ce fût de celle-là difoit l'autre, enfin on cherchoit de tous côtés les écrivains les plus experts, pour vérifier les caractères ; & fi mon intrigue avec Ircade avoit été une véritable affaire, fa précaution n'auroit pas été inutile, car fon billet fut trouvé par un de

G 4 ces

ces indiscrets qu'il apprehendoit si
fort ; celui-ci l'ayant vu sortir de
la poche d'Ircade , & voyant qu'il
parloit d'amour, me l'apporta tout
aussi-tôt, croyant, comme je pen-
se , qu'il tireroit quelque avantage
de son indiscrétion.

Je ris de bon cœur, quand je vis
ce billet , & l'action de celui qui me
le présentoit ; je le remerciai de ce
service , comme s'il m'avoit été de
très grande importance , & courant
incontinent à la chambre d'Ircade,
tenez Seigneur, lui dis-je, en lui
donnant ce billet, & contrefaisant la
jalouse, ayez une autre fois plus de
soin des *Poulets doux*, qu'on vous en-
voie, en voici un qui est tombé de
votre poche en bonne compagnie,
il n'est pas d'un homme discret, de
commettre ainsi les Dames, qui sont
d'humeur à le favoriser. Ircade ne
put s'empêcher de rougir à la vûe de
cette Lettre, mais la pièce qu'il a-
voit faite lui fournissant un prétexte
à dissimuler, ce sera sans doute, re-
prir-il froidement, quelques-uns de
ces billets galans qu'on a pris plaisir
à glisser dans les poches de tous les
gens

gens de la Cour, & en ouvrant le
fien, comme s'il ne l'avoit jamais
vu, il y lut ces paroles.

## BILLET AMOUREUX.

OUi, mon brave, je crois pouvoir être
aimée, je fuis affez belle pour concevoir cette opinion de moi, & ce n'est
pas de mes charmes dont il me faut
perfuader, je les connois mieux que
vous, mais je doute qu'on puisse aimer ce qu'on n'a jamais vu : pour vous
il n'eft pas extraordinaire que je vous
aime, je fai qui vous êtes, & je vous
vois tous les jours à découvert, mais
que favez-vous, fi ce que mon mafque
vous a caché, ne vous dégouteroit point
de ce qu'il vous a laissé voir ? Ne vous
y abufez pas, les femmes font de grandes trompeufes, & peut-être, au moment que vous m'aimez avec tant d'ardeur fans me connoître, je vous ferois
la perfonne du monde la plus indifférente, fi vous me connoissiez.

Sans mentir, s'écria mon Epoux,
après avoir lu cette Lettre, voilà un
billet bien galant, & que ce foit une
feinte, ou une vérité, la perfonne

G 5     qui

qui l'a fait, a infiniment de l'esprit.
Je pensai m'éclater de rire à cet a-
veu d'Ircade, mais n'étant pas encore pleinement satisfaite de cet innocent plaisir, je me contraignis, & je
lui dis sans m'émouvoir; que trou-
vez-vous de si extraordinaire dans
cette Lettre? ce que j'y trouve, Madame, s'écria-t-il, comme en se fâ-
chant de ce que je ne lui donnois
pas toute l'approbation qu'il eût
bien désiré, le sens, le tour, l'expression, la délicatesse, les pensées : cer-
tes repartis-je avec la même froideur, je ne vois rien que de très
commun dans tout cela, je ne me
pique point de bien écrire, mais je
gagerois bien d'en faire autant quand
il me plaira. Ircade me regardant
avec le dernier de tous les mépris,
& levant les épaules, comme s'il
eût eu compassion de ma vanité,
il la trouva si injuste, qu'il ne dai-
gna pas me répondre; il sortit sans
me rien dire, & s'en alla chercher
son chèr ami Géronte, afin de lui
conter ce qui se venoit de passer.

J'eus souvent de ces sortes de ré-
gales, qui me divertissoient infiniment, mais Ircade me pressant toujours

jours plus fort de foulager ce qu'il
appelloit fon martire, je me réfolus
enfin à conclure ce divertiffement
en me faifant voir à lui.

Je lui donnai pour ce fujet un rendez-vous, dans une maifon de Campagne, qui étoit à deux lieues de la
ville, je lui dis que j'avois obtenu de
mon Mari la permiffion d'aller y
paffer quelques jours; il penfa mourir de joie quand il entendit ces paroles, il me ferra la main avec tant
de tranfport qu'il oublia le mal qu'il
m'y faifoit, & depuis le foir que je
lui donnai cette affignation jufques
au jour qu'il devoit s'y trouver, il
goûta fi peu de repos, qu'il m'en
faifoit pitié: il s'ennuoit par-tout, il
changeoit de place de moment en
moment, & j'appris de fes gens
qu'il ne pouvoit dormir; mais le jour
arriva, ce jour tant fouhaité vint, &
Ircade qui ne devoit fe trouver au
rendez-vous qu'après le Soleil couché, entra de grand matin, tout
habillé dans ma chambre : je fei-
gnis d'être furprife d'une diligence
fi extraordinaire, & lui en deman-
dai la caufe.

Je

Je dois éxécuter aujourdhui un ordre du Roi mon maitre, me dit-il, c'eſt ce qui m'oblige à me tenir prêt tout le jour pour le recevoir. Ce menſonge me fit rire, mais voulant à la même heure l'en punir, je pris plaiſir à l'embarraſſer, en lui demandant ſi cet ordre l'empêcheroit de venir ſouper ce même ſoir avec moi dans une maiſon, où je m'étois engagée d'aller avec lui : Oui, ſans doute, il m'en empêchera, reprit précipitament Ircade, car ce ne ſera peut-être que ce ſoir que je le recevrai ; ah ! quoi, lui dis-je, vous vous habillez avant le jour pour une affaire que vous ne croyez faire qu'à ce ſoir : vous ſavez mon éxactitude, reprit mon diſſimulé, ſur ce qui concerne l'obéïſſance que je dois au Roi mon maître, j'aime mieux être prêt douze heures plutôt qu'il ne faut, que de me faire attendre un moment. Ah ! Seigneur, lui dis-je, en prenant une de ſes mains, ſoyez de ma partie, je vous en conjure, je ne vous fais pas ſouvent de ſemblables prières, mais je vous avoue, que vous me mettrez au déſeſpoir,

ſi

fi vous me refuſez celle-ci.

Ircade avoit toujours conſervé beaucoup de reſpect pour moi, quand même ſous le nom de la Dame inconnue, j'avois voulu ſavoir les ſentimens qu'il avoit de ſa Femme, il m'avoit toujours fermé la bouche, en me diſant que c'étoit une choſe ſacrée, qu'il me conjuroit de ne vouloir pas toucher : je n'ai plus de paſſion pour elle, me diſoit-il ingénûment, mais je l'eſtime aſſez pour mourir plutôt que de ſouffrir qu'on en diſe du mal, & je crois que vous n'aimeriez pas à en dire du bien.

Cet Epoux ſi modéré ayant donc à me refuſer une choſe que je lui demandois avec tant d'inſtance, colora ſon refus des plus apparentes raiſons qu'il put s'imaginer, mais je ne me rebutois point, au contraire me plaiſant de plus en plus à l'embaraſſer, je lui faiſois des careſſes, j'y mêlois des reproches, enfin je l'en priai comme de la ſeule grace que je lui demanderois jamais.

Vous pouvez croire, Madame, que je ne m'attendois pas à l'obtè-

nir,

mir, je favois auffi bien que lui-même, ce qui l'obligeoit à me la refu-
fer, mais je prenois plaifir à lui donner de la peine, pour le punir du
mépris qu'il faifoit de fa Femme.

Il partit donc, & s'en alla à l'affignation donnée, malgré moi & mes
reffentimens, mes plaintes & mes reproches, & pour ne donner aucune
connoiffance de fa route, il fe fit a-
mener un cheval de louage, dans un
endroit détourné, où il monta des-
fus, & renvoyant toute fa fuite, il
prit le chemin de la maifon que je
lui avois marquée.

Je l'y dévançai de quelques heures,
car outre qu'il n'y devoit arriver qu'à
la nuit, & que j'étois partie à midi
pour m'y rendre, il lui furvint un accident, que je vous prie d'entendre.

Il étoit mal monté, & fes belles
idées l'occupoient fi fort, qu'il ne
prenoit pas fouvent garde à fa bête,
de forte que comme il étoit tard fon
cheval le mit dans un bourbier, d'où
il eut des peines étranges à fe retirer:
fi ce malheur fût arrivé à un Amant
ordinaire, il ne feroit pas furpré-
nant, l'amour prend fouvent plaifir à

fe

se jouer de l'impatience des amoureux, mais de savoir qu'il arrivoit à
un Mari qui alloit en rendez-vous a-
vec sa Femme sans la connoître, &
que cette Dame, qu'il poursuivoit a-
vec tant d'ardeur, & qu'il alioit
chercher au peril de cette avanture,
& de quantité d'autres encore plus
fâcheuses qui lui pouvoient arriver,
étoit tous les jours en sa disposition,
c'est aussi peut-être ce qui n'étoit
point encore arrivé.

Le pauvre Ircade se voyant dans
une bourbe infectée, qui commençoit à lui glacer les jambes, sur une
mazette, qui n'avoit ni bouche, ni
éperon, se voyant dis je, en cet état
pour une entreprise amoureuse, faisoit mille vœux à l'Amour, il im-
ploroit son aide & le prioit aver ardeur de le délivrer au plutôt de cet
infame lieu, où il s'étoit déja mis
dans un si mauvais état, qu'il commençoit à désesperer de pouvoir se
rendre à tems à l'assignation donnée,
tantôt il perçoit les flancs de sa roce,
tantôt il se vouloit jetter en bas,
pour se sauver à pied, mais comme
la boue étoit grasse & profonde, l'un
ne

ne lui servoit de rien, & il n'y avoit
point d'apparence de se commettre
à l'autre, il juroit, murmuroit &
pestoit, mais il auroit longtems juré, & inutilement pesté, si l'offi-
cieux Géronte ne fût arrivé fort à
propos pour lui.

Cet homme, tout-à-fait prudent,
jugeant bien que l'éclaircissement
d'Ircade avec moi, ne pourroit se
faire sans quelque aigreur, venoit
remédier par sa présence aux suites
qu'elle pourroit avoir. Ircade le reconnut au clair de la Lune, il lui
cria qu'il vînt à lui, & Géronte s'en
étant approché, ah ! mon chèr ami,
lui dit Ircade, d'une voix tremblan-
te de colère & de froid, aidez-moi,
je vous prie, je n'en puis plus ; il y
a deux heures que je suis dans cet
infame bourbier, sans que la roce
qui m'y a mis, puisse en aucune façon m'en tirer.

Géronte le reconnoissant, & le
voyant dans cet état, pour le sujet
qui lui avoit fait entreprendre ce voyage, dont il savoit toutes les circonstances, trouva cette rencontre si
plaisante, qu'il ne put lui répondre,
que

que par un grand éclat de rire. Comment, lui dit Ircade tout en colère, eſt-ce ainſi que vous ſecourez vos amis dans le beſoin, qu'ils ont de votre ſervice? ah! quel ſervice voulez-vous que je vous rende, réprit Géronte, qui ne pouvoit s'empêcher de rire, je ne ſuis ma foi point défricheur, lui dit-il, & il en faudroit un habile pour vous ôter de ce lieu, mais que faites-vous ici, je vous prie? Dites-moi, qui vous y a mis, & pourquoi vous allez ſeul ſans aucun équipage, & ſur-tout, monté ſur une méchante roce? nous répondrons une autre fois à toutes ces queſtions, lui dit Ircade, outré de dépit & de honte, il ne s'agit maintenant que de m'aider à me retirer dici.

Géronte deſcendit de cheval, prit la bride de la roce d'Ircade, il frappe, il crie, il fouette ce pauvre animal, enfin il fait tant par ſes travaux, qu'il le fait approcher d'un endroit, d'où Ircade peut ſe jetter à terre: quand il y fut, ils s'en allèrent enſemble au village prochain, d'où Géronte envoya chercher une autre bête pour Ircade, car ſa pauvre ma-

zet-

zette expiroit, mais l'impatience de
cet amoureux, ne lui permettant pas
d'attendre que le cheval qu'on avoit
envoyé querir fût venu, il prit celui
de son ami qu'il laissa dans ce village, & vint à toute bride où il y a-
voit si longtems qu'il désiroit être.

J'étois au lit quand il arriva, car
voyant l'heure de l'assignation pas-
sée, je m'étois résolue de demeurer en cette maison, n'osant pas me
commettre pendant la nuit à m'en
retourner en ville.

Ircade fut si transporté de joie,
lorsqu'il se vit seul dans une chambre avec moi, qu'il ne s'avisa pas
d'approcher la lumière que j'avois
fait mettre exprès, au plus loin de
mon lit, il se mit à genoux, & prenant
une de mes mains, il la baisoit avec
tant de transport & de joie, que l'ex-
tase le prit, il ne me parloit que des
yeux, & s'il disoit quelques demi paroles, l'embaras de son action me
faisoit aisément connoître qu'il ne
savoit ce qu'il étoit devenu ; j'avoue,
Madame, que je portai envie à son
erreur, & que je me serois crue fort
obligée au hazard, s'il avoit fait en
ma

ma faveur, ce que je voyois qu'il
failoit pour Ircade; je n'aurois pas
voulu commettre un crime, mais
j'aurois bien fouhaité, que par un
enchantement pareil à celui de mon
Epoux j'eufle trouvé en fes carefles
le même plaifir qu'il expérimentoit
en me les faifant.

Mais, quand après ces prémiers
momens de trouble, de joie & de
tranfport, il vint à tirer entièrement
mon rideau, & que dans cette inconnue fi tendrement chérie, il vit
cette même femme qui lui étoit fi
indifférente; O Dieu! s'écria-t-il, ce
n'eft rien que ma Femme, & fe re-
culant de quelques pas, comme pour
mieux s'éclaircir de fon doute, il fe
laifla tomber fur un fauteuil, fi furpris & fi touché de cette avanture,
qu'il fembloit qu'il fût devenu im-
mobile.

Non, lui dis-je froidement, ce
n'eft que votre Femme, vous voyez
comme il eft dangereux de s'abandonner à la conduite de fon cœur,
vous n'auriez jamais foupçonné le
vôtre de l'erreur que je lui ai fait
commettre, & Mariane vous eft fi
in-

indifférente fous le nom de Madame Ircade, que vous ne pouvez comprendre comment elle vous a pu charmer deffous une autre forme, je fuis pourtant cette même Dame mafquée, qui vous prévint d'une inclination fi violente lorfque vous la vites dans le jardin de la Reine; cette taille, ces yeux, ce gefte, cette gorge, enfin toute cette perfonne fi ardemment défirée fans être connue de vous eft celle-là même que vous regardez avec tant de mépris, depuis que vous la connoiffez, je vous le difois, que votre paffion cefferoit auffi tôt que vous me verriez.

Je ne fai, Madame, fi mon Epoux preffé de ces reproches ne put les fupporter, ou fi le dépit d'avoir été déçu de fon attente, augmenta l'horreur qu'il avoit témoigné pour ma vûe, mais il fortit de la chambre brufquement & fe faifant amener fon cheval, il reprit le chemin de la ville, auffi mal fatisfait de fon affignation amoureufe, qu'il avoit cru devoir en être content.

Géronte arriva bientôt après le depart de mon Mari, je lui racontai

ce

ce qui s'étoit paffé à notre entrevue, j'appris de lui l'accident qui lui étoit arrivé; je vous avoue, Madame, franchement qui je ne pus m'empê-cher de rire, quand je me le répré-fentai dans ce bourbier, mais un re-tour de tendreffes fuccédant à ce pré-mier mouvement, je renvoyai Gé-ronte ap ès lui, craignant qu'il ne lui arrivât quelque nouvel accident.

J'avois toujours confideré cette in-trigue comme un jeu, & j'efpérois qu'Ircade la regarderoit de même, mais j'ai bien été déçue dans mon opinion, il eut tant de dépit d'avoir été trompé, qu'il ne me l'a jamais pardonné. Géronte & tous les meil-leurs amis ont eu beau lui répréfen-ter, que le hazard avoit produit cette rencontre, que fi quelqu'un de nous deux avoit fujet de fe plaindre des fuites, c'étoit plutôt moi que lui, il répond à tout ce qu'on lui peut dire fur ce fujet, que je fuis une diffimu-lée, & qu'une femme capable de cet-te tromperie, peut bien en faire des plus confidérables.

Voyant donc que je ne le pouvois adoucir, je lui ai propofé de venir

el

en ce Royaume jouïr du privilège
que vous y accordez à tous les E-
poux mécontens, mais le rang qu'il
tient à la Cour, lui faisant regarder
cette proposition, qui d'ailleurs lui
est fort agréable, avec répugnance,
il n'a pu se résoudre à venir, il m'a
seulement donné la liberté de faire
ce qu'il me plairoit.

Mais, admirez Madame, je vous
prie, la bizarrerie de mon étoile, la
liberté que j'ai de me séparer de mon
Epoux, m'en fait négliger la pour-
suite, c'est pourquoi je suis seulement
venue dans vos Etats, pour vous demander la permission d'y vivre quelque tems ; je n'y serai point à charge, au contraire, j'ai de grands revenus que j'y dépenserai, peut-être
que comme la nécessité de nous aimer, est l'occasion de notre antipa-
tie, la liberté de nous haïr, ralu-
mera notre feu, l'absence & l'éloignement sont de puissans remèdes
pour un mal que la trop grande familiarité cause.

La belle étrangère, plus belle que
je ne puis vous dire, alloit encore
alléguer d'autres raisons, pour obtenir

nir de la Princeffe la permiffion qu'elle défiroit avoir, mais elle n'en eut
pas befoin : cette bonne & judicieufe Souveraine, qui l'avoit écoutée a-
vec une admiration d'autant plus
grande, que la grace avec laquelle
elle parloit, relevoit de beaucoup
l'éloquence de fon difcours, l'interrompit en lui difant, que non feulement elle auroit toute permiffion
dans fon Royaume, mais de plus
qu'elle la prioit de lui donner fon a-
mitié, qu'elle pouvoit s'affûrer de la
fienne, & qu'elle défiroit avoir une
Societé toute particulière avec elle.

# OCTAVIE
## OU
## L'EPOUSE FIDELLE.

*I*L n'eſt point de vertu que le Deſtin reſpecte,
Ce Bizarre capricieux
Comble un homme d'bon-
neur, l'élève juſqu'aux Cieux,
Mais ſa gloire pour lors lui devenant
ſuſpecte,
De peur que la vertu ne triomphe de lui,
Celui que l'on voit aujourdbui
Au plus baut dégré de la roue,
Cet Envieux d'un tour de main,
L'abbat, le dégrade, s'en joue
Et lui donne un bonteux demain.

LA Fortune qui ſemble n'élever les Grands-hommes que pour leur faire éprouver un ſort cruel & tragi-que, n'eut pas plutôt livré le fameux Vaſtein à la fureur d'un perfide Aſ-ſaſſin, saffin, que le Frère de cet Allemand favori vint noyer dans Vénife les reffentimens d'une fi funefte deftinée. Romfeld, Père du Comte du même nom, y entra dans une alliance digne de la fplendeur de fon prémier état, en y époufant la Baronne de Savano qui faifoit les délices de cette République, & étoit regardée de toute l'Europe pour le prodige de fon fiècle par la diverfité des Langues Orientales qu'elle parloit. Vénife commençoit à fe promettre les nobles fruits d'une fi belle union; Ces illuftres Epoux jouiffoient à peine des plaifirs qui fe goûtent dans la prémière faifon d'un doux Hymen; Ils ne s'étoient entretenus que deux mois de la tendreffe de leurs inclinations réciproques, quand l'ambition Ottomane arracha des bras d'une Femme fi chère & fi chérie Romfeld, qui n'étoit pas moins fidèle à fa Patrie qu'à l'Amour. Ce Grand-homme dont la valeur étoit généralement reconnue, fut envoyé en Candie en qualité de Lieutenant Général des Armées de la République. Quoique la Baronne dont le cœur étoit grand n'eût pas moins d'amour pour la

gloire que pour la perfonne de
fon magnanime Epoux, elle confentit cependant avec des regrets
fi fenfibles à leur féparation, qu'elle devint après fon embarquement
la proie d'un mortel chagrin. Elle
marqua affez la douleur qu'elle reffentoit & l'impatience où l'alloit
jetter cette abfence dans le Billet
que voici, qu'elle lui écrivit par
une barque qui alloit joindre le
Vaiffeau qu'il montoit, un moment
après qu'il eut levé l'ancre.

*Où courez-vous, mon cher Comte,*
*pourquoi aller livrer mon cœur à des In-*
*fenfibles? Si la République fe conferve*
*Candie au prix de votre fang, fon gain*
*n'égalera pas ma perte. Revenez vivre*
*auprès de moi, ou fouffrez que j'aille*
*mourir avec vous. Si vous paffez outre,*
*je parts inceffament.*

La confufion qui étoit dans fon efprit & le départ précipité de la barque ne lui permirent pas d'en écrire
davantage. Ces lignes furent por-
tées au Comte qui y fit cette réponfe
avec d'autres dépêches d'importance qu'il envoyoit au Sénat.

*Peu s'en faut que le tendre amour*
*que je vous porte ne me faffe oublier*
*mon devoir. Je confentirois au retour*
*que*

que vous défirez avec ardeur, fi je ne lifois dans la réfolution de nos troupes la défaite certaine de nos Ennemis. Ne craignez point pour moi, nous fommes prets de vaincre. Nous allons partager des dépouilles. Si je fuis forcé de combattre, par la forte paffion que j'ai de vous etre rendu, je deviendrai redoutable & peu téméraire. Vous ferez inftruite de nos fuccès. Croyez & aimez votre fidèle

ROMFELD.

Cette Lettre ne diminua que très peu l'impatience de la jeune Epoufe. Environ le tems qu'elle pouvoit préfumer que fon chèr Romfeld en venoit aux mains avec l'Ennemi, elle entra dans des inquiétudes inconcevables. Elle paffoit les journées entières à gémir dans un cabinet, & fi les engagemens de la vie civile l'obligoient à rendre des vifites, elle femoit la trifteffe & le deuil par tout, & n'entretenoit les compagnies que de la matière de fes déplaifirs. C'étoit pour apprendre le fuccès des armes du Comte fon Epoux, qu'elle cherchoit fon nom dans toutes les Gazettes; qu'elle li-

H 2 foit

foit toutes fortes de nouvelles ; & ce fut fur l'avis qu'on avoit eu qu'il s'é toit trouvé dans un rude combat, dont on ne devoit apprendre les particularités que dans le mois fuivant, qu'elle s'abandonna aux foupirs, aux fanglots & aux larmes. Pendant que tout le monde s'efforçoit de les lui effuier, elle fit un rêve qui fembloit la devoir convaincre de la mort de fon Epoux. Elle le raconta à Dofilie fa Demoifelle confidente, qui lui donnoit en vain une interprétation favorable, tant la crainte, qui naît d'un parfait amour, agite fortement un efprit, lors qu'il en a une fois reçu l'impreffion.

Il me femble, difoit-elle à cette fille, que je voyois mon chèr Rom feld étendu entre les bras de la Gloire, de la même manière & fous la même figure que l'induftrie du Ci zeau l'a feint & l'a taillé en relie faux Maufolées des Héros ; & que j'enten dois la Renommée qui donnant la main à la Vertu, difoit: *Tous les Grand hommes envieront fon fort.*

Cependant il fe paffoit en Candie quelque chofe de fort funefte, & qui avoit quelque raport aux vifions de cet-

cette Femme illuftre. Le Comte a-
voit livré une Bataille , où il avoit
rempli admirablement tous les devoirs d'un Commandant expérimenté & d'un brave Soldat. La victoire
avoit balancé longtems. Le Comte
s'étoit fervi d'abord avec avantage
du pofte qu'il occupoit , jufqu'à ce
que les Bataillons ennemis étant fou-
tenus & rafraichis de fix ou fept Ef-
cadrons, il fut envelopé du grand
nombre, à qui fon courage toujours
invincible ne cèda qu'après avoir fait
un horrible carnage  Il fut perdu
dans la mêlée où il reçut une bleffure
à la cuiffe, qui lui fit perdre beaucoup de fang & la force de fe pouvoir
relever. Dans la confufion des Troupes ennemies, n'étant reconnu que
comme un Officier de quelque conféquence, il fut depouillé & laiffé
enfuite pour moribon dans le camp,
que les fiens ne purent difputer que
fort peu de tems aux Turcs. Dans la
recherche qui fut faite parmi les
morts, le Comte ayant été trouvé en
vie, fon deftin voulut qu'il fut fait
prifonnier de Guerre contre la coutume de ces Barbares, qui n'ufent

H 3                          guè-

guère d'humanité envers ceux qui
fuccombent fous l'effort de leurs armes.

Il ne voulut jamais fe déclarer &
fuppofa un autre nom que le fien,
parce qu'il préfumoit que s'il étoit
reconnu pour celui qui commandoit
l'Armée, fa bravoure feroit éxercée
par des fupplices. Il fut donc chargé de fers, mis au rang des Efclaves,
& conduit hors l'Ifle jufcu'à Conftantinople, où il fut vendu à très
vil prix. Son filence & la déroute
des fiens qui ne leur avoit pas permis
d'aller le rechercher parmi les morts
fit, que perfonne n'apprenant aucune nouvelle de lui, on le crut mort.
C'eft ainfi que l'on en écrivit au Sénat, & le bruit s'en répandit incontinent par-tout.

La prémière perfonne de qualité
qui vint s'affliger avec la Comteffe
du déplorable deftin de fon illuftre
Epoux, fut le Seigneur de Belvoli,
qui ne lui eut pas appris ce qu'elle
ignoroit encore, qu'elle tomba en
une foibleffe dont on eut beaucoup
de peine à la faire revenir. Elle devint inconfolable de fa perte. C'é-
toit

toit en vain qu'on lui mettoit devant
les yeux que les fameux exploits du
Comte avoient comblé fa famille
d'une gloire immortelle. Il n'y avoit
point de confidération qui fût capable de charmer fa douleur. L'abondance des larmes qu'elle repandoit
fans ceffe lui aiant defféché la fub-
ftance du cerveau, elle perdit le
fommeil, en forte qu'elle ne devint
plus qu'un Squelette animé. Les
Médecins qui défefperoient de fa
vie & qui craignoient pour fon fruit,
pouvoient à peine obtenir qu'elle
prît quelques alimens. Elle ne pouvoit fouffrir la préfence des meil-
leurs amis de fa Maifon, enfin dans
une fi fâcheufe extrémité rien ne
pouvoit lui plaire.

Il eft vrai que des nouvelles plus
certaines que les prémières, qui s'é-
toient débitées modérèrent un peu
fon ennui, & qu'elle apprit que fon
chèr Epoux n'avoit point été trouvé
parmi les morts, & qu'il avoit été fait
prifonnier de Guerre: Mais la penfée
dont on la flattoit, qu'elle jouiroit
bientôt de fes embraffemens, adou-
cirent fi peu fes amertumes lorsqu'elle vit que le retour de fon chèr Com-

H 4                           te

te tiroit en longueur & se différoit
toujours, que si elle parut quelques
jours assez tranquille, elle retomba
tout d'un coup dans un abbattement
qui la pensa mettre au tombeau.

Un accablement si prodigieux dans
une personne d'une compléxion délicate ne pouvoit produire aucun
bon effet. Elle avoit à peine atteint
le septième mois de sa grossesse,
quand elle mit au monde un Enfant,
sur le visage de qui elle pouvoit lire
en abrégé tous les traits de celui de
son Père. Quoiqu'elle eût fait d'assez heureuses couches, outre que
cet aimable fruit avoit prévenu sa
saison, le soin que cette bonne Mère voulut prendre de nourir elle-même ce vivant portrait du Comte son
Epoux, joint à la foiblesse quelle tenoit de ses déplaisirs passés, lui cau-
sa une fièvre continue & violente
qui lui ouvroit, & à son Enfant, un
même sepulcre.

Il fut, pour ainsi dire, arraché de
son sein & donné à une Nourrice
qui étoit entretenue dans l'Hôtel,
afin que la Comtesse qui vouloit a-
voir la satisfaction de l'embrasser de
tems en tems ne le perdît point de
vûe

vûe. Ce fut alors qu'ils commence-
rent l'un & l'autre à fe mieux porter,
& que la Mère devenant moins impatiente depuis qu'elle voyoit dans
les yeux de fon fils ceux du Comte
fon Epoux, elle récouvra en peu de
tems fon embonpoint.

J'avoue que je n'ai point de termes
affez énergiques pour exprimer les
difcours, qu'elle tenoit prefque à
tout moment à ce chèr Enfant fur la
mémoire de fon Père. Il faudroit que
j'euffe des entrailles de Mère pour
bien répréfenter une fi tendre paffion. Ce que je puis dire, c'eft que la
préfence de cet aimable fils effaçoit
en quelque manière le chagrin que
caufoit l'éloignement du Père, & que
la Comteffe appliqua fes foins à donner à ce digne enfant une belle éducation.

Le Jeune Comte qui avoit reçu
fur les fonds de Batême le nom d'É-
mile, eut à peine changé le lait en
une nourriture plus folide, que la
Dame de Bourneuf, qui étoit Françoife de nation & avoit merveilleu-
fement l'art d'élever les Enfans felon
leur qualité, lui fut donnée pour
Gouvernante. Elle cultiva fes incli-

na-

nations naiffantes jufqu'au tems auquel on a accoutumé de donner aux
Enfans de cette condition des Gou-
verneurs; Emile paffa de fes mains
fous la difcipline de Sanluca, per-
fonnage qui avoit déja acquis quelque nom par des Traités politiques
qu'il avoit donnés au Public. Ce
fut fous la conduite de ce Sage,
qu'il prit de bons Principes, & qu'en
peu d'années il fut informé & fi parfaitement inftruit de tous les devoirs de la vie civile, qu'il devint
le modèle des jeunes Seigneurs de
fon âge & l'admiration de toute la
Ville. En effet jamais on ne vit un
jeune homme plus ennemi de la ba-
gatelle, & plus ami des chofes foli-
des. Prévenu de la penfée que la
vertu feule le pourroit affranchir de
tous les maux qui font communs aux
Grands avec le refte des hommes,
il ne s'attachoit uniquement qu'à la
fuivre & l'on peut dire enfin de lui,
qu'il avoit tous les ornemens d'une
belle Ame.

Cette égalité au deffus de fon âge,
qu'il faifoit paroître en toutes chofes, n'empêcha pas que fuivant le
mouvement de fon inclination a-
mou-

moureufe il ne fît choix d'un objet
digne de fes pourfuites. Il ne s'engagea pas néanmoins à aimer à la légère. Quoiqu'il eût beaucoup de
penchant pour toutes les belles Femmes, il ne donna dans aucune de ces
affections illégitimes qui furprennent la jeuneffe, & ne s'attacha uniquement qu'à la jeune Placite, dont
les louables qualités, la bonne grace & cent charmes naiffans eurent
la vertu de le charmer.

Cette aimable perfonne, qui paffoit pour une des plus belles du Païs,
étoit Fille du Seigneur Ricciovano
Noble Vénitien, qui étoit eftimé la
plus forte tête du Sénat. Les titres
auguftes & les grands biens dont elle
devoit être l'unique héritière, la rendant fans contrédit le parti le plus
confidérable de la Ville, elle ne man-
quoit point d'Adorateurs. Plufieurs
jeunes Seigneurs la recherchoient,
& fon Père qui en faifoit fes délices
en auroit fait une alliance avanta-
geufe, fi la donnant au Marquis de Pifani iffu d'une des plus anciennes Familles de Florence, il eût pu fe réfoudre à s'en priver de fi bonne heure. En effet Placite n'avoit encore

H 6 que

que quatorze ans & étoit paſſionné-
ment aimée de cet Etranger, qui
dépendoit d'un Oncle Tuteur grand
ami du Seigneur Ricciovano, avec
qui ce Noble Venitien traitoit de
l'alliance de ce Neveu avec ſa Fille.

Dès la prémière converſation
qu'Emile eut avec la jeune Placite,
il remarqua en elle tant de rares qualités, qu'il ne peut ſe défendre de
l'aimer. Il ne lui eut pas plutôt fait
quelque déclaration, que le Ciel
prit ſon parti & rendit cette aimable Fille ſi ſenſible, que dès ce moment Emile devint l'Amant de Placite, & Placite l'Amante d'Emile.
Leur familiarité s'augmentant par
les aſſiduités que ce jeune Comte
rendoit à cette Belle, l'Oncle Tuteur de Piſani appréhendant que la
paſſion naiſſante de ces jeunes Amans
ſe fortifiant, elle ne ruinât les deſſeins qu'il avoit ſur ſon Neveu, pria
le Père de Placite d'agréer que le
Marquis pût voir ſa Fille. Ce
qu'ayant obtenu, ce Novice en a-
mour demeura ſi interdit à ſa prémière entrevue, que cette délicate
Fille le tourna fort ſpirituellement
en ridicule.

Il

Il lui rendit pandant quelques jours de femblables civilités muettes, qui fournirent des matières de divertiffement à Emile & à fon Amante. Placite, dans l'efprit de qui ce jeune Marquis paffoit pour un ftupide, n'avoit aucun égard pour lui. Elle avoit au contraire pour Emile toute l'eftime & toutes les tendreffes imaginables, jufques-là qu'un jour qu'il lui découvrit franchement la difpofition de fon cœur à fon égard, elle le pria avec la même liberté d'être perfuadé, qu'elle avoit beaucoup d'inclination pour lui.

Ce fut en ce moment que ces tendres Amans s'échauffant l'un l'autre, s'abandonnèrent à des mouvemens fi paffionnés, qu'ils fe donnèrent dès lors réciproquement la foi. Ils réfolurent cependant d'entretenir fecrettement leur amoureux commerce, de peur que quelque intérêt de Famille ne vînt à la traverfe s'oppofer à leur union.

Comme on parloit fort en ce tems-là des voyages qu'Emile devoit faire dans les Païs étrangers, & que tout le monde favoit l'inclination qu'il a-

avoit

voit de voir Conſtantinoble, l'Oncle de Piſani crut, qu'il falloit le laiſſer partir ; que ſon éloignem
nt efface-
toit facilement de l'eſprit de Placite ſon idée , & que cette jeune Fille ne ſe laiſſeroit toucher que d'un objet préſent. C'eſt ce qui fit qu'il conſeilla à ſon Neveu de s'abſenter de l'Hôtel du Vénetien juſqu'après le départ du Comte , qui ſembloit n'a-
voir pratiqué & rendu Placite ſuf-
ſeptible à écouter favorablement les proteſtations de Piſani.

Emile jugeant que la jeune Placi-
te ſon Amante ne pourroit pas dans un âge ſi tendre diſpoſer abſolument de ſa liberté, lui communiqua le deſſein qu'il avoit d'employer deux an-
nées à voir les plus belles Provinces de l'Europe pour ſe former l'eſprit. A quoi elle ne s'oppoſa que par des larmes, qui excitèrent celles d'Emile. Ils en repandoient enſemble avec a-
bondance, qu'ils s'eſſuioient de tems en tems ſans ſe pouvoir dire un mot, quand l'arrivée de Béliſe Demoiſelle & Confidente de la jeune Vénitienne les obligea d'en interrompre le cours. Cette Fille avertit le Comte

que

que plusieurs jeunes Seigneurs aiant
appris qu'il vouloit qu'on sçût plutôt
son départ, que ses desseins de voyages, lui venoient rendre les civilités de l'adieu ; qu'il étoit attendu
chez lui avec la dernière impatience & que Sanluca son Gouverneur
étoit en-bas. Emile prit donc congé pour deux ans de sa chère Placite , qui lui marqua combien elle
étoit sensible à une si cruelle sépa-
ration par son silence.

Emile, dans qui la Comtesse sembloit avoir recouvert son cher Romfeld, sortit de Vénise nonobstant les
larmes de sa Mère, qui étant préparée depuis long-tems à ce départ, sembloit au moment qu'il prenoit congé d'elle avoir changé de sentiment.
Il prit la route d'Italie accompagné
seulement de son Gouverneur &
d'un Valet de Chambre, homme fort
résolu, d'où il alla par l'Allemagne
à Constantinople , où il arriva six
mois après avoir quitté Vénise.

Pendant qu'il prenoit en cette superbe Ville tous les honnêtes diver-
tissemens ordinaires aux Etrangers
de sa qualité, il ignoroit ce qui se passoit à Vénise, & qu'on travaillât à lui
ravir

ravir celle à qui il avoit laissé son
cœur en dépôt. En effet l'Oncle
du Marquis de Pisani présumant que
Placite auroit oublié Emile , présenta tout de nouveau son Neveu
au Seigneur de Ricciovano, qui lui
donna la liberté de voir tous les
jours sa Fille. Cet Amoureux idiot
recommença donc de lui faire la
cour.

Il est vrai qu'il ne lui parloit que
des yeux à l'ordinaire, & que Placite s'ennuioit si fort de voir toujours
un muet à ses pieds , qu'elle plaisan-
toit par tout de son silence , en sorte
que les railleries qu'elle faisoit de cet
Amant sans parole , éclatèrent & vinrent jusqu'à la connoissance de l'Oncle de ce Novice , qui conjura le
Noble Vénitien de prier sa Fille
d'épagner un jeune homme , que
les seuls sentimens de respect & de
violens mouvemens d'amour rendoient interdit.

Ricciovano, qui avoit beaucoup
de considération pour le Tuteur de
Pisani, instruit du mépris que sa Fille
faisoit de ce jeune Seigneur, l'entreprit un jour en présence de sa Demoiselle & la traita avec la dernière
dureté.

dureté. J'apprens, Mademoiselle, lui dit-il, que vous ne vous contentez pas d'avoir de l'indifférence pour le Cavalier que le Ciel vous deſtine, mais que vous le rendez la fable du peuple. Piſani eſt d'une Famille illuſtre, & dont vous devriez faire gloire de rechercher l'alliance. Vous avez trop peu d'expérience des choſes du monde pour faire de vous-même un choix qui ſoit avantageux. Vous devriez vous en rapporter à des perſonnes qui ont plus de lumières que vous n'avez de dicernement, & qui recherchent avec plus d'inclination de vous rendre heureuſe, que vous n'avez de paſſion pour le plaiſir. Combien d'imprudentes comme vous, croyant épouſer des félicités ont-elles épouſé de chagrin & de répentirs. Vous devriez moins écouter l'inclination que la raiſon. Les Mariages, contraƈtés par amourette, ne ſont heureux qu'autant que l'objet qui les a occaſionnés, flatte. Lorſque dans la ſuite du tems il devient hideux & n'a plus rien qui ſollicite, l'Himen qui promettoit d'immortels contentemens, ne produit que d'é-

ter-

ternels dégouts. Réfolvez vous, ma
Fille, d'époufer le Seigneur que je
vous propofe, qui a pour vous de
l'eftime, ou de trouver en moi le
plus infenfible de tous les Pères. Ce
jeune homme, qui vous femble manquer d'efprit a beaucoup de conduite, & paffe parmi les mieux fenfés
qui le connoiffent pour un très a-
vantageux parti. Il y a longtems
que je vous ai promife à lui, en vertu de l'autorité que j'ai fur vous.
Tàchez de conformer vos vœux
aux miens, ou m'alleguez les raifons qui vous font avoir ce jeune
homme en averfion.

Des remonftrances de cette nature, & des intentions déclarées avec
tant de hauteur, tirèrent les larmes
des yeux de la pauvre Placite, qui
ne s'attendoit pas à une femblable
violence. Lorsqu'elles furent un peu
effuiées, elle repliqua à fon Père a-
vec cette affûrance qui fe remarque
dans ce difcours qu'elle lui tint. Si
je me fentois, lui difoit-elle, dans
un âge fi peu avancé, de l'inclination pour le Mariage, je ferois la
plus déraifonnable de toutes les Filles,

les, fi je ne me déterminois par votre choix. Vous éprouvez, Monfieur, affez tous les jours que je fuis
refpectueufe & obéiffante, & je ne
crois pas avoir rien fait par le paffé
qui vous ait donné lieu de ne me pas
éftimer telle. Je fens fi peu de difpofition à l'Union conjugale, que
j'efpère qu'il me fuffit de vous en a-
voir prévenu, pour ne me pas voir
contrainte d'engager ma liberté à u-
ne perfonne que d'ailleurs je ne
puis aimer. Le Marquis de Pifani a
des qualités qui charmeront fans
doute de plus grandes perfections
que les miennes; Et fi vous me permettez, Monfieur, de vous découvrir le fond de mon ame fur la propofition que vous avez la bonté de
me faire, je vous avouerai franchement que le jeune Comte Emile me
plait davantage, que j'ai beaucoup
de penchant pour ce jeune Seigneur, & qu'avant fon départ nous
nous fommes donnés réciproquement la foi. Je voudrois cependant,
pourfuivoit elle, être libre pour
vous témoigner, en vous donnant
la fatisfaction que vous me demandez, que je fuis une Fille tout-à-
fait

fait foumife à vos volontés. Elle alloit encore dire quelque chofe pour
porter fon Père à ne point forcer fes
inclinations, lorsqu'il lui ordonna de
fe taire & de fe retirer dans fa chambre pour s'y aller confulter foi-même, & s'y réfoudre à fe conformer à fes défirs. Elle obéït & ne fe
vit pas plutôt feule renfermée dans
fa chambre, qu'elle donna la liberté à fes foupirs & à fon reffentiment,
qui éclata par ce difcours qu'elle fe
tint à elle-même. N'és tu pas, Placite, fe difoit-elle, la plus malheureufe de toutes celles de ton fexe &
de ton rang. Ne t'a-t-on donné la
vie que pour te la faire paffer dans de
continuels déplaifirs ? Où en fuis-je ?
& quel confeil dois-je prendre. Ah !
que ne fuis-je ou plus vieille ou plus
jeune, pour être ou la Maitreffe de
moi-même, ou incapable d'aimer. Eft-
ce un Père qui me commande, ou
un Tiran qui me force de facrifier u-
ne liberté, que je n'ai plus qu'en dépôt, à fon caprice & à fes intérêts.
Emile ! mon chèr Emile, plût au
Ciel que vous fçuffiez à quel chagrin
on me livre ! Plût au Ciel que mon
défefpoir vous fût connu ! O cruelle
&

& trop funeſte alliance ! Comment pourrai-je, mon cher Emile, garder la Religion des ſermens ſolemnels que j'ai fait de vous être fidèle ? Des torrens de larmes auront-ils la force de détourner de deſſus Placite la tempête qui gronde ? Aurai-je aſſez de réſolution pour m'oppoſer aux deſſeins d'un Père qui prié, qui ſollicite, qui commande & qui veut abſolument. Non, non, je ne ſerai jamais traitée de légère; on ne m'accuſera jamais d'inconſtance. Il faut réſiſter ou mourir, puiſqu'il n'eſt pas permis de vivre après une infidélité commiſe.

Les *Hélas* qu'elle proféra enſuite & que les larmes étouffèrent, ne furent ſuivis d'aucuns de ces ſentimens tendres, dont ils devoient être ſans doute les préludes. Une paſſion ſi animée & dont les tranſports étoient ſi violens, la jettèrent dans un petit déſordre, où la trouvèrent Doſilie Demoiſelle de la Comteſſe Romfeld & la Dame de Bourneuf autrefois Gouvernante de ſon Amant, qui lui venoient rendre une Lettre qu'Emile lui écrivoit de Conſtantinople.

L'al-

L'altération qu'elles remarquèrent
sur le visage de Placite les porta à
s'informer du sujet de ses larmes. Elle ne put leur rien dissimuler, elle
leur ouvrit son cœur, & leur déclara
ce qui se passoit entre son Père & elle au sujet du Marquis de Pisani
qu'on la vouloit forcer d'épouser.

On peut bien s'imaginer que ces
Demoiselles s'affligèrent avec Placite de sa peine, & qu'elles firent
tout ce qu'elles purent pour la con-
soler. Elle avoit repris sa tranquillité ordinaire quand Dosilie lui présenta la Lettre du Comte Emile,
qu'elle lut avec la plus grande satisfaction du monde. Elle soupira cent
fois en la lisant, & la baisa après l'a-
voir lue, d'une action si passionnée,
qu'elle faisoit assez juger de la tendresse des mouvemens dont son
cœur étoit alors agité.

LET-

# LETTRE

## DU COMTE EMILE,

### A

## MADEMOISELLE PLACITE.

JE croyois, adorable Placite, pouvoir vivre en liberté en cette Ville, & j'y suis l'esclave de vos charmes. L'éloignement ne sauroit altérer le tendre amour qu'ils m'ont inspiré. Plus je semble vous fuir, & plus je deviens passionné. Avez-vous donc trouvé le secret de me faire dire de si loin que vous êtes seule souverainement aimable? Je cherche en vain du divertissement dans ce qui en donne à tout le monde; & dans un païs, où les objets enchantent, rien n'a la force de me plaire. Je suis insensible, & je vois sans réfléxion ce que ces Contrées m'offrent de digne d'être admiré; ou plutôt je ne vois rien, privé du plaisir de vous voir. Toutes les Dames s'offencent de ma froideur, & me donnent le surnom d'indifférent. En effet si j'étudie quelqu'une de ces Belles dont cette Ville abonde,

*ce n'eſt que pour me tromper agréable-*
*ment & tirer de la régularité de leurs*
*traits la délicateſſe des vôtres. Quoi-*
*que j'aye pris congé de vous pour deux*
*ans, malgré les rigueurs d'une Saiſon*
*incommode, je fais deſſein d'aller auprès*
*de vous apprendre de votre propre bou-*
*che ſi mon abſence ne m'a point effacé*
*de votre ſouvenir, & ſi le nom d'Emile*
*eſt encore gravé ſur votre cœur. J'atten-*
*drai avec une impatience digne de mon a-*
*mour une réponſe qui ſera ſeule capable de*
*donner le repos au plus fidèle des Amans,*

EMILE.

La lecture de cette Lettre produi-
ſit deux effets dans l'eſprit de la jeune Placite, une agréable ſurpriſe, &
un renouvellement d'inclination. Elle ne put marquer aſſez la joie qu'elle reſſentoit d'avoir reçu ces gages
de l'amour d'Emile, qu'en embraſſant tendrement Doſilie qu'elle pria
de faire ſes complimens à Madame
la Comteſſe, à qui elle prendroit,
diſoit-elle, la liberté d'envoyer une
réponſe à la Lettre de ſon chèr
Fils.

Ces deux Compagnes s'étant retirées,

rées, Placite appella Bélife, s'enferma avec elle dans fa chambre & tirant de fon fein le Billet de fon A-
mant, elle le lut en fa préfence, le
mouilla des larmes que la joie lui
faifoit répandre, & parla à cette
Confidente de cette forte. J'aurois
cru le Ciel de bronze, fi dans la rigueur dont on ufe contre moi, il
n'avoit pas pris foin de me procurer quelque matière de confolation.
Il me favorife fi fenfiblement aujourdhui, que je ne doute point qu'il
ne s'arme contre les perfécutions de
mon Père, & ne me referve pour
les embraffemens de celui pour qui
il me deftina de toute éternité. Il
me femble que je fuis mille fois plus
réfolue que je n'étois, & que puifqu'Emile vit uniquement pour moi,
je mourrai librement pour lui, fi je
ne puis que par la mort m'affranchir
de la néceffité de devenir une Amante parjure. Mais que penfez-vous,
ma chère Bélife, pourfuivoit-elle,
des deffeins de mon Père fur moi?
Les quinze jours qu'il me prefcrit
au bout desquels il me doit trouver
difpofée à entrer, fuivant fa volonté,

dans l'alliance de la perſonne que j'abhore, ſont un terme bien court pour oſer me promettre du ſecours de la part de celui qui ſacrifieroit volontiers ſa vie pour ma liberté. Emile, mon cher Emile, ne ſait rien de ce qui ſe paſſe, & ne peut pas de ſi loin ſeconder mes vœux. Cet Amant fidèle eſt encore à Conſtantinople, repartit Béliſe; mais ſi peu que vous feigniez d'aimer Piſani & qu'il ſe flattera de cette opinion, la perſécution de vos parens ceſſera, & vous reverrez Emile avant qu'on vous force de donner à celui-là les dernières preuves de votre amour. Ecrivez une Lettre tendre & preſſante à votre Amant. Entretenez toujours Piſani dans la penſée que vous vous tenez honorée de ſes recherches, & ſoyez perſuadée que tout réuſſira ſelon vos juſtes déſirs. Ce conſeil fut goûté de Placite, qui mit dès le même moment la main à la plume, & concerta ces lignes qui ſuivent.

RE-

# REPONSE

## DE PLACITE

## AU

# COMTE EMILE.

QUoique vous ſoyez uniquement aimé, vous avez tout à craindre.
Je vous réponds de mon cœur, mais
non du reſte. Deux motifs m'obligent
de ſoupirer, votre éloignement, & la
violence que me fait un Père dénatu-
ré. On me force de concevoir de l'eſtime
pour une perſonne qui eſt l'objet de mon
averſion. Je ne ſerai plus libre dans
quinze jours. Du chagrin que m'a cau-
ſé votre abſence, je me ſens contrainte
d'épouſer Piſani, une triſteſſe dont
je ſerai plutot dévorée que votre retour
ne rappellera ma joie. Si vos ſentimens
ſont toujours les mêmes, partez, mon
cher Emile, pour venir recueillir les
paroles de l'agoniſante Placite & rendre les derniers devoirs à la plus fidèle
des Amantes. Je ferai tout ce que me
ſuggérera l'artifice pour allonger le tems

&

*& me disposer à la mort que je trou-*
*verai dans les bras de Pisani. Em-*
*pruntez les ailes de l'Amour, & ve-*
*nez vous opposer à une alliance aussi fu-*
*neste pour moi, qu'injurieuse à la re-*
*ligion des sermens que nous nous som-*
*mes faits. La chose presse, Emile,*
*venez ou m'affranchir, ou me voir expi-*
*rer.*

### PLACITE.

Cette Lettre fut portée ouverte
à la Comtesse Mère d'Emile, qui
la lut les larmes aux yeux & y ajouta.

*Quelque déférence que vous ayez pour*
*moi, je crois que cette Lettre qu'un a-*
*mour violent & sincère a dictée, vous*
*fera plutôt diligenter votre retour que*
*l'inclination que j'ai de vous revoir.*
*Elle vous marque la véritable disposi-*
*tion des choses. Consultez seulement*
*votre amour.*

Mais, pendant que cette Lettre ira
trouver Emile à Constantinople,
voyons ce qui se passe à Vénise.

Chez le Noble Vénitien, le Tuteur de Pisani le sollicite en faveur de
son Neveu qu'il avoit avec lui. Ricciovano donne les mains à tout, &
a-

après avoir embraſſé ce jeune Seigneur, & l'avoir exhorté à devenir
plus hardi auprès de ſa fille, & à
lui faire des déclarations tout-à-fait
ouvertes, il la fit appeller & lui dit :
Voici, Mademoiſelle, le Cavalier
pour qui je vous conjure de vous
déclarer. Vous devez être ſuffiſam-
ment préparée à l'écouter favorable-
mens. Placite fut en cette occaſion
aſſez la maitreſſe d'elle-même pour
ſortir des termes de ſon indifférence
ordinaire. Elle répartit galamment :
la tendreſſe ne doit avoir du retour
que pour ceux qui aiment. Eh ! comment peut-on croire que l'on eſt
l'objet des vœux d'une perſonne, ſi
elle n'en prévient pas elle-même.
Le bruit court que Monſieur Piſani
m'adore ; Toute la Ville en parle,
& il eſt le ſeul qui ne me témoigne
rien de ſa paſſion. A des reproches
ſi doux, Piſani s'animant un peu,
repartit à Placite : Mon ſilence même, Mademoiſelle, vous a dû perſuader à quel point je vous aime ;
mais la tendreſſe que je ſai que vous
avez pour le Comte Emile vous a
rendue ſourde à mes proteſtations. Je
vous jure aujourdhui en bonne com-

I 3                          pa-

pagnie que vous êtes la fouveraine de mon cœur, & que dès le prémier moment que j'eus l'avantage de vous voir je ceſſai d'être libre. Que puis-je vous dire davantage pour vous convaincre que je vous aime? A une déclaration ſi ingénue, Placite ne pouvant plus ſe contenir, éclata de rire, & ayant dit à ce jeune Seigneur qu'il falloit avoir de la perſévérance, & qu'elle n'ajoutoit pas grande foi à des ſermens concertés, il crut qu'il lui avoit paru trop éloquent, & c'eſt ce qui fit qu'il s'approcha d'elle, lui prit la main, la lui baiſa & la conjura de croire qu'il l'aimoit uniquement. Le Noble Vénitien & l'Oncle Tuteur tirèrent de bons préjugés de cette eſpèce de familiarité. Celui-là loua ſa Fille de ce qu'elle ſembloit avoir renoncé à ſon opiniâtreté, en concevant pour Piſani des ſentimens d'eſtime, & celui-ci exhorta ſon Neveu de rendre des asſiduités à Placite, & de lui donner de jour en jour des preuves plus ſenſibles de ſon amour.

Placite, qui ne ſe plaifoit guères en leur compagnie, s'étant fait demander par la Demoiſelle qu'elle avoit

voit prévenue, feignit d'avoir befoin d'aller entretenir une jeune Dame qui lui étoit vetiue rendre vifite.
On la laiffa en liberté, la compagnie
fe fépara, & le Seigneur Ricciovano ayant emmené Pifani dans le jardin du Doge, un des plus beaux du
Païs & dont l'entrée étoit libre à
tout le monde, il le flatta fi puiffamment du retour de la paffion de fa
Fille, que cet Amoureux naïf lui
dit dans fa fimplicité ordinaire; qu'il
s'étoit bien apperçu qu'elle le regardoit de meilleur œil qu'auparavant; que le ciel fe mêloit de leur
union, & que l'éclat de rire qu'elle avoit fait, lui étoit une preuve du
plaifir qu'elle reffentoit d'être cares-
fée. Ricciovano voyant ce jeune
homme prévenu d'une penfée ex-
travagante, dans laquelle il fe pouvoit entretenir agréablement, lui
dit, qu'il étoit de fon fentiment;
qu'il n'avoit qu'à pouffer fa pointe,&
qu'il devoit croire qu'il emploiroit
de fon côté fon autorité, & toutes
les perfuafions dont il feroit capable,
pour avancer fon himen. Il quitta
là-deffus Pifani extrêmement fatis-

I 4　　　　fait

fait de lui-même, qui s'enfonça flatté d'un si doux espoir dans un petit
bois où il s'entretenoit avec ses pen-
fées, lorsqu'il fut diverti de ses a-
moureufes rêveries par un gazouille-
ment & l'agréable murmure de la
chute d'eau d'une Grotte, qui termi-
noit une allée perdue. Il alloit prendre le frais près de la Fontaine, & en
étoit encore éloigné, lorsqu'il entendit quelques voix qui lui firent juger qu'il y avoit là quelcun. Quoiqu'il eût fait fcrupule de troubler les
entretiens de ceux qui étoient dans
la Grotte, poussé d'une curiofité naturelle, il s'en approcha le plus qu'il
put fans être apperçu, & jugea par
quelques difcours qu'il entendit,
qu'il fe traitoit là d'amour. En effet
un illuftre couple de Confidens s'y
entretenoient de leurs mutuelles
flammes, & s'y difoient les chofes
les plus tendres du monde.

Il perdit ce qu'avoit dit celui qui
fembloit ne s'être rendu là que pour
recevoir les plaintes d'une Amante
défolée, & lui apporter quelque forte
de confolation dans fon chagrin: mais
il recueillit les propos de cette belle
qui

qui s'expliquoit en ces termes. Ah! que je ferois heureufe & contente de mon fort, fi vous étiez le véritable portrait de celui qu'on me deftine! Hélas! Vous favez qu'il a auffi peu d'efprit qu'il eft mal fait de fa perfon-ne, & que cependant on me veut forcer de l'aimer, & que c'eft inuti-lement que j'allègue pour m'en dé-fendre tout ce que l'horreur & le mépris fecret que je fais de lui me fuggère. Il eft riche, il a de la naif-fance, je l'avoue. Tout le monde juge qu'il y a de l'honneur pour moi d'entrer dans fon alliance; mais tout le monde devroit favoir auffi, qu'il y a peu de fatisfaction d'époufer un Monarque même lors qu'on en doit être l'efclave. Que dois-je attendre d'une humeur altière & brutale, qu'un traitement femblable à celui dont il a tant de fois défolé fes Dome-ftiques. Si je pouvois encore me flat-ter de l'efpérance de pouvoir avoir auprès de moi quelque confidente, dans le fein de qui je puffe décharger mon cœur, je m'eftimerois moins malheureufe; mais le bruit court que ce bizarre me veut avoir feule; qu'il

I 5

a renouvellé & changé toute sa maison, qu'il ne mettra auprès de moi
que des vieilles, qui ayant été autrefois les miniftres de fes plaifirs pourroient bien devenir les auteurs de
mes chagrins : Pourquoi me facrifier
à un étranger, comme fi je n'étois
pas recherchée d'un parent qui a
cent fois plus de mérite que lui. Mais
pourquoi plutôt ai-je choifi un infenfible pour dépofitaire de mes plaintes ? Pourquoi le ciel ma-t-il donné
tant d'ardeur & à vous tant d'indifférence. A vous dis-je qui êtes fi capable de changer mon deftin ? L'ami
tout particulier de cette belle affligée alloit fans doute repliquer quelque chofe à des aveux fi tendres, lorsqu'il lui fembla entendre quelqu'un
fe promener auprès de la Grotte. Il
en fortit pour s'en affûrer ; mais Pifani, qui s'en douta, fe retira avec quelque précipitation, & ne fut point furpris. La crainte où il étoit d'être fuivi ou d'être découvert, fit qu'il fe
coucha fur l'herbe, le vifage deffous,
où il feignoit de dormir, lors que
l'un & l'autre de ces Confidens paffèrent auprès de lui fans le reconnoître.

tre. Pifani préfumant bien qu'ils ne retourneroient point auprès de lui, s'alla repofer dans la Grotte, où il lui prit envie de faire quelques ftances fur les froideurs de Placite. Mais comme il n'étoit point né Poëte, il jetta tout fon feu en trois vers, & ne put jamais trouver une rime au quatrième avec le fecours de laquelle il pût donner un beau jour à fa penfée, ce qui fit qu'il ne falit point davantage fes tablettes.

## STANCE IMPARFAITE.

*Coquillages, Cailloux, Marbre vous*
  *êtes tendres,*
*Rochers vous êtes durs, mais quelques*
  *goutes d'eau*
*Peuvent vous amollir, vous caver &*
  *vous fendre,*
*Et le coeur de Placite.....*

QUelque imparfaite que fût cette compofition, il ne laiffa pas de l'aller porter dès le lendemain à fon Amante prétendue, à fon défabiller. Elle lut ces vers & donna d'un courbement de tête, accompagné

I 6       d'une

d'une petite grimace, les suffrages
qu'ils méritoient, & demanda à Pisani ce qu'ils signifioient. Que vous
êtes plus dure que la dureté même,
repartit-il, de demeurer toujours insensible & ne vous pas laisser atten-
drir ni toucher à mes larmes. Et sur
ce qu'elle lui repliqua qu'elle étoit
encore à lui en voir répandre, il ajouta : Vous m'êtes cependant présente
lors que j'en verse avec abondance, &
& si vous étiez prévenue de l'excès
de mon amour, vous ne douteriez
pas que vos froideurs ne m'en fissent
verser souvent. Je vous aime, conti-
nuoit-il & ma passion est devenue au
point que je n'attends plus que la possession ou la mort. Placite ne faisant
pas semblant de l'entendre lui fit donner un siège. Il n'y fut pas plutôt assis qu'il lui reprocha son indifférence, & lui dit, qu'il s'étonnoit de ce
qu'elle ne daignoit seulement pas lui
répondre. Sur quoi Placite reprenant la parole, lui repliqua : Vous
me parlez de votre amour comme
d'un feu qui vous consume. Il est mé-
diocrement ardent, & vous n'êtes
pas si malade que vous voulez le per-
suad-

fuader. L'Amant le plus froid tient votre même langage, & il est peu de ces galands hommes qui aiment d'une profession assidue, qui ne veuillent faire croire, qu'ils ne peuvent pas vivre sans jouir. J'aime d'inclination & non pas de profession. Et si je me flattois de l'espérance, que Monsieur votre Père tiendra la parole qu'il à donnée à mon Oncle de vous livrer à moi dans huit jours, je deviendrois la proie d'un désespoir qui me raviroit bientôt la vie.

Si Placite fut étonnée d'entendre un tel discours, elle ne fut pas moins surprise & scandalisée de la liberté que cet amoureux extravagant vouloit donner à ses mains. Elle le repoussa avec fierté, & lui dit d'un ton de voix, qui marquoit assez son mépris & les ressentimens qu'elle avoit de son impudence, qu'elle s'estimoit fort offencée de sa témérité ; qu'il devoit davantage commander à sa passion, & savoir mieux modérer ses emportemens. Une repartie de cette véhémence mortifia étrangement Pisani, qui cherchoit dequoi repliquer à cette invective, lorsque Placite le brusqua d'un adieu sans queue,

I 7                    après

après lequel elle le laissa seul dans la chambre. Des duretés de cette nature jettèrent Pisani dans le dernier désespoir. Il courut chez son Tuteur pour lui faire le récit de ce qui s'étoit passé entre la jeune Vénitienne & lui. Quoique cet homme judicieux le blâmât de la liberté qu'il avoit voulu prendre, il ne laissa pas de s'aller plaindre au Seigneur de Ricciovano de la brusquerie de sa fille à qui, disoit-il, il ne falloit plus accorder de terme, ou que l'affaire seroit rompue. Ce Noble Vénitien trouvoit cette alliance si glorieuse pour lui, qu'il fit de nouveau appeller sa Fille, qui parut devant lui digne de compassion. Résolvez-vous, en trois jours, lui dit-il alors, Mademoiselle, d'épouser celui que vous venez de traiter avec un si indigne mépris. C'est envain que vous voudriez vous deffendre, ne m'obligez pas d'en venir à des extrémités qui.... Ici Placite étant tombée en foiblesse, fut portée sur des carreaux de velours, où elle demeura quelque tems sans revenir à elle; ce qui fit que son Père ne la pressa pas alors davantage.

Cette

Cette Amante pourſuivie ainſi, &
ſi rigoureuſement traitée d'un Père
déraiſonnable, alla dès l'après-dinée
rendre viſite à Madame la Comteſſe
de Romfeld, Mère d'Emile, à qui
elle raconta la violence qu'on lui faiſoit & les traitemens indignes dont
elle étoit menacée, ſi contre la foi
qu'elle avoit promiſe au Comte Emile, elle ne conſentoit à entrer dans
l'alliance d'une perſonne qui étoit
l'objet de ſon averſion. Il eſt à préſu-
mer que Madame de Romfeld étant
fort judicieuſe & fort ſage, ne lui donna en cette rencontre que des con-
ſeils tres-ſalutaires. Je ne ſai point
au juſte quels ils furent : mais ce
dont je ſuis certain, c'eſt qu'au ſortir de la Chambre de la Comteſſe,
Placite ſuivie de Béliſe ſa confidente
s'alla promener au fond du Jardin
avec la Dame de Bourneuf, autrefois Gouvernante d'Emile enfant, &
Doſilie Demoiſelle de la Comteſſe,
qu'elles y arrêtèrent enſemble qu'il
falloit tâcher d'engager l'Ecuier de
la Comteſſe, homme de réſolution &
de tête, qui étoit fort dans les intérêts d'Emile, à enlever Placite pour
l'al-

l'aller conduire jufqu'à Conſtantinople auprès de ſon Amant. Dès la prémière propoſition qui fut faite à ce
Gentilhomme, il prêta ſon conſen-
tement à la choſe, en ſorte qu'il ne
fut plus queſtion que de chercher
l'occaſion favorable de l'exécuter.
Cette entrepriſe étoit bien délicate,
puisqu'il n'y alloit que de la vie de
l'Écuier, Ricciovano étant le Noble
qui avoit le plus d'autorité du Sénat.
    L'évaſion de Placite étoit fort dif-
ficile: Elle étoit obſervée: On la laiſ-
ſoit rarement ſortir, & toutes les
viſites de quelques perſonnes de
chez la Comteſſe étoient ſuſpectes à
la maiſon. Madame de Bourneuf s'a-
viſa donc d'un ſtratagême qui réuſſit
de cette façon. On choiſit une fille à
peu près de la taille de Placite, qu'on
engagea d'aller la voir chargée d'un
petit paquet, où il y avoit un habit
ſortable à ſa condition. Elle entra
jufques dans la chambre de l'Amante
d'Emile, y changea d'habits avec elle, à la faveur deſquels Placite ſortit
du logis vers les trois heures après-
midi, ſes coiffes abbatues. Piſani s'é-
tant rendu ſur le ſoir à ſon ordinaire
                                auprès

auprès de fa Maitrefle prétendue &
étant monté en fon appartement,
Dofilie eut l'efprit de faire coucher
négligemment la fauffePlacite fur un
lit de repos, où elle contrefit fi bien
la dormeufe que Pifani faifant fcrupule de l'éveiller, fe retira pour ne la
venir revoir que le lendemain. Dès
ce même foir une heure avant le fouper, cette Fille traveftie revêtit d'autres hardes & fortit dans fon nouvel
ajuftement, accompagnée de Dofilie
qui avoit la liberté de fortir à toute
heure. Quoique tout l'Hôtel fût en
peine de ce que Placite n'avoit point
paru au fouper, on ne foupçonna néanmoins rien de fa fuite, jufqu'environ la minuit que n'étant point revenue l'allarme fut générale. On ne
favoit que penfer de cette abfence, &
celle de Dofilie d'intelligence donnoit de mauvais préjugés. L'on attendit leur retour jufqu'au lendemain les dix heures, que Pifani fe
rendant à la toilette de Placite apprit avec beaucoup de chagrin que
contre fa coutume & toutes les ré-
gles de la bienféance, elle n'avoit
point couché à l'Hôtel. Le Noble
Vé-

Vénitien au défespoir de cette conduite de fa Fille, voulant être appuié de plus fortes conjectures avant que de mettre du monde en campagne, fit enfoncer la porte de fa Chambre, en la préfence de Pifani, pour juger par ce qu'elle avoit emporté avec elle, de fon deffein. A l'ouverture du Cabinet l'on reconnut qu'elle s'étoit chargée de toutes fes pierreries, & de toutes fes meilleures nippes en petit volume, & l'on trouva enfuite fur la table deux Billets écrits de fa main, dont l'un étoit addreffé au Seigneur Ricciovano, & l'autre à Pifani, dont voici les copies.

# POUR

# LE SEIGNEUR

## DE RICCIOVANO.

*Monfieur & très honoré Père,*

C'Eſt pour vous épargner le chagrin, que vous pourroit apporter une raiſon-

sonnable désobéïssance que je m'absente.
Si je pouvois dégager une Foi promise,
vous règneriez absolument sur la volonté de la plus soumise de toutes les Filles ; mais comme il n'est pas permis de
faire un mal, quoiqu'il en dût suivre un
bien, je ne saurois violer impunément
la Religion de mes sermens. Je me
suis déclarée en faveur d'Emile, &
comme je suis persuadée que le Ciel me
le destine, tout autre que lui prétendroit inutilement à la possession de votre
respectueuse Fille,

PLACITE.

## POUR

# MONSIEUR

## DE PISANI.

Vous possédez admirablement le secrèt de règner sur les cœurs. Le
mien ne pourroit se défendre de reconnoître votre empire, s'il n'étoit pas déja
sujet d'un autre. Vous n'y pouvez donc
point prétendre sans tirannie, ni moi
vous

*vous l'engager fans crime. Quoique vous ayiez cent qualités aimables, & que j'aime plus par emportement, je vous conseille pour notre repos de ceffer de me pourfuivre. Je mourrai ou dans l'attente d'Emile, ou entre fes bras. Voilà en deux mots quelle eft la réfolution de*

PLACITE.

La Lecture de ces Billets furprit également l'un & l'autre. Ricciovano envoya en deligence à l'Hôtel de la Comteffe de Romfeld, pour s'informer d'elle-même fi elle n'avoit point eu avis de la fuite de Placite. Mais n'en ayant point été prévenue, elle ne put point fatisfaire le Noble Vénitien là-deffus. Ce fut alors que cet homme, qui aimoit extrêmement Placite, reconnut la faute qu'il avoit faite, d'avoir voulu forcer les inclinations d'une fille, qui avoit déja fait un choix qui n'étoit pas d'ailleurs indigne d'elle. Il fit éclater la chofe, promit des récompenfes à ceux qui découvriroient l'endroit où s'étoit retirée Placite, ou déclareroient quelques-uns des complices de fon en-

enlevement, envoya visiter éxactement le port, & faire des défences à
aucun Vaisseau de partir sans avoir
souffert une seconde visite. Mais toutes ces précautions ne lui réussirent
pas, non plus que les courses de l'Oncle Tuteur & de Pisani, qui montè-
rent à cheval pour poursuivre la fu-
gitive. Ce n'est pas que s'étant juste-
ment douté de la route qu'elle auroit pu prendre, ils ne fussent assez
heureux que de les rencontrer ; mais
comme elle étoit bien escortée, &
que ceux-ci avoient été abandonnés
de leur suite qui occupoit d'autres
chemins, elle s'échappa miraculeu-
sement de leurs mains.

Nos illustres fugitifs, qui s'étoient
bien persuadés qu'on courroit d'a-
bord les chercher au port, avoient
pris le parti de s'aller embarquer ailleurs. Ce fut pour éviter de tomber
en la puissance de leurs ennemis,
qu'ils avoient marché une nuit entière, & qu'ils étoient résolus de con-
tinuer à grandes journées leur chemin ; lorsque l'Oncle & le Neveu qui
le leur coupèrent, leur vinrent à la
rencontre. On ne peut pas s'imagi-

ner

ner quel fut l'étonnement de Placite. Elle feroit infailliblement tombée de cheval lors qu'elle apperçut
Pifani, fi l'Ecuier ne l'eût raffûrée, &
ne l'eût conjurée de ne rien craindre.

D'auffi loin que cet homme réfolu
vit ces deux Cavaliers venir à lui, il
prit fon piftolet & s'avança feul pour
s'oppofer à leur entreprife. Pifani
n'attendoit de fon Oncle que l'ordre
de tirer, & avoit déja fes armes en
état, quand cet homme prudent crut,
qu'avant que d'en venir aux extrémités d'un combat, il falloit favoir la réfolution des fugitifs. Il s'addreffa
donc à l'Ecuier, qui n'étoit foutenu
que d'un autre Cavalier extrêmement brave, & lui dit qu'il louoit fon
zèle; qu'il avoit entrepris de rendre
un fervice confidérable au Comte
Emile, qui fauroit fans doute recon-
noitre fes bonnes intentions; qu'il le
prioit de ne point vouloir leur difputer le retour de Mademoifelle Placite, aux inclinations de qui on ne feroit plus dorénavant de violence;
qu'il ne pouvoit pas oublier ce qu'il
devoit à la qualité de lui & de fon Neveu, & qu'au refte s'il n'en vouloit
agir

agir en homme raisonnable, il se verroit sans doute en danger de se voir
enlever Placite, & de perdre peut-
être la vie. L'Ecuier reçut ce discours
avec beaucoup de modération & ré-
pliqua à celui qui le lui adressoit, qu'il
n'étoit pas le maitre de la liberté de
celle à qui il ne servoit que d'escorte,
que si elle vouloit consentir au retour, il ne s'y opposeroit nullement ;
& sur ce que Placite s'écria qu'elle
embrasseroit plutôt la mort que ce
parti, il ajouta que puisqu'elle n'é-
toit point résolue à leur donner cette
satisfaction, qu'il pouvoit éxiger de
lui celle qu'il jugeroit à propos, &
qu'il répandroit avec joie son sang
pour les intérêts d'une innocente op-
primée. Une réponse si juste ne fit
qu'irriter l'esprit de ceux qui rede-
mandoient absolument Placite. Ils
ne visèrent pas. L'Oncle tira son
coup sur un de nos Cavaliers, & le
manqua ; & Pisani ayant couché en
joue d'un mousqueton l'Ecuier, il lui
alloit lâcher le coup dans le corps, si
n'ayant appréhendé de blesser Placite qui s'étoit rangée proche de ce
Gentilhomme, il n'eût baissé ses armes. Nos Cavaliers cependant
voyant

voyant que l'Oncle avoit fait feu, craignant son second coup, tirèrent si juste, que Pisani fut dangereusement blessé en deux endroits, & le cheval de l'Oncle tué sous lui, l'un & l'autre ainsi hors de défense. Pendant que l'Oncle s'occupa à bander les plaies de son Neveu, qui perdoit tout son sang, nos illustres fugitifs piquèrent, en sorte qu'ils se dérobèrent bientôt à leur vûe.

Ils ne commençoient qu'à reprendre haleine; il sembloit qu'ils n'avoient plus rien à appréhender de la part de leurs ennemis désarmés. Placite répondoit par des promesses très avantageuses aux bons offices qu'elle venoit de recevoir de la bravoure de l'Ecuier, quand la rencontre inopinée de quatre Domestiques à cheval de la maison de Pisani la jetta dans de nouvelles fraieurs. D'aussi loin que ces Gens purent distinguer nos illustres fugitifs, ne croyant pas que leurs Maitres, qu'ils savoient suivre la même route, les eussent encore atteints, ils rebroussèrent chemin & coupèrent à travers champ, pour aller en diligence les avertir de leur découverte.

Ils

Ils les cherchèrent envain plus de deux heures. Pifani avoit été reporté à la ville accompagné de fon Oncle dans une litière. Ces Eftafiers n'en ayant pu apprendre de nouvelles, apprehendant qu'une fi glorieufe proie ne leur échappât des mains, & flattés de l'efpérance d'être loués d'une entréprife fi hardie, revinrent au galop fur leurs pas, pour fe faifir de la perfonne de Placite & la ramener à Vénife. Mais quel eft le confeil de quatre hommes fans cervelle! Pas un deux n'ayant obfervé la retraite de nos illuftres fugitifs, ils firent cent courfes inutiles pour en découvrir l'endroit, & fe virent enfin contraints de prendre le parti de s'en retourner.

Placite & fon Efcorte ainfi délivrées des pourfuites de leurs Ennemis continuèrent leur chemin jufqu'à Viglio, où ils trouvèrent un vaiffeau prêt à partir pour Candie. Ils ne perdirent point de tems en des délibérations qui leur auroient pu faire manquer l'occafion de s'embarquer. Il leur étoit indifférent vers quel endroit ils fiffent voile, pourvu

*Tome V.*      K      qu'ils

qu'ils puſſent éviter de tomber entre les mains de leurs ennemis. Mais pendant que le vaiſſeau vers le quatrième jour eſt ſurpris d'un grand calme, & que le vent ſe rafraichira, il ſe paſſe à la ville des choſes dignes d'être ſçues.

Le Tuteur, Piſani & toute leur Maiſon de retour après une ſi vaine équippée, furent informer le Noble Vénitien du ſuccès de leur courſe, qui ne pouvant s'imaginer que le projèt de ſa fille n'eût été révelé à la Comteſſe de Romfeld, ſe réſolut de lui aller rendre une viſite ſérieuſe dès le même jour. Après les complimens & les civilités ordinaires, Ricciovano prenant la parole lui tint ce diſcours. Vous avez toujours honoré ma fille d'une amitié trop ſingulière, pour croire, Madame, qu'elle ne vous aît pas fait confidence d'un deſſein qui n'auroit jamais réuſſi ſans votre participation, & le ſecours de votre Ecuier. Ils ont été rencontrés enſemble, & ma fille ſeroit de retour, ſi le jeune Piſani n'eût moins appréhendé pour ſa vie que pour celle de cette déſobéïſ-
fante.

fante. S'il étoit poffible néanmoins qu'elle vous eût fait miftère de fon évafion, je ferai en repos, pourvu que j'apprenne de vous, où eft maintenant le Seigneur Emile entre les bras de qui je fai qu'elle fe va rendre.

La Comtefle qui voyoit ce Père dans l'abbatement, lui repartit pour foulager aucunement fa douleur, qu'elle n'avoit appris des nouvelles de la fuite de Mademoifelle Placite, & que fon Ecuyer y eût trempé, qu'un moment avant fon arrivée; qu'elle favoit qu'il avoit trouvé deux Lettres qui lui déclaroient les raifons de fa retraite, & qu'au refte, s'il étoit un Père raifonnable, il ne devoit point fe mettre en peine d'elle, vu qu'elle venoit de recevoir une Lettre de fon Ecuier qui lui marquoit qu'ils s'alloient embarquer pour Conftantinople. Elle la lui communiqua & auffitôt qu'il en eut fait la lecture : elle l'entréprit de cette manière. Mais, Seigneur, oferai-je vous dire que la conduite que vous avez gardée fur Mademoifelle Placite, & la rigueur dont vous avez ufé envers elle me

fur-

furprennent. Connoiffiez-vous fi peu
le caractère du génie de notre fexe,
pour vouloir forcer une jeune fille à
avoir du tendre pour un homme, par
ce que vous aviez pour lui de l'eftime? Auriez-vous trouvé une femme
toute dévouée à vous donner de la
fatisfaction dans votre dernier âge,
que vous auriez vous même plongée
pour toute fa vie dans des mortels
déplaifirs? Si vous aviez aimé uniquement une fille unique, ne deviez-
vous pas lui laiffer la liberté du choix
d'un Epoux, jufqu'à ce que vous euffiez reconnu qu'elle eût mal placé
fes inclinations. Il eût été tems alors
de lui remontrer fa faute, & de vous
oppofer à fes défirs. Quoique je fache qu'elle aime mon fils Emile, ne
croyez pas, Seigneur, pourfuivoit-
elle, que j'en parle par intérêt. Si
vous ne l'aviez pas jugé digne d'entrer dans votre famille, vous ne deviez au moins pas tant preffer Mademoifelle Placite, d'écouter un A-
moureux muet, ainfi qu'elle appelloit toujours Pifani. Une fille doit
avoir du refpect pour ceux que fon
Père honore, mais non pas de l'a-
mour.

mour. Quelle étrange manière de faire naître la tendreſſe, que de dire, je veux abſolument! Savez-vous que c'eſt s'attirer l'indignation du Ciel, & mériter les reproches de toute la terre que d'abuſer de l'autorité que Dieu vous a donnée, en contraignant votre fille d'aimer ce qu'elle abhorre, & d'avoir de l'averſion pour celui que peut-être le Ciel lui deſtine? Un Père doit être maitre à la vérité, mais non pas tiran. Vos perſécutions...... La Comteſſe ſuivant les mouvemens d'un zèle aſſez raiſonnable, alloit encore dire tout ce que lui ſuggéroit ſon juſte reſſentiment ſur le ſort de l'Amante de ſon Fils, quand le Noble Vénitien qu'elle avoit jetté dans une eſpèce de confuſion, l'interrompant, lui dit: qu'il lui étoit ſenſiblement obligé de ſes remontrances; Qu'elle juſtifioit ſi hautement ſa fille, que s'il avoit reçu huit jours auparavant de ſemblables leçons, il auroit encore la conſolation de jouir de ſa chère Placite dont il croyoit que la délicateſſe ne pourroit ſouffrir la mer. A quoi la Comteſſe ayant repliqué que l'amour étoit à l'épreuve de toute ſorte de

K 3      fati-

fatigues, Ricciovano reprenant sa tranquilité ordinaire la conjura seulement de vouloir lui faire part des nouvelles, tant de l'arrivée de sa fille à Constantinople, que de l'état de la santé du Comte Emile; ce que cette Dame lui ayant promis de faire, il se retira, l'esprit plus en repos qu'auparavant.

Emile cependant aussi-tôt la Lettre de son Amante reçue, n'ayant pas manqué de faire toutes les diligences imaginables pour se rendre à Venise, y arrive enfin. Il s'informe d'elle & apprend que pour se garantir de la violence qu'on lui vouloit faire, elle étoit partie pour Constantinople où elle espéroit trouver dans lui, un Père, un Ami & un Epoux. Dosilie lui conta son histoire jusqu'à ce qui s'étoit passé depuis quelques jours, qui jetta Emile dans une telle admiration, qu'il ne pouvoit assez louer la constance & la fidélité de son Amante. Ce récit le jetta dans une si grande impatience d'aller se joindre à elle, qu'il donna à peine un jour à des entretiens avec la Comtesse sa Mère. Ayant été averti qu'il y avoit un vaisseau au

port

port fur le point de faire voile vers
Conftantinople, il s'y embarqua tout
auffi-tôt, & tant par l'effet d'une rude tempête qu'il effuia, que par la
crainte fecrète qui l'agitoit, que fa
chère Placite n'eût point pu réfifter
aux fatigues d'une pénible naviga-
tion, il fe trouva dans une fi grande
altération lors de fon débarque-
ment, qu'il s'en fallut peu qu'il ne
perdît le jour. Il eft vrai que l'efpérance d'aller embraffer fon Amante fidèle le foutint un peu dans fon
abbatement, jufqu'à ce qu'enfin fa
trifteffe trouvant une nouvelle matière dans l'abfence de Placite qui
n'étoit pas encore arrivée, il fut
défefpéré de fa vie.

La mélancolie, dont il étoit devenu la proie, & la fièvre qui le tra-
vailloit, l'ayant réduit ainfi à l'extrémité, dans les revers continuels dont
il étoit agité, il ne parloit que de fa
chère Placite, & dans des fentimens
à fon égard qui faifoient bien juger
qu'il pourroit trouver feulement
dans fa préfence de l'allégement à
fes maux. Tantôt il tenoit des difcours qui marquoient fa compaf-

fion,

fion, & paſſant tantôt à des transports furieux, il entroit dans des
mouvemens de colère & de dépit,
ou formoit des deſſeins de vengeance contre les perſécuteurs de
ſon Amante.

Emile étoit déſeſperé des Médecins lorsque Placite arriva. Il faudroit avoir des inclinations auſſi tendres, & reſſentir une paſſion auſſi vé-
hémente que celle dont elle étoit
tranſportée, pour bien dépeindre
l'excès de la douleur dont elle fut ſai-
ſie lors qu'elle apprit l'état de ſon A-
mant. Elle voulut l'aller voir juſques
dans ſon lit, quelqu'oppoſition qu'y
fiſſent ceux qui appréhendoient que
ſa préſence ne cauſât à Emile une altération capable de le mettre au tombeau. Placite ne fut pas plutôt auprès de l'agoniſant, que je ne ſai par
quelle ſecrète impreſſion de ſimpa-
thie, il ouvrit les yeux qu'il avoit
comme commencé de fermer pour
toujours, & fit un ſoupir qu'on crut
devoir être le dernier de ſa vie. Ce
grand effort fut accompagné de ces
deux mots : Eſt-ce vous ? Auxquels
Placite ayant repliqué : Oui mon
chèr

chèr Emile, c'eſt moi-même qui viens exprès ici vous renouveller mes anciens ſermens de fidélité, le malade étendit les bras pour l'embraſſer. Elle demeura autant de tems collée ſur ſon ſein, qu'ils furent revenus tous deux de ces prémiers mouvemens, qui enlèvent la parole, & ce fut après l'avoir recouvert qu'Emile ajouta ; Que je ſuis heureux, Madame, d'avoir l'avantage de vous revoir avant que de mourir. Vous ſerez témoin, que l'amour que je vous porte, me donne le coup de la mort. Les larmes ayant étouffé le reſte de ſon diſcours, & ayant excité celles de Placite ; cette Amante ſenſible le conjura de ne point parler de la mort, s'il ne vouloit qu'elle le précédât au tombeau, & lui dit qu'il devoit au contraire faire un effort ſur lui-même & tâcher de divertir ſes maux par la penſée qu'elle n'avoit entrepris le voyage que pour lui venir rendre ſa parfaite ſanté.

Elle ignoroit juſques-là quelle étoit la cauſe innocente de la maladie d'Emile. Il lui en vouloit, ce ſemble, toucher quelque choſe, quand ſon Mé-

de-

decin arrivant & appréhendant que le trop parler ne lui fût préjudiciable & n'aigrît son mal, pria très humblement Placite de se vouloir retirer quelque tems ; à quoi elle obéît nonobstant les instantes prières de son Amant, qui protestoit que sa présence & ses entretiens lui seroient d'un promt secours & le remède le plus souverain à son mal. En effet, on remarqua que dès ce moment, Emile ne le disputa plus avec la mort. Sa fièvre diminua, & il prenoit d'heure en heure de nouvelles forces. Ses Médecins le voyant dans une disposition à la guérison, s'assemblèrent le lendemain en sa chambre, & conclurent à lui faire préparer quelques remèdes qu'ils jugeoient lui devoir être très salutaires. Pendant qu'un d'eux écrivoit l'ordonnance, Emile s'addressant aux autres, leur dit : Je vous demande pardon, Messieurs, si j'ose avancer que je doute que vous connoissiez l'origine & les principes de mon infirmité. Vous travaillez au soulagement du corps, & je n'ai cependant que le cœur malade ; ce qui leur ayant fait comprendre

dre que l'amour feul le réduifoit en l'état où il étoit, ils ne pafsèrent pas plus outre, pour laiffer agir les yeux de la belle Placite qu'ils firent prier, contre les avis du jour précédent, de venir voir de tems en tems fon Amant.

Ils ne tardèrent guère à produire un bon effet. On s'apperçut qu'en deux jours ils tirèrent le malade de danger; en forte que vers le quatrième, il fe fentit affez fort pour fe promener en robe de chambre. Les prémiers tranquiles & agréables momens de cette convalefcence furent donnés à un entretien très particulier avec Placite, qui apprit avec étonnement la diligence qu'Emile avoit faite pour aller lui rendre les bons offices qu'elle lui avoit demandés par fa Lettre, & lui conta à fon tour fes avantures. Dans le récit éxact & fidèle qu'elle lui en fit, elle exagéra fur tout la bravoure de l'Ecuier, dont la vigoureufe réfiftance l'avoit tirée des mains de fes ennemis. Emile loua fa valeur & promit de la reconnoître.

En moins de huit jours la fanté d'Emile étant bien rétablie, il alla

pren-

prendre l'air hors la Ville vers quelques endroits où l'on éxerce les Efclaves à puifer de l'eau. Placite, qui
s'étoit fait un plaifir de l'y accompagner, n'y fut pas plutôt defcendue
de chaife, que fa curiofité la porta
vers un de ces malheureux Captifs
qu'elle avoit entendu dire en fa langue, à leur arrivée : Ce font des perfonnes de qualité de ma Nation.
Comme elle s'entretenoit familièrement avec lui, Emile s'en étant approché lui fit auffi plufieurs ques-
tions, & apprit de lui de quel Païs il
étoit ; Qu'il y avoit laiffé fa Femme
enceinte en partant pour Candie,
où le fort des armes l'avoit livré entre les mains de fes ennemis. Bien
qu'Emile fe fentît ému à ce récit,
paffant de cet Efclave vers un autre,
il fe contenta de lui dire, qu'il avoit
compaffion de fa mifère & que s'il
y avoit lieu de l'aider dans fa difgrace, il lui prêteroit tous les fecours
dont il feroit capable.

Leur curiofité ainfi fatisfaite, E-
mile vouloit aller prendre le bain,
mais Placite le diffuada de le faire,
& lui remontra qu'il n'étoit pas encore affez fort pour pouvoir fouffrir
ces

ces fortes de rafraichiſſemens. Ils ne furent pas plutôt de retour que voulant ſe mettre à table, Emile ſe ſentit je ne ſai quels friſſons, qui lui ôtèrent l'appetit. Placite qui le voyoit dans l'agitation, s'informa de lui d'où lui venoit ce petit déſordre, & lui dit qu'elle avoit toujours appréhendé que le trop grand air ne lui fût d'abord préjudiciable, & qu'il dévoit menager davantage ſa ſanté. Les mouvemens dont Emile étoit agité, étoient trop naturels pour être l'effet de quelque cauſe étrangère. La Nature ſembloit lui inſpirer qu'il avoit quelqu'affinité avec la perſonne qu'il avoit vue dans les fers: mais elle ne l'en perſuadoit pas aſſez fortement pour lui en donner des conjectures certaines. Tout démentoit ſes penſées. Le Comte de Romfeld ſon Père étoit trop de qualité, & devoit avoir été trop connu pour n'avoir pas fait entendre ſa voix du milieu de ſa ſervitude, & les circonſtances de la priſe de ce vieil Eſclave ne contribuoient de rien à fortifier ſes préjugés. Il ſe ſépara de celle qui cauſoit toute ſa joie, également chagrin & penſif, paſſa la nuit dans

K 7                           des

des rêves quaſi prophétiqnes, & l'alla rejoindre le lendemain encore
plus embaraſſé que le jour précédent.
Comme il ne put pas tellement ſe
contrefaire qu'il ne fît paroître ſa
diſpoſition, il fut contraint de lui
avouer d'où lui venoit ce petit déſordre & ſon trouble. Il lui déclara
que le deſtin du vieil Eſclave, qu'ils
avoient vu, avoit tant de rapport a-
vec ce ſort que l'on tenoit que ſon
Père avoit ſubi, qu'il ne pouvoit
ne pas croire, ni étouffer la voix
ſecrète qui lui diſoit que c'étoit lui-
même. Quoique Placite le divertît
d'abord de ſa prévention, qu'elle traitoit de chimérique & d'opinion ridicule, elle ne laiſſa pas de lui dire
que cette découverte ſeroit de con-
ſéquence, qu'il ne falloit point avoir
à ſe reprocher de n'avoir pas fait ſon
devoir par négligence dans cette rencontre, & qu'il falloit dès l'après di-
ner aller chercher des preuves plus
fortes de ce qui l'agitoit, & ce fut
tant par complaiſance, que par curioſité, qu'elle voulut bien dès ce
même jour l'aller voir.

A l'abord de cet Eſclave, le trouble entra plus que jamais en l'ame
d'Emi-

d'Emile. Quoiqu'il n'eût jamais vu fon Père, qui avoit laiffé la Comteffe de Romfeld groffe de quelques mois, il lui fembloit que fon cœur lui difoit que ce Vieillard étoit fa vivante image ; ce qui le fit réfoudre au moins de travailler à fa délivrance. Plus il l'entretenoit, & plus il fe confirmoit dans fon opinion par la vraifemblance & le rapport qui fe rencontroient dans les avantures de cet Efclave Gentilhomme avec celles de fon Père. C'étoit en effet le Comte de Romfeld qui fouffroit tout ce qu'une indigne captivité à de dur; mais il n'en fut pleinement convaincu qu'après qu'il eut appris de fa Mère à quelles marques il le pouvoit reconnoître. Il en écrivit à la Comteffe en diligence, & la conjura de lui vouloir mander quels étoient les deffeins du Noble Vénitien fur fa Fille Placite.

Une réponfe de cette conféquence, & qui ne devroit pas être dérobée à cette Hiftoire, m'étant échappée des mains, je me contenterai de toucher les principaux articles qu'elle pouvoit contenir. Ce que je fai de plus certain eft, que cette Lettre étoit

toit toute baignée de larmes de joie, la Comtesse n'ayant pu s'empêcher d'en répandre en réveillant dans son imagination l'idée de son chèr Epoux. Car quant aux marques qu'elle indiquoit à Emile auxquelles il pouvoit reconnoître son Père, elles étoient, qu'il pouvoit avoir un tel âge; qu'il devoit être d'une telle taille, si les travaux ne l'avoient point trop altéré; qu'il avoit une certaine petite tache entre le coude & la main de la grandeur d'une lentille, & qu'au reste les sentimens & les discours d'un semblable Esclave lui devoient plus qu'aucunes autres conjectures faire juger de la vérité des choses. Pour ce qui regardoit les dépositions du Seigneur Ricciovano, la Comtesse lui écrivoit qu'il n'étoit plus le même; qu'il avoit prié Pisani en présence de son Tuteur de ne plus penser à sa Fille, & lui avoit dit que le Ciel lui faisoit bien connoître qu'il n'approuveroit pas son himen, ni ne féconderoit jamais ses intentions. Elle ajoutoit que n'ayant plus de Rival à craindre, il pouvoit venir librement à Vénise pour y entrer dans l'alliance de Placite, & que

per-

perfonne ne s'oppoferoit à leur u-
nion ; qu'elle les attendroit l'un &
l'autre au plutôt, & qu'elle lui con-
feilloit de ne différer fon retour,
qu'autant de tems qu'il en auroit befoin pour travailler à l'affranchiffe-
ment de l'Esclave, en faveur de qui
fon cœur lui parloit à tout moment.

Cette Lettre apporta beaucoup de
confolation à Emile. Elle le fatisfit
puiffamment, & ce fut après en a-
voir fait la lecture à fon Amante,
qu'ils retournèrent enfemble vers
l'Esclave afin de l'examiner felon les
indices dont nous avons parlé, &
d'avifer férieufement avec lui des
moyens de le retirer des mains de
fes ennemis. Ils ne l'apperçurent
pas plutôt, qu'ayant jetté la vûe
fur fon bras nud, ils y remarquèrent
la petite tache en queftion. Emile,
l'ayant interrogé plus particulièrement, apprit de lui des circonftances fi convaincantes, qu'il fut fuffi-
famment perfuadé qu'il parloit à fon
Père. Il s'alloit jetter fur fon col,
fuivant la tendreffe de ces prémiers mouvemens que la nature in-
fpire, fi le Vieillard également furpris,

pris, modéré & circonfpect ne lui
eût remontré que les embraffemens
après lefquels il ne foupiroit pas avec
moins d'ardeur, n'étoient point de
faifon. En effet, ils auroient pu rui-
ner les deffeins de fa délivrance. Le
Comte de Romfeld auroit été reconnu, & s'il n'avoit pas couru rifque de
fa vie, au moins auroit-on éxigé des
fommes immenfes pour fa rançon.
On peut mieux juger des tranfports
de joie des uns & des autres que les
décrire. Toute forte de doute étant
levé, il ne fut plus queftion que de
traiter du rachat du Comte Efclave.
L'opinion où l'on étoit que cet homme étoit d'une qualité éminente ; les
travaux auxquels on l'éxerçoit ne lui
ayant été ordonnés que pour le forcer à déclarer qui il étoit; le Baffa
dont il étoit l'Efclave fit mine d'a-
bord de ne point vouloir entendre
aux propofitions qui lui furent faites,
enforte que nos jeunes Amans fe
trouvèrent partagés entre une joie
extrême & un cruel embaras. La
fomme qu'éxigeoit le Baffa pour la
rançon de Romfeld étoit exorbitan-
te, puisqu'elle n'étoit pas moindre
de

de fix cent mille livres, qui fe trouvent rarement chez les particuliers,
les grandes richeffes n'étant pas toujours les compagnes d'une illuftre
naiffance. Ce n'eft pas qu'il n'en dé-
falquât près d'un tiers dans la fuite;
mais les biens du Comte s'éten-
doient à peine jufques là & fes ennemis fecrets jaloux de fa gloire, a-
voient décrié fa conduite auprès des
prémiers de la République, qui pré-
textoient l'épuifement de l'épargne.
Le plus grand embaras cependant
d'Emile n'étoit pas de trouver une
fomme confidérable, mais de ne favoir qu'offrir au Baffa. De lui propofer peu de chofe c'étoit s'expofer
à être rejetté avec mépris d'un Seigneur qui fe croiroit infulté, & d'offrir quelques deniers notables, donner ou confirmer les hautes idées
qu'on avoit de l'Efclave, & faire
que le Baffa qui l'avoit tiré par hazard des fept Tours, s'opiniâtreroit à
ne point vouloir relacher un homme,
dont on marqueroit faire beaucoup
d'eftime. Emile s'engagea d'abord
de faire compter cinq mille Piftoles,
d'où il monta infenfiblement jufqu'à
propofer deux cent mille Livres.

Mais

Mais bien loin d'être écouté, le Baſſa
fier d'avoir un Eſclave de la qualité
de Romfeld, qu'il préſumoit par le
cas qu'on en faiſoit, être un grand
Seigneur, ou avoir beaucoup de mérite, démentit l'Officier qui avoit diminué par ſes ordres une partie de
la ſomme éxigée, & jura qu'il ne re-
lacheroit point l'Eſclave, qu'auparavant il ne lui eût été compté huit
cent mille livres.

Tout ce que tenta Emile pour ſur-
prendre l'eſprit de ce Barbare, & obtenir de lui le bon mot en faveur de
ſon Père, ne fit aucun effet. Au contraire, il le fit reſſerrer autant de
tems qu'il ſçut qu'Emile ſéjourna à
Conſtantinople, qui fut obligé d'aller
à Andrinople paſſer autant de tems
qu'il ſçut que ſon Père Eſclave fut
rendu à ſes travaux ordinaires. Il ne
fut pas plutôt averti de ce qui ſe paſſoit, qu'il retourna à Conſtantinople
pour y aviſer des moyens d'y tirer
ſon Père des fers. Il crut qu'on ne
pouvoit certainement réuſſir dans u-
ne entrepriſe ſi difficile, qu'en ga-
gnant le Maitre des Eſclaves à force
d'argent, afin qu'il ſouffrît que le
Comte reçut une lime pour couper
ſes

fes entraves. Mais quelle eft la vertu de l'or? Dès la prémière propofition qu'il fit à cet homme intéresfé d'une fomme confidérable, il prêta fon confentement à la chofe, enforte qu'étant aux champs, le Comte Efclave s'étant féparé des autres fous prétexte de quelque néceffité, lima fes fers, & rentra dans la Ville à la faveur d'un habit à la Turque, dont il fut revêtu fur le champ.

On fit quelques recherches de fa perfonne. L'on mit force monde en campagne. L'on envoya par tous les ports faire des défences de prendre la Mer fans avoir auparavant été vifité d'une perfonne capable de reconnoître l'Efclave fous toute forte de déguifemens.

Cet illuftre perfécuté demeura donc près de trois mois caché avec fon fils Emile & Placite l'Amante de celui-ci, que ce jeune libérateur employa à lui raconter l'état de toutes chofes, après lequel tems, ils fortirent à petit bruit & prirent la route de Vénife. Ils furent affez malheureux pour faire rencontre à
quin-

quinze milles de la Ville de quelques
perſonnes, à qui Romfeld l'Eſclave
n'étoit pas inconnu ; mais le bonheur, d'intelligence avec le deſtin
d'Emile, voulut qu'ils ſe ſauvaſſent
de leurs mains après quelques légers
combats.

Ils alloient à grandes journées rechercher les délices de leur chère
Patrie, & ſeroient arrivés chez eux
en huit ou neuf jours, s'il ne leur
étoit ſurvenu une nouvelle avanture.
Ils faiſoient ſept perſonnes en tout,
& furent rencontrés par un parti de
douze Bandits, qui avoient réſolu
non ſeulement de les voler, mais
auſſi de leur enlever la pauvre Placite. Nos illuſtres Voyageurs après
avoir eſſuié tant de traverſes, s'ani-
mèrent & ſe défendirent ſi vigou-
reuſement, qu'ils échappèrent pour
quelque tems de leurs mains. Il eſt
vrai que ces vagabons s'étant apperçus que cette jeune Fille, qu'ils jugèrent être une perſonne de conſé-
quence, s'étoit retirée un peu à l'é-
cart, pour ſe dérober aux coups qui
ſe tiroient de part & d'autre, ſe ruè-
rent ſur elle avec tant d'impétuoſi-
té,

té, qu'ils s'en faifirent d'abord. Mais le Ciel qui ne favorifoit pas leur funefte intention, infpira tant de courage à notre illuftre troupe, que de quatre coups tirés, ils en mirent trois par terre, & arrachèrent à ces voleurs une proie laquelle ils comptoient beaucoup. Au refte ils n'eurent de mauvaifes rencontres que celle-là, dont le fuccès leur fut d'un bon augure.

Etant enfin arrivés à douze milles de Vénife, ils jugèrent à propos de fe délaffer de leur grande fatigue, avant que d'entrer dans la ville. Ils féjournèrent donc dans une hôtellerie près de huit jours, qu'ils employèrent à difcourir de leurs affaires; & ce fut là qu'il fut arrêté pour de très bonnes raifons, que l'Amante d'Emile changeroit fon nom de Placite en celui d'Octavie, jufques à ce que la difpofition des affaires lui permît de reprendre celui de Placite.

Leurs prémiers foins, auffitôt qu'ils eurent mis pied à terre, furent de chercher un logis garni pour Mademoifelle Octavie. En ayant rencontré affez heureufement un dans le

quar-

quartier le plus perdu de la ville, elle y demeura tranquillement près de
huit jours, qui se passèrent à l'Hôtel
de la Comtesse dans toutes les re-
jouissances que méritoit le recou-
vrement d'un si chèr Epoux.

Quelque diserte que soit la Rétho-
rique, elle n'a point d'expression assez tendre pour peindre les vérita-
bles sentimens de cette heureuse
femme, & la joie extraordinaire de
toute la famille. L'on peut dire que
toute la ville vint rendre ses civilités
à cet illustre Guerrier, & Ricciovano
en particulier, n'eut pas plutôt le
vent de ce retour, qu'il se rendit en
diligence chez la Comtesse, dans l'espoir d'y rencontrer sa fille. Il fut cependant surpris d'entendre de la propre bouche d'Emile, que la crainte
de l'éprouver toujours le même l'a-
voit retenue à Constantinople, d'où
il n'avoit jamais pu la faire consentir
de revenir, & que s'il avoit le désir de
la revoir, il devoit lui-même lui faire connoître par une Lettre signée
de sa main, sa disposition à son é-
gard; qu'il lui laissoit la liberté de
son cœur, & ne s'opposeroit point au
choix

choix qu'elle feroit d'un Epoux.

Quoique le Noble Vénitien n'ajoutât point de foi aux nouvelles d'Emile, il fit néanmoins femblant d'être perfuadé de ce qu'il difoit, afin que celui-ci ne fe défiant de rien, il allât avec plus de liberté rendre vifite à fon Amante, & qu'étant épié, il fût plus aifé à découvrir l'endroit où elle fe tenoit cachée. Il mit donc la main à la plume, & remit à Emile cette Lettre pour fa Fille.

## LE NOBLE VENITIEN

### A

## SA FILLE PLACITE.

VOtre défobéïffance n'a rien de criminel. Je vous pardonne de tout mon cœur le déplaifir que m'a caufé votre fuite, quoiqu'elle n'aye pas été fort favorable à votre réputation. Si vous aimez encore le jeune Emile, revenez au plutôt vous unir à lui. Je veux ce que vous voulez à cet égard. La joie ne fera point univerfelle dans nos familles, que vous ne foyiez de retour. Revenez donc, ma chère Fille, chercher du

re-

*repos & en procurer au plus tendre de*
*tous les Pères.*

### RICCIOVANO.

Emile ayant reçu cette Lettre,
promit de la faire tenir, & d'y joindre tout ce que l'inclination qu'il a-
voit de le fervir, & le crédit qu'il
pouvoit avoir fur l'efprit de Placite
lui infpireroit de fort pour lui perfuader le retour. Cette promeffe
mit l'ame du Sénateur en repos,
qui fe doutoit bien que fa Fille
n'étoit point fi éloignée qu'on vouloit le lui faire accroire. Ils ne fe
furent pas plutôt féparés, qu'il mit
cinq ou fix efpions en campagne a-
fin de fuivre Emile, qui étoit le vrai
fecrèt de découvrir où étoit fa Fille,
n'étant pas poffible qu'il pût demeurer longtems fans lui aller rendre
quelque vifite.

Emile fe douta affez de ce ftrata-
gême pour les éviter. Il eft vrai que
des le même foir il la fut voir; mais
il ne fe rendit auprès d'elle qu'après
avoir promené trois heures par la
Ville fes efpions. C'eft ainfi qu'il fe
déroba quelque tems aux yeux de
ces

ces mercenaires, & qu'il alloit fans
appréhender renouveller tous les
jours à fon Amante fes proteftations
d'eftime. Il étoit cependant trop
éclairé pour éblouir toujours les
yeux de tant d'Argus. On fe douta
de fon adreffe, enforte que ces trop
affidus obfervateurs des demarches
d'Emile l'épiant par tous les endroits
de la Ville, il fut fuivi d'un de ces
Eftafiers qui remarqua la maifon où
il entroit. Il en donna avis au Noble
Vénitien, qui commit une Femme
adroite pour s'aller informer près
delà du nom & de la qualité de la perfonne qui pouvoit s'y être établie
depuis peu : mais de quelque artifice
qu'elle fe fervît, elle ne put jamais
fe rendre certaine de la vérité des
chofes. Les voifins de cette Reclufe
volontaire ne pouvant la fatisfaire,
& l'Hôteffe de Placite prévenue
n'ayant garde de lui révéler un fecrèt, dont elle étoit feule la dépofitaire. Tout ce que put apprendre
cette Femme fut, qu'il logeoit là
une Dame depuis quelques jours,
qu'elle s'appelloit Octavie ; mais que
ne parlant pas la langue du Païs,

L 2            il

il étoit à préfumer qu'elle n'etoit point de la Ville.

Ce nom fuppofé & cette réputation donnèrent à penfer quelque tems au Sénateur, qui s'imagina bien dans la fuite que c'étoit autant d'affectations dont on vouloit leurer fes gens. Il en communiqua avec le Tuteur de Pifani fon ami intime, qui ne lui parloit plus en faveur de fon Neveu. Celui-ci fe chargea d'abord de la chofe, & promit qu'avant deux jours, il fauroit la vérité de tout. Il ne voulut employer que la vigilance de Pifani. En effet qu'y a-t-il de plus clairvoyant qu'un Rival. Pifani eut l'adreffe de fe traveftir en Fille, & d'aller comme de la part d'Emile parler à Madame Octavie, qui ne fe doutant de rien, permit qu'il montât jufques dans fa chambre. Il me feroit difficile de dire quel fut le plus étonné des deux. Quelque douceur que cet Amant méprifé contât à Octavie, elle lui fit toujours froid, enforte qu'il fe retira de chez elle très peu fatisfait de fa vifite.

Pifani n'eut pas plutôt changé d'habit, qu'il alla faire part de fa réuffite

au

au Noble Vénitien, qui donna d'a-
bord les ordres néceflaires pour faire
enlever fa Fille Emile, qui étoit en-
tré auprès d'Octavie à la même heure que le Travefti en avoit pris congé: inftruit de ce qui s'étoit paffé, &
augurant ce qui devoit arriver, il la
prit fans perdre de tems en Gondole,
& la mena en un Village hors le grand
chemin à quatre milles de la Ville.

Une demi-heure après la fortie de
notre illuftre couple d'Amans, la
maifon d'Octavie fut affiègée d'une
douzaine de Cavaliers députés de
Ricciovano pour l'enlever. Quelques-uns d'eux allèrent la chercher
par-tout, mais inutilement. Il fallut
cependant fe confoler. La chofe a-
voit fait tant d'éclat, qu'il étoit de
l'honneur du Vénitien d'accorder fa
fille à Emile, & de ne plus s'oppofer à
leur Himen. Il donna donc fon confentement par écrit, & les articles
du Contract furent dreffés, quoiqu'E-
mile ne voulut jamais avouèr que fon
Amante fût de retour de Conftantinople, ni déclarer l'endroit où elle
étoit. Nonobftant qu'il n'y eût plus
de difficulté de la part des Parens,

Emi-

Emile avoit encore à se garantir de l'insulte de Pisani, que tous ses amis animoient au ressentiment. Ce fut pour surprendre ce jeune Comte que celui-ci lui alla rendre visite pour se reconcilier avec lui, le féliciter de son heureux retour, & lui souhaiter toute sorte de prospérité dans l'alliance qu'il étoit sur le point de contracter. Emile lui fit mille démonstrations d'amitié, le régala splendidement, & nia toujours fortement qu'il recherchât Placite, mais une jeune Dame étrangère nommée Octavie. Pour ne se point commettre avec ce foible Rival, il alla le lendemain rendre la même civilité à Pisani, qui le traita aussi à son tour & lui fit boire du Vin aussi funeste, qu'il étoit délicieux.

Les choses étant dans cet état, les Parties d'accord de part & d'autre, tout préparé pour la solemnité de la fête ; les amis conviés au Banquet & au Bal qui le devoit suivre ; les cérémonies des Epousailles furent faites au seul sçu des parties intéressées. Tout le monde étant dans une impatience extrême de voir cette aimable
ble

ble Etrangère qui devoit l'emporter ſur les charmes de Placite, eſtimée pour une des plus belles perſonnes du Païs. La foi donnée & reçue, E-mile déclaré le mari d'Octavie, & Octavie l'Epouſe d'Emile, ils ſe ren-dirent à la Salle du Banquet, où ils é-toient attendus d'un concours de perſonnes de marque, & où Piſani n'avoit garde de ſe rencontrer. La joie fut univerſelle. Il fut bu à la ſan-té d'Octavie & d'Emile, & enſuite danſé juſqu'à la nuit, que cet Epoux infortuné étant tombé à la renverſe au moment qu'il donnoit la main à ſa chère Epouſe, ſa chute donna ſujet de croire à tous les conviés que la perfidie de Piſani étoit la cauſe de cet accident. Le bruit ſe répandit qu'il avoit mêlé deux jours auparavant dans du vin du poiſon à Emile, & il n'étoit que trop vrai; mais il n'avoit pas fait ſon effet & une maladie ha-bituelle connue ſeulement d'un Va-let de chambre du défunt, où que l'on croyoit l'être, qui étoit abſent, l'avoit réduit en cet état. Emile tom-boit dans ce dangereux aſſoupiſſe-ment que la Médecine appelle létar-

gi-

gique. Il avoit été surpris alors de
ce mal & étoit tombé d'un coup si
rude, que sa chute seule lui auroit pu
causer la mort. Un accident si peu attendu, & survenu dans un tems auquel l'on ne pensoit qu'à la joie, jetta la consternation par tout. Le deuil
succéda aux ris, & les larmes banni-
rent toute sorte de pensées de divertissement. Le corps du Comte fut
porté sur le lit qui étoit prêt à favoriser les doux embrassemens après
lesquels il avoit si longtems soupiré,
& on employa inutilement tous les
remèdes imaginables pour le rani-
mer. Les plus habiles Médecins de la
Ville y furent appellés, & ce fut a-
près qu'ils l'eurent bien examiné &
consideré qu'Emile fut jugé mort.

Il n'y a point d'Ecrivain au monde
qui osât se flatter de pouvoir dépeindre l'état où Octavie se trouva alors.
Il y auroit de la témérité à moi de
l'entreprendre, desorte que je crois
dire assez, en avançant que cette E-
pouse désolée s'abandonna toute la
nuit, qu'elle demeura collée sur le
corps & le visage du défunt, à tous
ces mouvemens violens qu'un amour
ex-

extrême peut infpirer en une femblable rencontre. Il fut impoffible de
l'arracher pendant toute cette nuit
du lit où étoit étendu le corps d'E-
mile. Toutes les raifons qu'on lui
alléguoit pour la confoler, & tous
les moyens qu'on employoit, ne fer-
voient qu'à le lui retracer plus pro-
fondément. Elle ne paroiffoit tranquille que lorfqu'elle contemploit
fon Amant, & ce qui auroit jetté le
trouble dans l'ame de tout autre,
pouvoit feul lui rendre fa paix. Quoique l'extrémité de fon déplaifir la
réduifît aux abois, on jugea à propos de lui laiffer raffafier fa douleur
auprès du corps d'Emile. On fe con-
tentoit de l'obferver pour ne la pas
laiffer en proie à fon défefpoir, &
l'on a fçu d'une fille confidente qui
ne la quittoit point de vûe, qu'elle
apoftrofa dans quelque moment de
relâche qu'elle eut ce corps de cette forte.

*Jufte Ciel ne m'aviez vous conduite*
*au terme de mes déplaifirs, que pour me*
*replonger dans de nouveaux chagrins.*
*N'avois-je pas affez éprouvé la cruauté*
*du Deftin, fans ajouter à fa dureté de*

*nou-*

*nouvelles rigueurs. Ou rendez mon chèr*
*Emile, ou m'enlevez avec lui; ferai-*
*je toujours en bute au fort, & ne m'a-*
*t-il promis tant de douceurs que pour*
*me faire goûter des amertumes? Que*
*vois-je? mon chèr Emile? Non je ne*
*vois plus qu'une froide & infenfible par-*
*tie de mon Epoux. Le Ciel en l'adop-*
*tant lui a fait juftice. Je n'étois pas*
*digne de devenir fa poffeffion. Ah! que*
*ne m'a-t-il enlevée toute entière, fans*
*me ravir la plus noble moitié de moi-*
*même.*

Elle auroit parlé davantage pour
foulager fa douleur fi cette fille
qui l'obfervoit, entrant dans fes
fentimens, n'eût éclaté & ne fe
fût trahie elle-même par les foupirs
& les fanglots qu'elle pouffa. Ils in-
terrompirent Octavie, qui la conjura
d'unir fes larmes avec les fiennes. E-
mile cependant ne donnant plus aucun figne de vie, le tems s'approchoit, auquel il falloit penfer à lui
préparer des funerailles conformes à
fa qualité. On y mit ordre. Octavie
n'abandonna jamais le cercueil &
donna en cette occafion des marques
de la fidélité immortelle, qu'elle a-
voit

voit jurée à cet Amant , qui avoit été si infructueusement son Epoux.

Le bruit, qui avoit couru de Pisani, fit qu'il ne vint que fort tard s'affli-ger avec cette malheureuse. Comme elle étoit revenue alors de ces pré-miers mouvemens, qui l'avoient ren-due muette, elle sçut se contrefaire, & ne lui marqua rien qui lui pût don-ner lieu de désespérer de la réussite de ses anciennes poursuites. Cepen-dant le Valet de chambre d'Emile qui étoit absent depuis cinq jours, & étoit allé éxécuter quelques ordres de son Maître dans une Ville voisine, arriva. Il apprit par le changement de livrée la mort de son Maître. La prémière réfléxion qu'il fit après être revenu de son étonnement, fut que le Comte Emile étant sujet à tomber en léthargie, pourroit peut-être a-voir été surpris de ce mal. Il alla faire cette déclaration à l'Epouse affligée de son Maître, qui sans perdre de tems assembla la famille, qu'elle con-jura de vouloir faire ouvrir le tom-beau. Cette proposition, quelque inu-tile qu'elle fût jugée, fut acceptée de tout le monde. On crut qu'on de-

L 6 voit

voit donner cette satisfaction à Octavie, qui voulut être présente à l'ouverture du cercueil. On vouloit la
détourner de voir un objet, qui étoit
capable de rouvrir ses plaies & de
ressusciter sa douleur : mais ce fut
envain, plus on lui faisoit de violence, plus son espérance de voir en vie
son cher Emile croissoit. On alla sur
le lieu. L'ouverture du tombeau fut
faite. On descendit dans la cave, où
reposoit le mort prétendu. La bière
fut déclouée, & le corps examiné par
les Médecins, qui n'y remarquèrent
point ce changement & cette altération que cause ordinairement la
mort. Le corps fut porté à l'Hôtel.
Octavie l'embrassa mille fois, & le re-
chauffa si à propos, qu'au bout de
trois heures il donna des signes de
vie. Il seroit difficile de dépeindre ici
les transports de notre jeune Epouse.
Il sembloit que l'amour de concert
avec ses soins ardens redonnoient la
vie à Emile, qui fit enfin un grand
soupir & ouvrit les yeux, dont les
prémiers regards s'addressèrent à
Octavie. Pisani étoit témoin oculaire
de tout ce qui se passoit au même
mo-

moment qu'Emile revit le jour; celui-là penſa perdre la lumière, puiſqu'on le vit tomber en une foibleſſe
dont on eut toutes les peines du
monde à le faire revenir. La joie du
retour de cette nature de la mort à la
vie fut univerſelle. Toute la ville ſurpriſe de l'évènement crioit miracle.
L'Oncle Tuteur & tous les parens de
Piſani ſollicitèrent plus que jamais le
Seigneur Ricciovano de ſe déclarer
en ſa faveur, qui ne crut pas, qu'il dé-
pendît du choix d'Octavie, de prendre un autre Epoux. La brigue fut
ſi forte pour Piſani, que le Père d'Octavie ne ſavoit à quoi ſe réſoudre.
Pluſieurs ſoutenoient qu'Emile ayant
été déclaré mort, il n'étoit réſſuſcité
que par un miracle que le Ciel n'a-
voit opéré, qu'afin qu'il publiât l'inju-
ſtice que l'on avoit refuſé celle que
Dieu lui avoit deſtinée; & d'autres
avançoient qu'il n'étoit de retour des
ombres de la mort, que pour reprocher à Piſani ſa perfidie, jouïr des
doux embraſſemens de celle qu'il a-
voit recherchée par toute ſorte de
voies honnêtes, & pour couronner ſa
conſtance. Les intérêts des uns &

L 7 des

des autres partagèrent les sentimens.
Ricciovano, pour ne se point attirer
de reproches, assembla tous les plus
profonds Jurisconsultes. L'affaire fut
débatue. Il fut jugé par je ne sai
quel mouvement du parti le plus fort
& des raisons que je n'ai pas bien
pénétrées, qu'Octavie étoit affran-
chie, & qu'il lui étoit libre de donner sa foi à qui bon lui sembleroit.

Pendant un mois qu'Emile se fit
traiter, Pisani rendit des assiduités à
Octavie. Tout le monde parla en
sa faveur; mais, comme l'Amour
n'étoit point dans ses intérêts, quelque ardent qu'il fût, il ne put jamais
triompher de la froideur d'Octavie
qui ne voulut point retracter la parole qu'elle avoit donnée à cet illustre
ressuscité. Le récit qu'on fit à Emile de la fidélité & de la tendresse
d'Octavie ne contribua pas peu à son
rétablissement. Dès qu'il fut en con-
valescence, il alla embrasser les genoux de son Epouse redevenue A-
mante qui lui jura que malgré les
oppositions de ses Parens & de son
Rival, il seroit toujours le Souverain
de son cœur. Ce fut en ce moment

qu'ils

qu'ils fe dirent mille chofes tendres, qu'ils fe parlèrent plus des yeux que de la langue, & que peu de jours a-près, pour fe mettre à couvert de la fentence qui avoit déclaré libre Oc-tavie, ils renouvellèrent les folemni-tés ordinaires des Epoufailles, & quils goutèrent la douceur des plai-firs licites qu'il femble que le Deftin, le Monde & la mort même d'intel-ligence, leur avoient difputés.

# L'HEUREUSE

# INCONSTANCE

L'ISLE de Lesbos eſt la plus fameuſe de toutes celles de l'Archipel. Mytylène ſa ville capitale tenoit autrefois un rang conſidérable entre les prémières de l'Univers, étant non ſeulement grande, riche, peuplée, mais habitée par une infinité de perſonnes illuſtres. Les ſciences y fleuriſſoient. Il ſembloit que le bel eſprit y fût repandu plus abondamment qu'ailleurs. Les femmes paroiſſoient galantes ſans faire tort à leur vertu. La plupart des hommes étoient Poëtes auſſi bien que guerriers. On n'y voyoit aucune indigence. Les familles nobles ſe diſtinguoient par une magnificence éclatante, & l'union règnoit dans les moindres ſociétés.

Ce

Ce fut là que nâquit la célèbre SAPHO avec un mérite, qui l'éleva infiniment au deſſus de ſa naiſſance, quoiqu'elle fût très conſidérable. Elle perdit ſon Père & ſa Mère fort jeune; & un frère unique qu'elle avoit s'étant abandonné à une paſſion qui ne lui étoit pas glorieuſe, la laiſſa maîtreſſe abſolue de ſa conduite. Ce frère avoit diſſipé une partie de ſon bien, & quoiqu'elle ne fût pas riche, il n'y avoit point de fille à Mytylène plus propre & plus généreuſe que Sapho.

Comme ſon eſprit étoit un prodige & ſa perſonne très aimable, tout le monde cherchoit à lui plaire, & jamais femme n'ayant poſſedé les avantages, qui lui étoient naturels, à un degré ſi plein de perfection, l'impoſſibilité de l'imiter la mettoit au deſſus de l'envie.

Elle avoit tous les ſentimens élevés, mais la tendreſſe étoit ſa paſſion dominante. Ses ouvrages, que la Grèce peut mettre au rang des choſes les plus achevées, en font foi; & comme il lui étoit impoſſible d'écrire ſans s'exprimer amoureuſement, elle le les adreſſoit ſouvent à des femmes.

Entre ſes amies, dont le nombre é-
toit grand, il y en avoit trois qu'elle
eſtimoit beaucoup plus que les autres: Cydné, Amythone & Athys.

Pittacus, qui par un grand courage & beaucoup d'adreſſe avoit acquis
le nom de ſage & la ſouveraineté de
Lesbos, après avoir chaſſé le Tyran
Mélanchre, & vaincu Phrinon Chef
des Athéniens, regnoit lui-même
avec tirannie. Le peuple, qui ſe
croyoit redevable à ſa valeur, le re-
ſpectoit aveuglément. Les perſonnes plus élevées qui le craignoient
n'oſoient condamner ſes actions les
plus injuſtes, & le ſeul Alcée fut aſſez ſincère pour blâmer hautement
celui que l'équité & la raiſon ne pouvoient approuver.

Il étoit d'une des prémières familles de Mytylène. Le Ciel lui avoit
donné une fortune aſſez belle & des
qualités très-avantageuſes. Sa perſonne étoit toute aimable. Il ſe couvrit de gloire à la guerre pour les intérêts de ſon païs, & écrivit avec
tant de force & de grace qu'on ne
fait pas de difficulté de comparer ſon
ſtile

ſtile à celui d'Homere. Il étoit généralement eſtimé, & excepté Pittacus que ſa généreuſe franchiſe irritoit, on lui vouloit par-tout du bien.

Sapho qui le voyoit tous les jours
chez elle ou chez ſes amies, toucha
ſon cœur, & lui inſpira une paſſion
des plus violentes, quoiqu'il y eût de
plus belles perſonnes dans leur Société, Amythone ayant beaucoup
plus de majeſté, Cydné poſſédant
une blancheur éblouiſſante, & la
jeune Athis ayant mille charmes différens capables de donner de l'a-
mour à l'inſenſibilité même.

Alcée ſentit naître le ſien avec
plaiſir, & le laiſſa croître ſans s'y
oppoſer. Pour Sapho qui n'étoit pas
de ces femmes vaines, capable de
prendre dans la connoiſſance de ſon
mérite du mépris pour celui d'autrui,
ayant une conduite ſage & judicieuſe, elle eſtimoit tout ce qui étoit eſti-
mable, & ſachant ce que valoit Alcée, elle avoit une particulière con-
ſidération pour lui: mais elle ne l'aima pas comme il eût ſouhaité de
l'être: il trouva mille occaſions de
déclarer ſes ſentimens; & l'on y répondit toujours froidement. Ce n'eſt
pas

pas qu'il eût de ces grands orages à soutenir ; c'est-à-dire, que Sapho fût modérée dans ses réponces, ne voulant tomber dans aucun excès, & tant d'indifférence paroissoit cruelle à un homme fort passionné. Ne vous obstinez pas à vouloir être mon amant, Alcée, lui dit-elle un jour en riant, contentez-vous d'être ami & prenez un peu plus d'interêt à ma sagesse. Ah! Madame, s'écria l'amoureux Alcée, qu'une tendre folie de Sapho me paroîtroit sage, & que je trouve sa sévérité barbare de vouloir qu'en mourant d'amour, on se tienne dans les bornes de la simple amitié. Pourquoi en parlez-vous avec tant de graces, si vous ne le voulez point souffrir, croyez-vous qu'il y ait quelque proportion de mes sentimens à ceux que vous avez pour Cydné, Amythone & Athis ? & ne prodiguez-vous pas les admirables talens que vous tenez de la liberalité des plus grands Dieux, en ne donnant des marques de tendresse qu'à un sexe qui ne peut payer à votre beauté les tributs que nous lui devons? Comme Alcée alloit poursuivre, un des amis de Sapho & des siens nommé

Tra-

Trafille arriva. Je viens, leur dit-
il, de recevoir un portrait de Phaon,
qui nous eft prefque inconnu par fa
longue abfence, qu'on m'envoye
comme la chofe la plus rare qui foit
au monde; & en effet je ne crois pas
que les beautés les plus vantées puiffent être comparées à celle de Phaon.
Sapho curieufe & impatiente pria
Trafille de lui faire voir ce nouveau
miracle; il lui préfenta le portrait,
& elle n'eut pas plutôt jetté les yeux
deffus, qu'elle parut troublée & demeura interdite. Alcée, qui l'obfervoit, rougit d'inquiétude, & peut-être déja de jaloufie; & Trafille qui é-
toit naturellement gai ne put s'empêcher de rire de la furprife de Sapho
& de la confternation d'Alcée. Je
ne penfois pas, leur dit-il, que la plus
belle tête qui ait jamais été, pût faire
un effet pareil à celle de Méduze, &
rendre muette deux perfonnes qui
favent fi bien parler. En verité Trafille, répondit Sapho, je crois que
vous vous moquez de nous, & que
ce portrait n'eft que l'effet de l'imagination d'un favant peintre. Non,
Madame, reprit Alcée, ce vifage
eft

eſt véritablement celui de Phaon ;
mais le Peintre ou le tems y ont ajou-
té de grands charmes. On m'écrit,
pourſuivit Traſille , que l'original
ſurpaſſe de beaucoup la copie, &
nous en pourrons bientôt juger,
puisque Phaon ſera ici dans quinze
jours. Je voudrois le faire voir par
tout, afin que les Dames s'accoutu-
mant de bonne heure à le regarder,
n'euſſent pas à ſon arrivée de ces
ſurpriſes qui vont au cœur, & ſur-
tout je veux prendre cette précaution à l'égard d'Amythone. Pour
vous, inhumaine Sapho, ajouta-t-il
agréablement, qui faites mourir le
pauvre Alcée, vous pouvez éxami-
ner toutes les perfections de Phaon,
& ce n'eſt pas pour vous que les foi-
bleſſes de votre ſexe ſont faites. A-
mythone & Athys entrèrent alors,
& Traſille qui avoit un enjouement
extraordinaire ce jour-là, s'adreſſant à la prémière dont il étoit fort
amoureux ; venez belle Amythone,
lui dit-il, venez voir une merveille
qui me fait trembler. Ces deux filles
empreſſées regardèrent le portrait,
& ſi ce ne put être ſans étonnement,

ce

ce fut du moins sans intérêt. Je vous
affure, dit Amythone de fort bonne
grace, que fi j'aime quelque chose,
Phaon fût-il encore plus beau qu'il
n'eft, ne m'empêchera pas de l'aimer
toujours, & je vous protefte, continua la charmante Athis, que fi j'é-
tois aimée de quelcun qui me plût,
il ne perdroit rien de fes avantages.
La beauté dans un homme étant la
moins eftimable de toutes les heu-
reufes qualités qu'il peut avoir. Mais,
répondit Alcée, qui voyoit dans les
yeux de Sapho une émotion qui lui
en donnoit beaucoup, ce que vous
dites toutes deux ne conclut rien ; fi
Amythone aimoit, elle ne cefferoit
pas d'aimer, & fi elle n'aime pas, il
peut arriver qu'elle commencera par
Phaon. Si Athys étoit aimée, elle
auroit une fidélité reconnoiffante, &
fi elle ne l'eft point, aucune confidération ne défend fon cœur ; c'eft
donc à Sapho à décider plus abfolu-
ment. Trafille l'a d'abord fait pour
moi, repliqua-t-elle. Quoi ! pourfuivit Alcée, vous voulez qu'on
vous croie ingrate & infenfible.
Ah ! fi vous regardez un jour Phaon,
comme vous avez fait fa peinture,

ceux

ceux qui vous accuferont d'indifférence ne vous auront pas bien ob-
fervée. Ces paroles qui échapèrent
à la difcrétion ordinaire d'Alcée,
firent rougir Sapho & l'irritèrent.
Si vous avez des yeux injuftes, répondit-elle, vous ne les devez jamais arrêter fur des actions, dont
quelque refpect vous doit faire juger
favorablement; & je ne trouve pas
trop bon que votre imagination fe li-
cencie jufques à expliquer mes pen-
fées. Quoi Sapho! dit alors l'aimable
Athys d'un air mal affûré, vous vous
chagrinez pour un jeu, & prenez fi
férieufement ce qu'Alcée a dit fans
malice. S'il ne l'a dit avec malice, a-
jouta Sapho, ce n'a point été fans intérêt. Non, continua Alcée d'une
manière paffionnée, puisque j'y
prends tout celui qu'un amour ardent
peut faire prendre à un cœur d'auffi
grand prix que le vôtre. Ces paroles
firent foupirer Sapho, & rougir Athis,
par des raifons bien différentes. La
converfation n'auroit pas fini fi-tôt,
mais quelques femmes prudes étant
venues vifiter Sapho, Trafille refler-
ra fon portrait, & on parla de toute
autre chofe; mais il avoit été affez

vu

vu pour faire une forte impreſſion dans l'eſprit de Sapho. Cette ame tendre naturellement, & qui ne s'étoit donnée juſques alors qu'à des a-mitiés ordinaires, ſentit pour Phaon ce qui ne lui étoit pas encore bien connu, & ſa raiſon complaiſante pour des inclinations impérieuſes ne leur diſputa rien du tout. Ce ne fut qu'à ſonger aux agrémens de Phaon qu'elle paſſa les heures & les jours, & à ſe dire combien une fille qui pourroit lui donner de l'amour au-roit lieu d'être ſatisfaite.

Alcée à qui l'expérience avoit ap-pris que les perſonnes les plus mode-ſtes ſont ordinairement les moins modérées dans leurs paſſions, & qui avoit vu par les yeux de Sapho le feu qui s'allumoit dans ſon ame, devint jaloux avant le tems, & même ja-loux à mourir. Sapho qu'il voyoit a-vec ſon aſſiduité ordinaire, ne lui paroiſſoit plus que mélancolique, di-ſtraite, languiſſante; & cette belle fil-le qui ſentoit ſa foibleſſe, & craignoit l'arrivée de Phaon, ne voulut pas l'at-tendre à Mytilène. Cydné de qui la condition étoit libre par un veuvage

de deux années avoit une très belle
maifon de campagne où elles furent
pour quelque tems avec Athys, &
Alcée ne put s'en affliger, quelque
ennuieufe que lui pût être l'abfence
de ce qu'il aimoit.

Ce fut chez Cydné que les inquiétudes de Sapho augmentèrent. Elle
alloit fouvent les cacher dans les fo-
litudes agréables d'un jardin vafte &
foigneufement cultivé : auffi mati-
neufe que l'aurore, perfonne ne la
prévenoit à la promenade. Comme
elle écrivoit fouvent, on ne s'étonnoit pas de fa retraite, & fes amies
mêmes avoient foin d'empêcher
qu'elle ne fût interrompue.

Cydné & Athys s'aperçurent cependant en peu de tems que c'étoit
moin l'envie de faire des vers, qui
l'éloignoit fi fouvent d'elle, qu'une
profonde mélancolie. La douceur
naturelle de fes yeux étoit accompagnée d'une langueur touchante : mille foupirs qui lui échapoient malgré
elle, marquoient le trouble de fon a-
me : elle commença même à pâlir, à
ne dormir plus, à manger peu, & à
paroître préoccupée par quelque
cho-

fe de bien puiffant. Cydné qui faifoit parfaitement bien les honneurs de la Maifon, cherchoit tout ce qui la pouvoit divertir, & Athys qui avoit fes chagrins fecrets la laiffoit fouvent feule & rêvoit comme elle.

Un jour que l'une & l'autre s'étoient levées extrêmement matin, & que Sapho qui fe retiroit fouvent dans un petit bois y avoit été près d'une heure, Athys la furprit en lifant des Vers, qu'elle voulut cacher en la voyant paroître. Quoi Sapho, lui dit-elle, vous avez des fecrets pour moi, & celle qui voyoit autrefois la prémière les productions admirables de votre efprit, perd aujourdhui un privilège que vous deviez peut-être conferver à fon amitié? Ce que je vous cache, répondit Sapho un peu embaraffée, a fi peu de raport avec ce que vous avez vu jufques ici, que vous m'en eftimeriez moins fi vous le voyiez. Pour vous eftimer moins, reprit Athis, ce n'eft pas une chofe qui puiffe arriver, vous m'ôteriez, fi vous voulez votre confiance, mais vous ne m'ôteriez rien de la confidération que j'ai toujours eue

M 2                    pour

pour vous. Eh bien Athis, repliqua
Sapho, pénétrez jusques au fonds de
mon ame, connoissez bien une amie
que vous avez peut-être mal connue,
& voyez ce que nulle autre que vous
ne verra jamais. Alors elle lui donna ses Vers qui étoient tels.

*Enfin vous triomphez impérieux a-*
　　*mour,*
　*Je ne vous saurois méconnoître,*
　*Ma fermeté meurt chaque jour,*
*Et cède aux maux cruels que vous avez*
　　*fait naitre.*
*J'étouffe mes soupirs, je fais taire mes*
　　*yeux,*
　*Cependant je sens trop que j'aime.*
　*L'objet qui me suit en tous lieux,*
　*Me force à me trahir moi-même,*
　*Et dans une contrainte extrême,*
　*Ma flamme n'éclate que mieux.*
　*Heureux déserts, rochers paisibles,*
　*Arbres, ruisseaux, tranquilles fleurs,*
　*Puisque vous êtes insensibles,*
　*Vous ne plaignez pas mes douleurs,*
*C'est à vous seuls ici que ma plainte*
　　*s'adresse,*
　*Vous cacherez du moins mes sentimens*
　　*secrets,*

*Et*

*Et sans condamner ma foiblesse,*
*Vous serez aujourdhui des confidens*
*discrets.*
*Mais que peut espérer mon ame préve-*
*nue.*
*M'abandonnerez-vous, impuissante rai-*
*son,*
*Gloire que j'aimois tant, qu'êtes-vous*
*devenue ?*
*Hélas! votre secours n'est-il plus de*
*saison ?*

Si c'est pour Alcée que vous avez
fait ces Vers, dit Athis en souriant,
mais cependant avec un peu d'émotion, vous savez bien qu'il n'est pas
homme à vous désespérer, & que s'il
étoit d'humeur à se vanger de ce que
vous lui avez fait souffrir, la cruauté
n'auroit aucune part à sa vangeance.
Athys, reprit Sapho, puisqu'il faut
vous ouvrir mon cœur, je vous dirai, qu'Alcée avec un mérite digne
véritablement de toute mon estime,
ne m'a point inspiré de tendresse;
mais jugez de celle que j'ai pour
vous, par ce que je vais vous dire.
Le désordre dans lequel vous me
voyez tombée, tant de soupirs qui se

M 3                        font

font entendre malgré moi, & la folitude que je cherche pour leur donner
plus de liberté, font des effets de la
vûe du portrait de Phaon. Ma raifon
n'a pu réfifter aux charmes que j'ai
trouvés, & fi l'original reffemble à la
copie je fuis perdue, ma chère Athys, puis qu'il faudra que ma confufion devienne publique. Je n'ai pas
voulu l'attendre à Mytilène, & j'efpérois me guérir ici ; mais je me fens
beaucoup plus malade que je n'étois.

Comme il ne vous manque rien de
tout ce qui peut rendre une perfonne
aimable, interrompit Athys d'une
manière plus libre, vous ferez fans
doute fur l'efprit de Phaon tout le
progrès que vous voudrez faire, & fi
l'on vous aime ardemment, toute indifférente que vous êtes, on vous a-
dorera tendre & favorable. Cependant Sapho, vous voulez bien que je
plaigne Alcée, de qui la fortune feroit peut-être meilleure, s'il s'étoit
attaché à quelque autre objet. Elle
rougit & baiffa les yeux en achevant
ces paroles. Alcée ne feroit guère à
plaindre, répondit Sapho, fi vous
fentiez pour lui ce que je fens déja
pour

pour Phaon, je ferois bien malheureufe, répondit Athis à fon tour, fi
pour établir mon repos j'étois obligée de rompre des chaînes que vous
auriez données, & il vaudroit bien
mieux, ajouta-t-elle en riant, faire
quelque attentat fur la liberté de
Phaon, qui n'eft peut-être prévenu
de rien. Eft-ce pour achever de m'accabler que vous avez cette penfée
malicieufe Athys, repliqua Sapho,
guériffez le mal d'Alcée par un plus
grand, je vous conjure, mais ne fongez à Phaon que pour me plaindre.
Je ne vous promets pas de guérir Alcée, reprit Athys, mais je vous pro-
mettrai de bon cœur de ne prétendre jamais rien fur Phaon. Elles fe
levèrent alors du lieu où elles s'é-
toient affifes, & trouvant la porte du
jardin ouverte, qui conduifoit dans
une tres belle avenue plantée fur le
bord du grand chemin, où paffoit un
petit ruiffeau qui arrofoit des prai-
ries fort agréables, elles fortirent,
& aprochant de la rivière elles virent
deux hommes qui étoient defcendus
de cheval pour jouir en ce lieu de la
vûe d'un fort beau paffage: comme

ces

ces inconnus étoient couchés sur
l'herbe, elles ne les apperçurent que
lors qu'il ne fut plus possible de les
éviter. Elles n'étoient pas habillées
avec art, mais la négligence du matin qui laissoit voir naturellement
tous les agrémens d'une charmante
jeunesse, n'étoit pas moins avanta-
geuse. Les inquiétudes de Sapho a-
voient mis beaucoup de langueur
dans ses yeux, mais ceux d'Athys,
qu'une secrette joie rendoit plus
vifs, brilloient alors extraordinaire-
ment.

L'arrivée de deux femmes telles
que Sapho & Athys fit d'abord lever
ces inconnus; mais tout ce que Sapho avoit vu dans la peinture de
Phaon n'étoit rien à l'égard de ce
qu'elle vit en Phaon lui-même: un
air doux & touchant accompagnoit
cette prodigieuse beauté, si rare
dans le sexe des hommes; sa taille
étoit libre & toute pleine de grace;
sa démarche aisée, son air insinuant,
& propre enfin à surprendre une ame
comme celle de l'erronnée Sapho,
qui perdit le reste de son repos où
elle avoit cru le pouvoir rétablir; &
par

par malheur pour elle Athys fans aucun deffein de plaire plut infiniment
à Phaon. Pour Taxandre qui l'accompagnoit, & qui avoit envoyé fon
portrait à Trafille, foit qu'il ne fût
pas né pour aimer, ou que l'amour le
voulût épargner, il n'eut que de l'admiration. Nous ne pouvons être que
fort heureux, dit-il, ayant l'efprit
plus libre que Phaon en arrivant à
Mytilène après une longue abfence,
puisque la fortune nous fait rencontrer deux perfonnes auffi parfaites
que celles que nous voyons. Il eft
certain, répondit Athys, que dans
tout l'Univers vous auriez peine à
voir quelque chofe de plus rare que
l'illuftre Sapho. Sa réputation glorieufe, interrompit Phaon, eft répandue par tout le monde, mais je m'é-
tonne que la renommée fi foigneufe
de rendre juftice aux grands avantages de fon efprit, n'ait pas la même
équité pour une beauté auffi merveil-
leufe que la vôtre. Quoique ce difcours ne fût pas défobligeant pour
Sapho, elle le trouva fi fort à l'avantage d'Athys, qu'elle en rougit, &
en foupira. La Renommée, répondit Athys, ne doit pas s'arrêter aux

choſes communes. Je l'avoue, pourſuivit Phaon, & c'eſt par cette raiſon
qu'elle devroit parler inceſſamment
de vous; mais, ajouta Taxandre, puisque nous voyons Sapho, il faut que
vous ſoiez Amythone, Cydné ou Athys, puiſque nous ſavons qu'elle ſe
ſépare rarement de toutes les trois, &
cette Déeſſe qui parle d'elle en tant
d'endroits différens, n'a pas oublié
de publier l'injure qu'elle fait à notre
ſexe, pour enrichir le ſien d'un bien
dont il ne peut connoître ni paier le
prix. Je ne croiois pas, dit alors Sapho, que le détail de ma vie eût paſſé l'Iſle de Lesbos ; mais, puiſque
l'on ſait mes attachemens, j'avoue
avec plaiſir que la belle Athys a beaucoup de part à ma plus forte tendreſſe, & que je la trouve dignement em-
ployée. Ah! Madame, s'écria impatiemment Phaon, que j'ai de ſimpa-
thie avec vous, & que je trouve Athys charmante. Comme ils en
étoient là, Cydné, qui cherchoit
ſes amies, parut. Taxandre qui ſe
trouva être ſon parent, lui préſenta
Phaon; elle les reçut parfaitement
bien l'un & l'autre, & les pria de
paſſer une partie du jour chez elle.

Phaon

Phaon qui bruloit déja pour Athys, y confentit fans peine, & les fuivit avec plaifir.

Sapho qui s'aperçut d'abord du promt effet que la beauté d'Athys avoit fait fur le cœur de Phaon, en fut fort affligée, mais fi elle en eut de la douleur, fon ame judicieufe ne put recevoir les impreffions de la jaloufie, & elle n'en aima pas moins Athys.

Cydné fit tout ce qu'une perfonne, qui fait parfaitement bien vivre, peut faire pour donner bonne opinion d'elle à des hommes dont elle n'étoit pas connue. Pendant le repas, qui fut magnifique, Taxandre parla agréablement d'une infinité de chofes curieufes qu'ils avoient vues dans leurs voyages. Sapho regarda Phaon malgré elle, il n'eut des yeux que pour Athys, & cette aimable fille qui étoit modefte & fouhaitoit la fatisfaction de Sapho, porta toujours fes yeux ailleurs.

Quand il ne refta plus de jour qu'autant qu'il en falloit pour fe rendre à Mytilène, Phaon & Taxandre partirent, mais le prémier ne fe fépara pas d'Athys fans lui proteffer

qu'il

qu'il se souviendroit éternellement
de leur rencontre, & qu'il ne vouloit plus vivre que pour la servir.
Elle répondit en riant qu'il trouveroit d'autres occupations à Mytilène, & Cydné promit à son parent
de les y suivre de près.

Sapho demeura dans un état assez
pitoyable, elle avoit beaucoup de
vertu: sa foiblesse lui faisoit honte,
& elle fit de grands efforts pour
combattre le malheur de sa destinée,
à laquelle cependant il fallut cèder.
Sa blessure étoit devenue incurable
par la vûe de Phaon, & elle envioit
à sa chère Athys une conquête que
cette belle fille lui auroit volontiers
cedée pour celle d'Alcée.

Athys qui avec un esprit moins é-
levé que celui de Sapho, en avoit
toutefois assez pour mettre un prix
équitable à toutes choses, & juger
délicatement du véritable mérite,
estimoit beaucoup plus dans Alcée
un génie extraordinaire, un courage
noble & généreux qui s'étoit opposé
avec tant de fermeté aux violences
de Pittacus, & cent autres avantages, que ceux de la beauté qui lui
sembloient même méprisables dans
un homme.                           Cyd-

Cydné ignoroit ce que Sapho avoit avoué à Athys, & ce ne fut point en fa préfence qu'elles fe parlèrent de Phaon ; mais le foir, étant feules, Sapho déplora fans contrainte fa malheureufe condition, & félicita Athys de fes avantages d'une manière qui toucha cette amie affectionnée. Quand je ne vous aimerois pas plus que ma vie, lui dit-elle, je vous protefte que je n'aurois jamais aucune fenfibilité pour le plus ardent amour de Phaon. Je vous ai dit cent fois que ce ne font pas des dons extérieurs qui me peuvent plaire, & que je ne m'attacherois qu'aux fentimens. Ceux de Phaon font déja fi paffionnés, repliqua Sapho, qu'ils vaincront votre indifférence. Et la froideur avec laquelle je répondrai à cette paffion, pourfuivit Athys, vous fera connoître fi j'ai envie de la cultiver. Phaon vous a vue, mais il ne vous connoit pas encore, & quand il vous aura pratiquée, ne doutez pas qu'il ne vous aime. O Athys, interrompit Sapho, que la pitié de mon malheur vous laiffe peu de fincérité; helas! ne cherchez point à me flatter, aidez-moi feulement à cacher ma honte, & faites

M 7                          tes

tes enforte que je ne rougiffe que devant vous. La difcrète Athys adou-
cit autant qu'elle put le chagrin de
Sapho; mais par un intétêt fecrèt elle
l'éloigna toujours du fouvenir d'Alcée.

Cependant les deux voyageurs arrivèrent à Mytilène : on n'y parla d'a-
bord que de la beauté de Phaon,
que la curiofité fit chercher aux
perfonnes les plus retirées. On apprit
qu'il avoit été chez Cydné, & le jaloux Alcée trembla en fongeant qu'il
avoit vu Sapho, mais il fut agréablement furpris, quand il ne l'entendit
parler que de la beauté d'Athys. Quoi
Phaon, lui dit-il, Sapho, que l'on met
ici au rang des Mufes, & qui char-
me toute la terre par le mérite de fes
ouvrages, n'a aucune part à vos louanges ? Je ne lui en pourrois donner qui
fuffent dignes d'elle, reprit Phaon, &
comme mes yeux font plus ouverts
pour connoître la beauté, que ma raifon n'eft éclairée pour bien juger des
merveilles de l'efprit, je parle de ce
que j'ai vu avec toute la franchife
d'un cœur qui eft touché, & me tais
judicieufement de ce qui eft au deffus
de mon approbation. Alcée n'avoit
gar-

garde de combattre ces difpofitions de Phaon, qui témoignoit une im-patience immodérée pour le retour d'Athys.

Trafille intime ami de Taxandre, le fut bientôt de Phaon, & ne manqua pas de les introduire chez Amytho-ne, qui ne favoit rien du tourment fe-crèt de Sapho, & fe rejouiffoit de ce qu'Athys dont elle ignoroit auffi les inclinations, avoit fait une fi belle conquête. Elle écrivoit à fes trois a-mies & particulièrement à Sapho, & la croyant exemte de toutes foibles-fes, dès qu'elle connut la paffion de Phaon, elle la lui manda comme une nouveauté agréable, en ces termes.

# AMYTHONE

## A

## SAPHO.

JE crains fi fort qu'Athys ne de-vienne fière, & que les progrès glo-rieux de la beauté ne l'obligent à nous méprifer, que je ne lui veux pas dire à elle-même combien elle a rendu Phaon

amou-

amoureux. Je vous laisse le soin, ma chère Sapho, de connoitre si elle en sera plus vaine. Cet amant en est tellement épris qu'à peine m'a-t-il regardée en plusieurs visites qu'il m'a déja faites. Alcée en est transportée de joie, & vous jugez bien que Trasille ne s'en afflige pas. On dit que plusieurs Dames de Mytilène sont charmées du beau voyageur; mais à propos de Mytilène, n'y voulez-vous pas revenir, & vous amuserez-vous encore longtems à cueillir des fleurs & des fruits, quand vous pouvez donner votre tems à des occupations plus dignes de vous, & à mon amitié, ce que je ne peux plus souffrir à Cydné & à Athys sans le partager.

Cette Lettre fit deux effets désagréables, Sapho fut confirmée dans la connoissance de l'amour de Phaon pour Athys, & Athys convaincue qu'Alcée n'étoit sensible que pour Sapho. Non, lui disoit cette fille affligée, je ne retournerai point à Mytilène; & que ferois-je triste & déconcertée, après y avoir paru avec quelque apparence de fermeté; dementirois-je par des distractions per-
pé.

pétuelles la bonne opinion que je peux avoir donnée de moi. Ah ! ma chère Athys, que n'avez-vous inspiré à Alcée ce que Phaon sent pour vous. Quoique je ne porte point d'envie à vos avantages, répondit Athys en rougissant, pour calmer l'importune inquiétude qui vous agite, je voudrois vous ôter un amant que vous n'aimez pas, & vous en donner un que vous voulez bien aimer. Ne m'accusez pas de le vouloir, repliqua Sapho, c'est malgré moi que je souffre cette inclination malheureuse, & je me juge assez équitablement pour la condamner. Si j'avois à vouloir quelque chose, ne vaudroit-il pas mieux pour ma gloire & pour mon repos écouter la passion d'Alcée, & même y être favorable, que de souhaiter vainement celle de Phaon. Eh bien, poursuivit Athys avec un peu de trouble & beaucoup de langueur, tâchez donc de vous vaincre & de faire justice à Alcée. Cydné fit cesser ce discours, & comme elle avoit reçu plusieurs lettres de Mytilène, qui ne lui parloient que de Phaon & de son amour pour Athys, après en avoir fait la guerre

à

à cette belle fille, elle leur dit qu'elle étoit obligée de partir dans deux jours, pendant lesquels Sapho combattit son amour sans relâche. Je fais ce que je peux pour mettre Alcée à la place de Phaon, disoit-elle à Athys, puisque tout me l'ordonne; mais en vérité je désespère d'y réussir. Athys craignit alors que le dépit de Sapho aidant à sa raison ne fissent triompher Alcée. Obéissez aux Dieux qui semblent vouloir que vous aimiez Phaon, ajouta-t-elle, les admirables qualités que vous possédez, l'obligeront sans doute avec le tems à faire un meilleur choix. Vous deviendrez heureuse & nous ferons toutes deux contentes; croiez que je ne prends aucun intérêt en Phaon; que tout ce que l'on admire en lui ne me touche nullement & que ce qui est ordinairement un grand avantage dans notre sexe, me paroît un mérite fade dans le sien. Je l'ai peu vu, cependant j'ai remarqué qu'il en est trop content, qu'appuié sur ses dons si fragiles il voudroit tiranniser un cœur, & regarderoit les faveurs d'une maîtresse comme des choses qui lui seroient

dues

dues légitimement. Pour moi je me sens incapable d'aimer un homme qui ne m'aimeroit que pour lui, & à vous ouvrir entièrement mon ame, je voudrois être aimée de la menière qu'Alcée vous aime. Je vois bien, reprit Sapho, que cette ame que vous me découvrez est encore toute libre, & que rien n'en trouble la tranquilité. Conservez cet heureux état, ma chère Athys, mais ne me jugez pas sévèrement. Eh! que diriez-vous, poursuivit l'aimable Athys avec un peu de confusion, si j'aimois peut-être autant que vous aimez. Ah! s'écria Sapho, ce ne peut être que Phaon. Ne vous allarmez point, continua Athys en riant, je pouvois vous faire cet aveu avant que de l'avoir vu, & puisque je ne dois point avoir de referve pour une amie qui ne me cache rien, sachez que j'ai de l'affection pour un homme à qui la bonne mine tient lieu de beauté, mais qui possede mille qualités plus précieuses, qui a l'ame grande & généreuse; qui résiste aux Tyrans & méprise la tyrannie; de qui l'esprit ne peut être égalé que par celui de Sapho; qui aime comme je vou-

voudrois être aimée, & qui cependant ne m'aime point, reconnoisfiez-vous Phaon dans ce portrait; & me croirez-vous votre rivale ? Il reſſemble beaucoup mieux à Alcée, répondit Sapho. Hé, n'avez-vous pas remarqué, continua Athys, que je vous ai envié mille fois des ſoupirs dont vous faiſiez peu de compte. Oui, Sapho, vous m'en avez couté pluſieurs à moi-même, mais admirez notre fortune, nous nous aimons tendrement, & cependant nous nous rendrons peut-être malheureuſes. Alcée qui vous adore vous eſt indifférent, je voudrois qu'il eût de l'affection pour moi, & je ne me ſens capable d'aucune inclination pour ce Phaon qui vous eſt ſi cher, & auquel on prétend que j'ai donné de l'amour.

Sapho trouva de la conſolation dans la confidence d'Athys. Après l'avoir embraſſée pluſieurs fois, elle lui fit voir un air moins triſte, & l'aſſura d'une manière toute ſpirituelle, qu'Alcée n'avoit apris à aimer auprès d'elle que pour lui offrir un jour une paſſion plus parfaite & plus conſtante. Je reçois votre prédiction avec

avec confiance, continua Athys, & comme je ne veux rien apprendre à Phaon, je le verrai fi peu qu'il fera contraint d'aller chercher chez vous cette fcience dans laquelle vos char-mes ont rendu Alcée fi habile.

Ce fut ainfi que ces deux belles fi-les s'expliquèrent. Sapho ne voulut point retourner à Mytilène fans écri-re à Amythone, & le fit de cette forte.

## SAPHO A AMYTHONE.

*VOus connoiffez trop bien la mode-ftie d'Athys, pour craindre du changement dans fon humeur par la gloire d'une nouvelle conquête, je ne fai fi c'eft indifférence ou raifon qui la font paroître tranquille; mais quand on ne rougit point en apprenant qu'on eft ardemment aimé, il me femble que l'on n'a guère de difpofition à ai-mer.*

*La tendreffe eft un feu qui s'exprime toujours,*
*Si la timidité rend la bouche muette,*
*L'amour trouve un autre inter-prète,*

*Les*

Les soupirs, la rougeur viennent à
 son secours ;
En vain la retenue ordonne le si-
 lence,
Ou l'heureuse inconstance.
Un mouvement impérieux,
Par une douce violence,
Se sert du langage des yeux.

Vous savez, ma chère Amythone,
que l'expérience nous confirme souvent
cette vérité, & vous verrez à notre
retour qui sera prompt, que si Athys
n'est la plus dissimulée fille du monde,
Phaon ne sera pas fort satisfait. Je
quitterois avec regrèt un lieu où j'ai
trouvé beaucoup de charmes, si ce n'é-
toit pas pour me raprocher de vous ;
mais leur douceur doit cèder à celles de
notre amitié.

Quoique Sapho ne mît pas dans
les Lettres familières toute la perfection qui se voyoit dans les ouvrages
qu'elle rendoit publics, il y avoit
toujours assez d'esprit & d'agrément
pour être lues avec plaisir. Elle a-
voit bien jugé que Trasille, Alcée,
& peut-être Phaon même verroient
son billet ; & en effet dès qu'Amythone

thone l'eut reçu elle le montra à ces trois hommes, qui étoient chez elle avec plufieurs autres. Phaon en eut une émotion qui fit bien paroître ce trouble dont parloit Sapho; il rougit, il foupira, on vit du chagrin dans fes yeux, & s'adreffant à Amythone; ah! Madame, lui dit-il, fi la poëfie de Sapho eft belle, fa fincérité malicieufe ne l'eft guère, & me va rendre ennemi du bel efprit. Qu'avonsnous à faire de fes fubtilités ingénieufes qui viennent nous défendre l'efpérance : qu'elle pénètre fi elle veut dans tous les miftères de l'amour; mais qu'elle ne fe mêle point de me prédire un cruel avenir. Vous ne fongez pas, répondit Amythone en riant du couroux de Phaon, qu'en vous déclarant contre le bel efprit en général, & contre Sapho en particulier, vous offenfez Alcée qui n'eft pas un ennemi méprifable, puisqu'il eft auffi brave que fpirituel & amoureux; après tout, votre paffion s'explique avec trop d'empreffement ; attendez le retour de Sapho & d'Athys, peut-être que quand vous les aurez mieux examinées, l'éclatante

beau-

beauté de l'une cédera au grand mérite de l'autre. Je crois qu'il eſt auſſi
grand que vous le dites, repliqua
Phaon, mais quand vous m'en par-
leriez un ſiècle, vous ne me feriez
point rougir, ſi ce n'étoit de colère.
Je ne cherche point à détruire la
gloire de Sapho, je conſens que tout
le monde l'admire, & qu'Alcée en
ſoit idolatre; mais je n'aurai jamais
comme lui la mortification de ſoupirer inutilement pour elle. J'aurai
ſans doute de la joie, dit alors Alcée,
que vous ne me diſputiez pas ſon
cœur. Comme vous êtes un Homère
ou plutôt un Apollon, interrompit
aſſez bruſquement Phaon, il vous
faut néceſſairement une Muſe. Je ne
ſuis ni un Apollon ni un Homère,
reprit Alcée, mais je pourrois devenir un Achille & peut-être un
Mars s'il falloit ſoutenir l'eſprit &
la beauté de Sapho. Comme je
n'y veux rien prétendre, pourſuivit
Phaon, nous ne nous battrons pas
là-deſſus, & je me contenterai
de voir Athys & de chercher à lui
plaire. Traſille qui craignoit quelque

que demêlé interrompit ce difcours, & le lendemain on vit arriver Sapho, Cydné & Athys à Mytilène.

Leur abfence qui avoit chagriné plufieurs perfonnes ne put finir fans les réjouir. Le paffionné Alcée témoigna par fes empreffemens auprès de Sapho qu'il-étoit toujours ce qu'il avoit été, & l'amoureux Phaon fut augmenter fes feux dans la vûe d'Athys. Pour Sapho, elle ne rapporta que de la douleur & de la confufion à Mytilène, & Athys y parut plus charmante que jamais.

Sapho connut en peu de tems que toute la force de fon efprit ne pourroit la guérir, & Phaon, qui s'aperçut aifément de l'indifférence d'Athys ne la trouva pas moins aimable. Madame, difoit-il un jour à Sapho, après avoir rendu mille foins inutiles à la belle Athys, vous pouvez tout fur l'infenfible que j'adore, vos confeils la peuvent déterminer à ne me faire pas mourir; accordez-le moi, je vous conjure, & vous aurez la gloire d'avoir confervé un homme qui vous honore parfaitement.

Ce difcours ne plaifoit guère à Sapho;

pho ; mais outre qu'elle favoit fe contraindre, Phaon étoit fi préoccupé qu'il ne s'apperçut pas de fon émotion.

Vous qui connoiffez fi bien Athys, difoit-il encore à Alcée, & qui parlez de l'amour avec tant de graces, rendez la favorable à mon amour, je vous conjure ; le cœur que je lui ai donné avoit réfifté à toutes les plus grandes beautés de l'Europe & de l'Afie, & ce n'eft pas un hommage indigne d'elle.

Si Alcée avoit pu alors lier Athys & Phaon de l'union la plus étroite, il n'y auroit pas balancé, & comme il avoit un commerce continuel avec cette belle fille par la difpofition de leur focieté, il tâchoit de fervir Phaon, & follicitoit même Sapho de parler en faveur de cet amant. Quoi! Alcée, lui difoit la charmante Athys, quand il la conjuroit d'avoir pitié des maux qu'elle faifoit fouffrir à un homme fort aimable, vous voulez emploier votre éloquence en faveur des autres, contentez-vous de parler de vos feux à Sapho, & laiffez faire à Phaon l'ufage qu'il pourra des fiens.

Ces

Ces paroles étoient accompagnées de regards infiniment doux ; mais l'aveugle Alcée ne les expliquoit pas encore.

Toutes ces personnes, que l'on ne pouvoit dire heureuses, étoient dans cette situation , lors qu'Amythone touchée de l'amour & des longs services de Trasille, consentit à l'épouser par la volonté de ceux qui avoient de l'autorité sur elle, & ce fut à ses nôces où Sapho, Cydné, Athys , Alcée, Taxandre, Phaon, & presque tout ce qu'il y avoit de gens considérables à Mytilène furent invités, que les choses changèrent.

Sapho, qui n'avoit jamais eu la foiblesse de chercher des secours extérieurs pour relever l'éclat de sa beauté , en fut ce jour-là plus curieuse qu'Amythone elle-même, & Athys au contraire n'affectant aucun ajustement parut négligée à cette cérémonie. Phaon emprunta de l'art non seulement tout ce qui avoit de la magnificence & de l'éclat , mais mille choses qui marquoient une grande mollesse, & trop d'intérêt pour soi-même; mais ce qu'il espéroit lui être avantageux fut un sujet de mépris

pris

pris pour Athys. Alcée fuivit l'ufage
du monde dans fes habits; mais fans
aucun excès, & pour en avoir de
fimples il n'en paroiffoit pas de
moins bonne mine.

Amythone contente, & dans une
affez grande opulence, fit voir de la
magnificence par-tout, & Trafille
qui étoit naturellement libéral, n'é-
pargna rien pour folemnifer dignement cette fête.

Au retour du Temple toute cette
belle compagnie fe rendit chez lui,
où après un repas délicieux on dança
au fon d'une infinité d'inftrumens en
ufage parmi les Grecs, des dances
graves ou enjouées felon l'inclination ou la difpofition des perfonnes
qui dançoient. Athys avoit cet avantage avec beaucoup d'autres, qu'aucune fille de Mytilène, ni même de
toute la Grèce, ne dançoit fi bien
qu'elle. Phaon qui avoit quelque
honte de fe voir fi paré, quand elle
devoit tous fes agrémens à la nature,
étoit plus amoureux & moins hardi;
& Sapho tyrannifée par un feu fecrèt
pour obéïr à fa deftinée, fuivoit des
yeux qui ne fe tournoient jamais de
fon côté. Pendant qu'elle étoit dans
cet·

cette occupation, Alcée lui voulut dire quelque chofe, & elle lui répondit fi brufquement qu'il fut contraint de s'en éloigner : trouvant une place libre auprès d'Athys, il s'y mit, foupira, & cette belle fille qui favoit où alloient fes foupirs les accompagna des fiens. Alcée qui la regarda dans ce moment avec affez d'attention, lui trouva quelque chofe de plus touchant qu'à l'ordinaire, & quoique Sapho eût bleffé fon cœur en plufieurs endroits, les yeux d'Athys trouvèrent encore de la place pour le frapper. O Dieu! dit-il tout bas, fi j'avois donné au fervice de l'aimable Athys le tems que j'ai perdu auprès d'une ingrate, je ferois peut être moins malheureux. Ah! que fes yeux ont de douceur & de grace, qu'elle foupire tendrement. O amour! ajouta-t-il, change mon cœur, & touche le fien; mais Phaon l'aime, Phaon eft fait pour être aimé, qu'elle meilleure deftinée pourrois-je efpérer? il n'importe, changeons, elle n'aime point Phaon; il en gémit, & avec de moindres avan-

ta-

tages il ne feroit pas impoffible que je puffe lui plaire.

Après cette réfléxion il entretint long tems Athys, lui trouva mille charmes qu'il n'avoit point encore remarqués, & malgré le foin qu'elle prenoit de cacher fa tendreffe, le pénétrant Alcée en démêla une partie. De tout le refte du jour il ne s'éloigna plus d'elle, & laiffa la trifte Sapho dévorer Phaon des yeux. Après avoir conclu qu'Athys étoit digne de toutes fes affections, il commença de s'apercevoir que la vertu de Sapho n'étoit pas exemte de foibleffe, ce jour même lui en découvroit une confidérable, & les foins qu'elle avoit pris de fon ajuftement lui parurent autant de défauts, ne l'ayant véritablement aimée que pour les qualités de fon ame.

Toute la nuit Alcée eut Athys devant les yeux, belle, douce, obligeante, modefte, & il fe trouva l'efprit fi changé le lendemain qu'à peine fe pouvoit-il connoitre. Comme Athys avoit été un des plus affidus témoins de fon amour pour Sapho, il ne favoit de quel front lui parler
d'un

d'un changement aussi peu vraisem-
blable que le sien. Enfin prenant u-
ne résolution à l'épreuve des plus
grandes difficultés, il revit Sapho &
Athys, la prémière toujours rêveuse
& inquiette ; & l'autre douce & com-
plaisante. Dans les prémiers jours de
son changement il ne cherchoit que
la solitude, quand il ne pouvoit être
auprès d'Athys ; & pendant ce moment de retraite, il fit les Vers qui
suivent :

> De quel nouveau tourment menacez-
>  vous mon ame ;
>  Amour n'êtes-vous pas content :
> Dois-je bruler encor à une nouvelle
>  flamme,
> Pour montrer à quel point votre pou-
>  voir s'étend?
>  Sous votre rigoureux Empire,
> J'ai suporté longtems de sevères ri-
>  gueurs,
> Dans un peu de repos souffrez que
>  je respire,
> Et de la liberté laissez moi les dou-
>  ceurs.
>  Quoi ! n'aurois-je brisé ma chai-
>  ne,

Que

*Que pour tendre les bras à de nou-*
*veaux liens ?*
*Je connois tous vos maux & pas un*
*de vos biens.*
*Après l'indifférence il faut craindre*
*la haine.*
*Du moins si vous voulez mon*
*cœur,*
*Ne le soumettez plus aux loix d'une*
*cruelle,*
*Rendez l'aimable Atbys aussi douce*
*que belle,*
*Et je vous répondrai d'une éternelle*
*ardeur.*

Quelques jours s'étant écoulés dans
de pareilles occupations, Alcée qui
se trouva tout-à-fait changé ne put se
taire ni se contraindre: Madame, dit-
il à Sapho de la meilleure grace du
monde, vous êtes délivrée du plus
importun de tous les amans, je ne
prétens plus à la gloire de toucher
votre cœur, mais je vous supplie de
vous souvenir que vous m'avez promis d'être de mes amies. Comme
vous ne pourriez être heureux, reprit
Sapho, avec une personne qui n'a
peut-être pas autant de raison qu'on
lui

lui en a cru, j'ai bien de la joie que vous puiffiez vous contenter d'une amitié pleine d'eftime ; mais Alcée votre ame eft trop tendre pour demeurer fans attachement , & vous pourriez faire quelque choix plus glorieux. Je ne fai quel fera mon fort, repliqua Alcée, mais pour être tout-à-fait fincère je vous dirai que je ne fors de vos fers que pour entrer dans ceux d'Athys, & il me femble que je ne vous ôte rien en donnant mon cœur à une perfonne qui vous eft fi chère, ce n'eft pas que je n'aie tout à craindre dans la concurrence de Phaon. Ne vous allarmez point, interrompit Sapho, il n'eft pas fi bien qu'il voudroit dans l'efprit d'Athys, & vous y êtes peut-être mieux que vous ne penfez.

Athys entra alors fi belle & fi brillante, qu'Alcée en fut tout éperdu. Venez, ma chère Athys, lui dit Sapho, & fouffrez que je vous donne Alcée qui fait parfaitement aimer. Le vifage d'Athys fe couvrit d'une agréable rougeur à ces paroles. Si vous avez le pouvoir de me donner Alcée, reprit-elle, vous aurez fans dou-

te

te celui de m'ôter Phaon, & fi vous
me laiſſez cet importun, je profiterai
mal de votre libéralité. Ma chère A-
thys, interrompit Sapho d'un air
languiſſant, l'amour ne fait pas tant
de miracles en un jour , & l'on é-
chape mal aiſément à des puiſſances
comme les vôtres. Alcée parlá alors
avec tant de force & d'eſprit, qu'A-
thys en fut touchée, & Sapho qui a-
voit un grand intérêt à le perdre & à
gagner Phaon, fit des efforts qui ne
furent pas inutiles pour engager
deux cœurs véritablement touchés.
Athys s'étoit aperçue avec une ſatisfaction extrême qu'elle étoit aimée
d'Alcée, & ne fit pas de difficulté de
répondre favorablement aux tendres
proteſtations de ſon amour. Alcée
montra quantité d'autres Vers qu'il
avoit faits, & ce langage paſſionné
ne manqua pas de perſuader, en
ſorte que ces deux perſonnes s'eſti-
mèrent heureuſes avant que de ſe
ſéparer.

Alcée acheva de dire à Athys en
particulier tout ce qu'il reſſentoit
pour elle. Elle n'étoit ni obſtinée, ni
capricieuſe, & jamais des vœux tendres

ûres ne furent plus favorablement écoutés, ni des services empreſſés reçus avec plus de plaiſir. La confiance fut réciproque. Athys avoua à ſon amant, l'inclination de Sapho pour Phaon, & comme il étoit auſſi diſcrèt qu'amoureux, elle n'eut pas lieu de s'en répentir.

Phaon, qui n'avoit vu Athys que triſte & rêveuſe, s'étonna de ſa tranquillité, & crut d'abord qu'elle alloit lui devenir plus favorable; mais ne pouvant en obtenir un ſeul regard, quoiqu'elle parût gaie & contente, il penſa perdre la raiſon. Elle ne reſtoit plus chez elle où ſon chagrin l'avoit ſi ſouvent arrêtée, & devint inſeparable de Sapho, chez qui elle voyoit librement Alcée, dont Phaon n'avoit garde de ſoupçonner le changement, & qui ſe plaignoit ſouvent à lui de la ſévérité d'Athys; mais, lui diſoit malicieuſement le ſatisfait Alcée, puis qu'Athys n'eſt qu'une inſenſible, pourquoi perdez-vous auprès d'elle des ſoins que vous pourriez mieux employer ailleurs. Eh! dépend-il de vous, répondit Phaon, de quitter l'ingrate Sapho? vous in-

ſul-

fultez à mon malheur, fachant trop
que je ne peux ceffer d'aimer Athys.
Vous feriez peut-être moins miféra-
ble, reprit Alcée, fi vous aviez donné votre cœur à Sapho. Après l'expérience que vous avez faite de fa
rigueur, interrompit Phaon, vous
ne pourriez fans cruauté me confeil-
ler un pareil changement, & votre
exemple nous apprend qu'elle n'eft
pas plus traitable qu'Athys ; mais
après tout Alcée, quelque aimable
que cette favante fille nous paroiffe,
je ne trouverois jamais auprès d'elle
des plaifirs proportionnés à mon humeur ; elle me diroit mille chofes dé-
licates, où je ne comprendrois peut-
être rien, & je ferois bien moins fatisfait des plus beaux raifonnemens
de Sapho, que de la plus légère faveur d'Athys. La prémière peut charmer des Poëtes, des Orateurs ou des
Philofophes ; mais moi, qui ne fou-
haite qu'un cœur tendre & qui s'explique fans art, je renonce aux rafi-
nemens de l'amour pour m'arrêter à
ce qu'il a de folide. Je vous affure,
repliqua Alcée qui trouva la réponce
de Phaon fort plaifante, que Sapho
peut

peut tourner l'amour de la manière qui lui plaira; mais pourfuivit Phaon, il femble que que vous voudriez m'infpirer l'envie de la fervir, & quel eft donc ce changement? C'eft, continua Alcée, que n'ayant pu plaire à une fille fi rare, je voudrois ne cèder cet avantage qu'à un auffi honnête homme que vous.

Taxandre interrompit cette converfation, & leur aiant dit qu'Athys étoit chez Amythone, ils y furent enfemble paffer le refte de la journée.

Sapho, de qui la paffion augmentoit tous les jours, ne voioit rien de plus avantageux pour elle que le mariage d'Athys & d'Alcée, dans l'efpérance que le dépit pourroit lui amener Phaon; elle agit pour cela avec beaucoup d'adreffe, & donna des confeils à fon amie qu'elle fuivit fans répugnance. Athys ne dépendoit que d'elle-même : la fortune d'Alcée étoit confidérable, & fon mérite extraordinaire, ainfi il ne trouva aucun obftacle à fa félicité ; mais comme Pittacus l'avoit toujours haï, & qu'infailliblement en qualité de Souverain il fe fût oppofé à cette alliance, les Tyrans trouvant

N 7　　　　tou.

toujours des raisons dans leurs volontés les plus injustes, il fut resolu
qu'ils seroient épousés en secrèt. Sapho, Cydné, Amythone & Trasille furent les seules personnes à qui
on en confia le secrèt.

Enfin Athys & Alcée ne pouvant
douter qu'ils ne s'aimassent véritablement, ne songèrent plus qu'à s'u-
nir pour jamais, & cet heureux jour
étant arrivé, ils se rendirent avec
Trasille & les amies d'Athys à un
Temple qui étoit hors de la Ville,
& la cérémonie se fit avec tant de diligence, qu'ils étoient à Mytilène a-
vant que les autres fussent levés, &
qu'on s'aperçût de rien.

Ce même jour Phaon vit Athys si
belle & si brillante, qu'il en fut plus
amoureux. Le lendemain il se trouva chez Cydné avec Taxandre dans
le tems que Sapho y vint. Ne voulez-vous pas, dit elle malicieusement
à Cydné, venir voir si les soins du
ménage n'ont point changé l'agréable humeur d'Athys dans l'espace
d'une nuit, & vous Phaon, qui ne
lui devez pas moins un compliment
que les autres, serez-vous incivil
à une si charmante personne, parce

ce qu'elle est épouse d'Alcée.

Quoique ce discours parût d'abord une fable à Phaon, il ne laissa pas d'en être frappé comme d'un coup de foudre. Si ce que vous dites étoit véritable, repliqua-t-il, ce ne seroit pas à Athys que je devrois un compliment, & je parlerois à Alcée un autre langage que celui des Muses. Il n'y en a point qu'il n'entende parfaitement, répondit Sapho, ravie de mortifier de si grands mots, & auquel il ne puisse répondre eloquemment. Je vois bien, poursuivit Phaon un peu indiscretement, que ne pouvant être heureuse avec Alcée vous ne balanceriez point à lui donner Athys, si elle étoit à vous, & qu'il en souhaitât la possession: mais si vous me la faisiez perdre, croiez-vous que je vous fusse bien obligé? Cette perte se pourroit réparer, repliqua Sapho, & vous trouverez peu de douceur auprès d'une personne prévenue depuis plusieurs années. Je ne sai si je vous ai donné du chagrin, mais je sai bien que ce n'a pas été mon intention. Phaon, qui n'avoit jamais bien examiné Sapho, & qui la regardoit alors attentivement, vit

pour

pour lui dans ſes yeux cette tendreſſe qu'il avoit tant cherchée dans ceux d'Athys: je voudrois, lui dit-il, ſatisfait de cette penſée, vous donner autant d'amour que j'en ai pour Athys, afin de vanger...... Comme il alloit pourſuivre avec aſſez d'emportement, Alcée qui avoit quitté ſa belle épouſe pour venir remercier Sapho, Cydné & Amythone, entra, & Phaon vit tant de marques de ſa joie & de ſon bonheur ſur ſon viſage, qu'il ne put plus en douter un ſeul moment. Si vous êtes un Achille ou un Mars, lui dit-il tout bas, je vous offre les moyens de vous défaire d'un ennemi qui n'eſt pas mépriſable, & que votre noire diſſimulation a mortellement offencé, m'enlevant perfidement l'ingrate Athys. Quoique celle dont vous parlez, ne vous ait jamais rien promis, reprit Alcée, je veux bien vous faire raiſon des torts dont vous pourriez vous plaindre, puiſque nos intérêts ſont à préſent communs, & que les Dieux en me la donnant les ont étroitement unis, attendez moi à quelques pas d'ici, & cachez un peu votre émotion. Phaon fut outré de fureur, & Alcée après avoir

avoir dit à Sapho, qui rêvoit triste-
ment à la dureté de Phaon, & à Cydné, qu'Athys les attendoit pour dîner
chez elle avec Amythone, les quitta
aussi pour rejoindre Phaon. Ils passèrent ensemble derrière le Palais de
Pittacus, qui étoit un endroit fort
solitaire. Vous m'avez tout ôté, disoit l'impatient Phaon ; mais je vous
ôterai la vie. Le bien que je possède
est mille fois plus grand que vous ne
pensez, reprit l'heureux Alcée, &
je le défendrai sans qu'il m'en coute
rien. A ces mots ils commencèrent
leur combat, & comme la douleur
est plus capable d'ôter le jugement
que la joie, quoique Phaon fût brave & adroit, Alcée eut l'avantage
de le vaincre, & de le blesser en plusieurs endroits sans l'être que légèrement au bras. Trafille & Taxandre,
qui arrivèrent, prirent soin du vaincu & firent retirer le vainqueur. En
arrivant chez lui, la vûe d'un peu de
sang, qui couloit sur ses habits, effraia la belle & tendre Athys, & lui
fit faire un grand cri ; ne vous allarmez pas, Madame, lui dit Alcée,
quelques goutes de sang sont peu
con-

confidérables, quand on les a per-
dues pour foutenir la gloire de vous
poſſéder. Pendant qu'Athys viſitoit
foigneuſement le bras d'Alcée, Sapho étoit dans une terrible inquiétude, & l'officieuſe Athys qui en remarqua une partie, demanda l'état
de Phaon. Il eſt un peu plus malade
que moi, répondit Alcée, mais non
pas aſſez pour cauſer aucun trouble
à ſes amis : je l'ai combattu avec répugnance, & je m'en ſerois diſpenſé
avec joie, ſi j'avois pu le faire avec
honneur. Il me ſemble, interrompit
Athys, que votre honneur n'eût pas
couru un grand danger, quand vous
m'euſſiez épargné le chagrin qu'une
telle avanture me pouvoit cauſer, &
vous m'allez voir attachée à vos pas
pour en éviter de ſemblables. Belle
& charmante Athys, pourſuivit Alcée, votre bonté me rend cher à moi-
même, & je promets de conſerver
un homme plus heureux, & plus heureux mille fois d'être à vous, que de
règner ſur tout le monde.

Pendant qu'Athys, après avoir eu
ſoin de la bleſſure d'Alcée, flatoit le
chagrin de Sapho, & plaignoit en el-
le-

le-même le malheur d'une fille si rare, Phaon fans vouloir écouter fes
amis, ni les règles du véritable honneur, faifoit mille projets contre la
vie d'Alcée. On publia d'abord ce
mariage caché, & le combat qui l'a-
voit fuivi. Pittacus qui n'étoit pas si
fage que fier & vindicatif, touva de
grands fujets de s'offencer dans ce
myflère, & envoya des gardes par
reffentiment chez Alcée, & par politique chez Phaon. Athys en fut si ef-
frayée qu'elle en tomba évanouie, &
Alcée irrité de fon mal s'emportant
contre Pittacus qu'il haiffoit naturellement, dit plufieurs chofes affez
fortes, qu'on ne manqua pas de ra-
porter au Prince de Mytilène, & ce
qui n'avoit été qu'une précaution en
apparence devint un châtiment ef-
fectif. Ainfi Alcée deux jours après
fon mariage fut mis en prifon par les
ordres de Pittacus. Il tâcha de confoler l'affligée Athys par l'efpérance
de fa prompte liberté, & la conjura
de ne faire aucunes demarches foi-
bles auprès du Tyran. Elle pleura,
elle fe plaignit, mais Phaon qui fe
félicitoit de la difgrace d'Alcée, fit
une puiffante brigue contre lui.
Ce-

Cependant comme Alcée avoit &
plus de vertu & plus d'amis que Pittacus lui-même, il triompha de tous
ses ennemis & revint auprès d'Athys,
qui trouvant en lui mille qualités dignes de ses affections, pour se mettre l'esprit en repos le sollicita à sortir de Lesbos, où elle ne pouvoit
être tranquille sous la domination de
Pittacus. Comme il ne vivoit plus
que pour elle, & que ses biens n'é-
toient pas de nature à lui pouvoir
manquer en quelque endroit qu'il
fût, ils partirent de Mytilène sous
prétexte de visiter un oncle d'Athys
à l'Isle d'Andros, une des Cyclades,
où ils s'établirent avec beaucoup de
satisfaction.

Sapho ne les vit point partir sans
douleur ; mais Phaon toujours insensible pour elle, augmenta cruelle-
ment ses peines : après sa guérison
s'étant aperçu de la foiblesse de
Sapho, il affecta un mépris qui la
mit au désespoir. Après avoir passé plusieurs mois de cette sorte,
l'ingrat Phaon partit de Mytilène,
même sans lui dire adieu. Ce procédé la toucha vivement, elle en fut
malade à l'extrémité ; mais la honte
ve-

venant à fon fecours, & le féjour de Lesbos lui devenant infupportable, elle en voulut fortir, & fe retira auprès d'Athys à Andros; & comme elle ne communiqua fon deffein qu'à Cydné & Amythone, on fe figura mille chofes différentes, & la médifance publia que défefperée des mépris de Phaon, elle s'étoit precipitée dans la mer: cependant les Mytiléniens, qui refpectoient fon mérite, pour honorer fa mémoire, firent graver fon image fur leur monnoie, & la traitèrent ainfi de Souveraine après l'opinion qu'ils eurent de fa mort; mais étant arrivée à Andros, où Alcée & Athys la reçurent comme une perfonne qui leur étoit infiniment chère, deux années après confolée par la raifon & follicitée par fes amis, & le mérite de Cercille, le plus riche & le plus honnête homme de l'Ifle, elle l'époufa & s'eftima heureufe, mais nous dirons dans une autre Hiftoire ce qui leur arriva enfuite.

LE

# LE JEUNE
# ALCÉE,
## OU
# LA VERTU
### TRIOMPHANTE.

**L**E généreux Alcée & la vertueuse Athys s'étant établis tranquillement dans l'Isle d'Andros, y vécurent avec une satisfaction parfaite, qui augmenta par la naissance d'un fils qu'on nomma Alcée comme son pére, & Sapho mit au monde une fille à laquelle elle donna le nom de Cléis.

Ces deux enfans furent élevés avec des soins tout extraordinaires. Nés

sous

fous le même climat, de perfonnes qui s'aimoient chèrement, avec de bonnes inclinations , il fe trouva beaucoup de fimpathie entre eux, & dès qu'ils furent capables de quelque raifon, ils s'aimèrent parfaitement. Cléis marchoit à peine , que le jeune Alcée la fuivoit par-tout. Ses actions d'enfant étoient pleines de graces ; & quoiqu'elle fît fouvent de petits maux à fon amant, il les trouvoit fi doux, qu'il ne s'en plaignoit jamais. Elle avoit dix ans, & Alcée treize , lorsque l'on commença de s'apercevoir qu'une complaifance innocente alloit dégénérer en amour. Sapho , Alcée, Athys, & Cercille qui étoient étroitement unis d'amitié n'avoient garde de s'y opofer. Ces aimables enfans vivoient avec une familiarité entière, & Alcée n'étoit pas plus fouvent chez fon père, que chez celui de Cléis. Elle aimoit les plaifirs, & cherchoit avec foin ceux qui étoient proportionnés à fon âge ; mais Alcée qui n'afpiroit qu'à s'en faire aimer, lui parloit d'amour dans un tems, où elle n'en pouvoit connoître que le nom, & fe faifoit quérel-

ler

ler prefque tous les jours, ne parlant que de chofes languiffantes.

Un jour qu'attachée à deux oifeaux fort rares, qu'on lui avoit
donnés, ils échapèrent malheureu-
fement à fon adreffe, & fe perdirent
bientôt dans l'air. Je vous conjure
Alcée, s'écria Cléis avec une ingé-
nuité charmante, de ne me dire
pas tant de chofes inutiles & de
courir après mes oifeaux, fi vous ne
voulez que je pleure & que je me
défefpère. Quoique l'amour ait
des ailes, répondit Alcée, & qu'il
foit capable de me faire tout entré-
prendre pour votre fatisfaction, il
eft impoffible que je tienne la route
de vos oifeaux, puifqu'ils fuient leur
captivité, & que je veux être éternellement votre efclave. Eh! que m'importe par où vous alliez, pourvu que
vous me raportiez mes oifeaux? Ils
furent interrompus par Athys, qui
venoit prendre Sapho dans fon chariot, pour aller enfemble à un Temple de Bacchus hors des enceintes
de la ville, où l'on faifoit un facrifice, parce que chaque année, l'eau
d'une fontaine qui eft en ce lieu a
le

le goût du vin. Elles voulurent mener Alcée & Cléis avec elles, mais
cet agréable enfant réfiftant à fa mère, non, Madame, lui dit-elle, je
ne veux point aller avec Alcée, &
vous me laiflerez, s'il vous plait, feule ici. Hé pourquoi, répondit Athys,
quel fujet avez-vous de vous en
plaindre? Madame, pourfuivit Cléis
avec un férieux qui fit rire Athys &
Sapho, c'eft le plus étrange garçon
du monde, il ne me parle que de chofes qui m'ennuient, & quand je lui
propofe quelque jeu, il me répond
toujours, amour, amour. Ne vient-
il pas d'être caufe même par fes
beaux difcours, que mes oifeaux
m'ont échapé, fans vouloir faire la
moindre démarche pour les arrêter.
Ce difcours donna beaucoup de plaifir à deux mères, qui aimoient paf-
fionnément leurs enfans, & elles
appaiférent Cléis en lui promettant
d'autres oifeaux. Alcée né tendre &
galant, qui étoit ravi de voir déja fon
fils amoureux, fit chercher de ces
oifeaux, que le jeune Alcée porta à
Cléis avec un empreffement & une

joie extraordinaire. Tenez, belle Cléis, lui dit-il, voila un petit soin de cet amour, dont vous dites que je vous parle si souvent, jugez de son zèle & de sa dilligence par le retour de vos oiseaux, & tenez-lui un peu de compte, non pas de ce qu'il vous rend aujourdhui, mais de ce qu'il voudroit faire pour vous tous les jours de sa vie. Vous ne pouvez rien m'offrir qui me soit plus agréable que mes oiseaux, reprit-elle fort satisfaite, & je vous promets en considération de ce service d'écouter désormais avec patience tout ce que vous me voudrez dire ; j'aimerois mieux que ce fût en considération de ma tendresse, ajouta Alcée, mais j'espère avec le tems que vous lui ferez cette justice. Ils se dirent encore plusieurs choses, mais pendant que Cléis satisfaite prenoit des précautions pour conserver mieux ses oiseaux, son jeune amant qui étoit né Poëte aussi bien que son père, fit promptement ces Vers.

*Petits oiseaux que vous êtes heureux,*

*Vo-*

*Votre prison pour vous doit avoir mille*
  *charmes;*
*Exemts des tourmens amoureux,*
*Vous n'en craignez point les allar-*
  *mes.*
*On vous voit, vous plaisez, quelle fé-*
  *licité !*
 *Cléis vous aime & vous souhaite,*
*J'ai perdu comme vous ma chère liberté,*
*Mais ma félicité n'est pas encor parfaite.*

Cléis tout enfant qu'elle étoit ne laissa pas de prendre plaisir aux Vers d'Alcée, & de lui en savoir bon gré. Depuis ce jour elle l'écouta sans se fâcher, & lui répondit même aussi favorablement qu'il pouvoit l'espérer de son âge.

En cet état tranquille il atteignit sa dix-huitième année, & Cléis sa quinzième, & ce fut alors qu'ils sentirent tous deux leur tendresse réciproque; mais Alcée & Athys se figurant alors que l'éducation d'un fils unique, qui leur étoit infiniment cher, ne pouvoit pas recevoir une entière perfection à Andros, songèrent à l'envoier quelque tems à Athènes, & ensuite visiter toute la Grèce;

ce, & quelque paſſion qu'il eût pour
Cléis, l'intérêt de ſa gloire le déter-
mina ſans peine à ce voyage; & ce
qui aſſûra ſon repos, c'eſt que Cercille, Sapho, Alcée & Athys lui
promirent Cléis à ſon retour.

On diſpoſa toutes choſes pour ſon
départ, mais ſa conſtance n'y étoit
pas ſi bien préparée, qu'il ne donnât
quelques marques d'une tendre foibleſſe, ſur-tout quand il vit Cléis affligée: eh bien Alcée, lui dit-elle,
vous allez donc nous abandonner,
pour paſſer dans des lieux où toutes
choſes vous charmeront. Comme je
vous laiſſe mon cœur tout entier, répondit Alcée, je ne verrai que vous
en quelque lieu que je me trouve,
vos charmes ſont les ſeuls que j'ado-
rerai éternellement, & puiſqu'il faut
mériter votre précieuſe affection, je
dois chercher à m'en rendre plus digne. Si Alcée & Athys étoient de
mon ſentiment, reprit-elle, vous de-
meureriez à Andros où il ne vous
manque rien de ce qui peut toucher
mon inclination, & quand vous aurez vu Athènes, Sparte, Corinthe
& ce que la Grèce a de plus rare, cela

la n'ajoutera rien aux fentimens que j'ai pour vous. Il faudroit certaine-ment, repliqua Alcée, pour le re-pos de ma vie que que j'expiraffe à vos pieds plutôt que de m'en éloi-gner, mais n'y auroit-il pas quelque honte pour moi à ne voir jamais que l'Ifle d'Andros. Partez donc, inter-rompit Cléis les yeux humides, cou-rez après cette gloire que vous croiez vous être fi néceffaire : mais revenez tel que vous êtes.

Ils fe féparèrent de cetre forte. Sa-pho & Cercille affurèrent encore le jeune Alcée que Cléis feroit à lui à fon retour, & il s'éloigna d'Andros avec cette douce efpérance, accom-pagné de plufieurs perfonnes, que fon père avoit choifies pour ce voyage.

Il vifita l'Ifle de Lesbos, & y fut re-çu par les amis d'Alcée avec beau-coup de marques de joie, & trouva cent opinions différentes fur la defti-née de Sapho. Après quelques femai-nes de féjour à Mytilène, il parcou-rut tout le Péloponèfe, & vit ce qu'il y avoit de célèbre dans la Grèce. Il eut même occafion de fignaler fon

cou-

courage à la guerre, & lorsqu'après
deux années d'absence il se préparoit
à retourner auprès de Cléis, il aprit
la mort de Sapho ; mais pour tempé-
rer l'amertume de cette nouvelle, on
lui mandoit que Cercille avoit prié
Athys de retirer sa fille auprès d'elle.
Il pleura Sapho, qu'il avoit parfaitement honorée ; mais il pleura encore plus Cléis qu'il connoissoit d'un
admirable naturel. Enfin il reprit la
route d'Andros, mais sous de si malheureux auspices, que les vents con-
traires à son impatience promenè-
rent longtems son vaisseau sur les on-
des, après avoir erré plusieurs jours ;
mais ils abordèrent enfin au port
d'Andros, où quelques habitans qui
n'étoient pas préparés au retour du
jeune Alcée, lui annoncèrent la mort
de son Père. Ce coup lui fut doulou-
reux. Cercille averti de son arrivée,
vint au devant de lui, l'embrassa plusieurs fois, & le conduisit à sa mère.
Ce fut là que les larmes coulèrent
avec abandance, & que les transports de l'amour cedèrent quelque
tems aux mouvemens de la nature.
La triste Athys reçut le seul bien qui
lui

lui reſtoit comme la plus précieuſe faveur que les Dieux lui pouvoient faire, & ſe conſolant dans une vûe qui avoit d'abord reveillé ſes cruels déplaiſirs, elle voulut montrer de la conſtance à un fils aimable, digne d'elle, & qui n'avoit que trop de penchant à s'affliger. Il trouva la beauté de Cléis toute parfaite, & en fut ébloui; elle pleura, mais ſes yeux languiſſans parlèrent ſi tendrement de ſa joie à l'amoureux Alcée, après avoir exprimé une partie de ſa douleur, qu'il ſentit diminuer la ſienne, & chercha auprès de Cléis des conſolations qu'il ne pouvoit attendre d'ailleurs, & qu'il trouva d'une manière avantageuſe dans les marques de ſon affection; mais la mort de Sapho & celle d'Alcée furent ſuivies d'un plus grand malheur.

Athys étoit encore dans un âge, où l'on peut eſpérer de plaire, & avoit même conſervé la meilleure partie de ſes agrémens. Elle étoit naturellement Dame officieuſe & pleine de bonté: jamais Sapho n'avoit donné plus de ſoins à Cléis, que cette belle fille en recevoit de la mère d'Alcée;

&

& Cercille, qui en étoit témoin, les
remarquoit avec beaucoup de reconnoiſſance.　Son ame qui n'étoit pas
capable d'un éternel attachement en-
ſévelit ſa prémière tendreſſe dans le
tombeau de Sapho.　La condition
d'Athys & la ſienne étant libres, il
crut ne pouvoir être heureux le reſte de ſa vie qu'en l'épouſant; mais
la conſtante Athys incapable de faire
cette injure à un époux, qui lui avoit
été ſi cher, & d'offencer la mémoire
de ſa plus véritable amie, fut effraiée
à la prémière connoiſſance que Cercille lui donna de ſes intentions.
Comme il agit d'abord avec aſſez de
reſpect, elle répondit auſſi avec beaucoup de modération. Si vous avez aimé Alcée, Madame, lui diſoit-il, je
peux vous dire que j'ai adoré Sapho,
& que vous n'avez pas plus d'attachement pour le ſouvenir d'un illuſtre
mari, que j'en ai pour celui d'une
aimable femme; mais penſez-vous
que notre union fît rougir leurs ma-
nes, & que nous puiſſions avoir de
meilleurs deſſeins que celui de devenir inſéparables comme le jeune Alcée & Cléis; Je crois, reprit Athys
en

en foupirant, que vous avez aimé Sapho, mais vous me permettrez de vous dire que je fuis perfuadée que vous ne l'aimez plus, eft-ce conferver quelque refpect pour fa mémoire, que de vouloir vous donner à une autre? Je n'ai vêcu que pour aimer Alcée, & le dernier foupir de ma vie fera un foupir de tendreffe pour lui ; mais nous en parlons fi fouvent, répondit Cercille, qu'il nous feroit difficile de les oublier. Ah! s'écria impatiemment Athys, que vous connoiffez peu les devoirs où notre condition nous engage, pour moi, Cercille, je vous jure par les Dieux protecteurs de la fidélité & par la mémoire d'Alcée & de Sapho, que je ne changerai jamais la mienne. Confolons-nous à voir augmenter Cléis & le jeune Alcée en mérite & en vertu, & leur donnons des exemples qu'ils puiffent imiter fans honte.

Ce difcours plein de fageffe & d'équité, ne fervoit qu'à augmenter l'amour de Cercille. Athys qui ne vouloit pas affliger fon fils lui cachoit foigneufement cette nouveauté, & Cléis fut la prémière à s'en appercevoir.

voir. Alcée qui la vit trifte lui en
demanda la raifon. Que voulez-vous
favoir? reprit-elle. Ces paroles le
troublèrent, & la priant de les expliquer, elle ne lui cacha point fes foupçons, ou plutôt la certitude qu'elle
avoit de la paffion de fon Père. Vous
connoiffez la vertu d'Athys, conti-
nua-t-elle, & je n'ignore pas combien Cercille eft emporté, lorsque
quelque chofe lui réfifte. Je dépends
de lui, & s'il n'eft pas content, que
ne dois-je pas craindre? Ah! Madame, s'écria Alcée, que vous me don-
nez d'étrangers allarmes, feroit-il
poffible que Cercille me voulût rendre malheureux, parce qu'Athys eft
raifonnable : n'en doutez point,
pourfuivit-elle, & puisqu'il ne fe
fouvient pas de Sapho croyez que ce
n'eft plus le même homme: hé! que
ferons-nous donc, continua Alcée?
hélas ! je ne fai, ajouta Cléis, &
les confeils prudens ne fe doivent
pas efpérer d'une ame auffi troublée
que la mienne.

Ces deux aimables perfonnes s'arrêtèrent au deffein de faire preffer
Cercille pour l'accompliffement de
leur

leur mariage. Athys s'y emploia; mais fans aucun effet, & connut par les mauvaifes excufes de Cercille qu'il vouloit fe fervir de fes avantages.

Mais la beauté de Cléis, qui n'avoit point encore fait de rivaux dange-reux à Alcée, ajouta ce malheur à plufieurs autres. La fortune amena à Andros un Prince parent du Roi de Chypre, qui parut avec une grande magnificence, & qui avoit même af-fez bonne mine. Quoique la maifon d'Athys fût dans un deuil profond, on ne put s'empêcher de l'y recevoir. Il devint amoureux de Cléis, & l'in-jufte Cercille fe fervit de lui pour ti-rannifer Athys. Comme la condi-tion de Philoxène étoit élevée, on le fouffroit par raifon, & il ne négli-gea aucune des chofes qui pouvoient plaire à Cléis, & lui rendre Cercil-le favorable.

Philoxène déclara ouvertement fa paffion, & pour être Prince, il n'en fut pas mieux reçu de Cléis. Cercille lui ordonna non feulement de le fouffrir, mais de le traiter favorable-ment. L'intérêt du repos d'Alcée lui infpira une généreufe colère, elle
vit

vit Philoxène malgré elle, mais elle ne lui dit jamais rien d'obligeant.

Cependant Cercille au désespoir de ne pouvoir fléchir Athys, lui faisoit souvent des ménaces. Seroit-il bien possible, lui disoit-elle, que vous confondissiez l'innocence de mon fils avec une passion déréglée; songez Cercille que tout le crime est dans la foiblesse de votre ame, & le défaut de votre raison. Quoi! parce que je ne veux pas être infidèle, vous voulez devenir injuste & cruel, & rompre par une autorité tirannique des nœuds innocens, que Sapho & moi primes plaisir à former, & que vous avez serrés aussi bien qu'Alcée sans aucune répugnance; pouvez-vous ôter Cléis avec quelque ombre d'équité à celui, auquel vous l'avez promise tant de fois avec tant de sermens, pour la donner à Philoxène. Je sai qu'il est Prince, mais ce titre a-t-il assez d'avantages sur nous pour..... Madame, interrompit Cercille, vous me forcez à faire ce que vous me reprochez, prenez-vous en à ma passion, ou plutôt à votre rigueur. Hé!

Eh! que pouvez-vous trouver fur mon vifage, continua Athys, que de longues années ne vous aient montré mille & mille fois, & que cherchez-vous dans un cœur affligé qui n'a aimé & n'aimera jamais qu'Alcée?

Cercille ne fut point touché des raifons d'Athys, & lui protefta qu'il donneroit Cléis à Philoxène, fi elle ne fe donnoit pas à lui. Le jeune Alcée la trouva quand Cercille fut forti, dans une douleur immodérée. Mon chèr Alcée, lui dit-elle, il faut que je vous rende malheureux, ou que je devienne la plus lâche de toutes les femmes. Il vaut mieux que je meure, répondit Alcée, que de vous voir trahir votre vertu pour l'intérêt de mon repos; & quelque paffion que j'aie pour Cléis, il faut qu'elle cède à ce que vous devez à une illuftre mémoire. Votre générofité me confole, reprit Athys en l'embraffant, & j'efpère que des fentimens fi pleins de vertu obligeront les Dieux à vous protéger.

Pendant qu'ils s'entretenoient de cette forte, Cléis foutenoit courageufement une fâcheufe converfation.

Cercille conduit par sa fureur amoureuse, lui commanda de ne plus son-
ger à Alcée, & de se disposer à é-
pouser Philoxène. Moi, Seigneur,
reprit-elle, je préférerois un homme
que je hai, & qui vous seroit indifférent, si une passion nouvelle ne
vous aveugloit pas, à Alcée que j'aime cherement, parce que ma Mère
me l'avoit ordonné, & auquel vous
m'avez donnée solemnellement. Je
ne vous ai pas donnée de manière à
perdre le droit de vous reprendre,
répondit Cercille, & tant qu'Alcée
n'aura que celui qu'il tient de moi,
je peux rompre ma parole par les raisons puissantes qu'on m'en donne.
Vous pouvez en effet faire ce qu'il
vous plaira, ajouta Cléis, mais je
vous proteste que Philoxène ne l'em-
portera jamais sur Alcée. Cette au-
stère religion, repliqua Cercille en
souriant dédaigneusement n'est pas
une barrière forte pour vous défendre contre mes volontés, sui-
vez moi seulement. Pour vous suivre, repliqua Cléis, je sai que rien ne
m'en peut dispenser; mais permettez-moi du moins de remercier A-
thys.

thys. Je l'ai fait pour vous, répondit Cercille, en la contraignant de fortir, & enfuite d'entrer dans fon chariot qui la conduifit chez lui.

Cet ingrat procédé étonna tout le monde, & rien ne put égaler la douleur d'Alcée que la colère de Cléis, qui traita Philoxène avec le dernier mépris, & protefta toujours à Cercille qu'elle ne l'époufieroit jamais.

Alcée ne fut pas maître de fes tranfports ; & rencontrant Philoxène, il le combattit & le bleffa confidérablement ; mais plufieurs hommes de la fuite de cet étranger mirent Alcée dans un trifte état.

Athys, auquel on le porta, penfa mourir en le voyant couvert de fang. Cercille prit foin de Philoxène, & tout ce qu'il y avoit de perfonnes diftinguées à Andros prirent hautement le parti d'Athys.

Les bleffures d'Alcée étoient dangereufes, & Cléis ne l'ignora pas : ne gardant plus de mefures, elle injuria Philoxène devant Cercille, & écrivit à Athys & à Alcée de cette forte.

CLEIS

## CLEIS à ATHYS.

*J*E suis persuadée, Madame, que votre vertu me défend contre les apparences qui me condamnent ; mais je dois vous protester que désavouant l'ingratitude de mon Père, je suis la même personne que vous n'avez pas jugée indigne de vos bontés. La seule différence qui se trouve dans ma condition, c'est que les périls d'Alcée m'ont absolument ôté le repos. Vous comprendrez mieux la situation de mon esprit par la tendresse de vos sentimens, que par mes expressions les plus fortes ; si quelque chose me peut laisser un rayon d'espoir c'est qu'Alcée est entre vos mains, & qu'en conservant sa vie, vous sauverez la mienne, puisque toutes les injustices de Cercille ne m'empêcheront point de l'aimer comme moi-même, & de vous honorer comme je faisois Sapho.

Le billet à Alcée étoit en ces termes.

CLEIS

## CLEIS à ALCÉE.

Vivez *si vous voulez que je vive, mon cher Alcée, croyez qu'un si-lence de trois jours a été pour moi un siècle de souffrances ; ne craignez ni Cercille ni Philoxène, & reposez-vous sur ma fidélité qui sera éternelle.*

Cette Lettre consola Alcée, la fureur de Cercille en augmenta ; mais son action malhonnête fit tant d'éclat qu'on le blâma par-tout ; & ne trouvant pas dans la violence de son procédé le secours qu'il en espéroit, sa passion toujours ardente l'obligea à changer de conduite ; brulant d'envie de revoir Athys, il commença à négliger Philoxène. Cléis qui le trouva moins sévère, déplora plus librement le malheur d'Alcée, qui par les marques de son amitié & un bon tempérament sortit du danger, & fut bientôt en état de chercher les occasions de voir Cléis.

Philoxène qui s'aperçut de la tiedeur de Cercille, lui demanda l'effet de ses promesses ; mais il ne répondit point à ses sollicitations pressantes, &

ce

ce lâche ne fongea qu'a faire affaffiner le père de Cléis, pour enlever
p'us aifément cette belle fille.

Un foir que Cercille fe promenoit
proche du Temple de Bacchus, le
perfide Philoxène l'attaqua avec une
rage impétueufe, & le perça de plufieurs coups, juftement comme la fortune amenoit Alcée à fon fecours:
il étoit foible encore , & n'étoit
fuivi que d'un efclave; mais il n'en
fut pas moins ardent à vanger le père de Cléis, il donna la mort à plufieurs des aflaffins, & obligea Philoxène à chercher fon falut dans la fuite, qui rencontrant un des parens
de Cercille lui dit qu'Alcée le venoit de faire affaffiner. Ces paroles
furent les dernières de fa vie, il
expira, & Timocle le parent de Cercille crut la dépofition d'un homme que depuis quelque tems il avoit
vu fort attaché à lui; il courut fur
le lieu, & trouvant Alcée l'épée à
la main proche du corps de Cercille, il le crut affez criminel pour
le faire conduire dans la plus infâ-
me prifon d'Andros. Comme la plupart des hommes de Philoxène a-
voient péri, & que quelques autres
étoient

étoient dispersés, rien ne prit le parti de son innocence. Athys s'enferma avec son fils, l'affligée Cléis n'osa s'oposer aux poursuites que l'on fit contre une vie, qui lui étoit bien plus précieuse que la sienne ; & Alcée auroit infailliblement succombé, si deux des assassins qui s'étoient sauvés, pressés par de justes remords, n'eussent détruit une calomnie si noire par un sincère témoignage de la vérité. Ainsi Alcée fut justifié, & Cléis se vit dans la liberté de le paier de toutes ses peines : après avoir pleuré son Père, & donné quelques mois à la bienséance du deuil, elle épousa Alcée, & après ces cruelles traverses, ils passèrent ensemble une vie heureuse & tranquille auprès d'Athys, que leur félicité combla de joie, & mit autant en repos qu'elle pouvoit y être après avoir perdu son chèr Alcée.

*Fin de l'heureuse Inconstance.*

# TABLE
## DES
# HISTOIRES,
Contenues dans le Tome V.

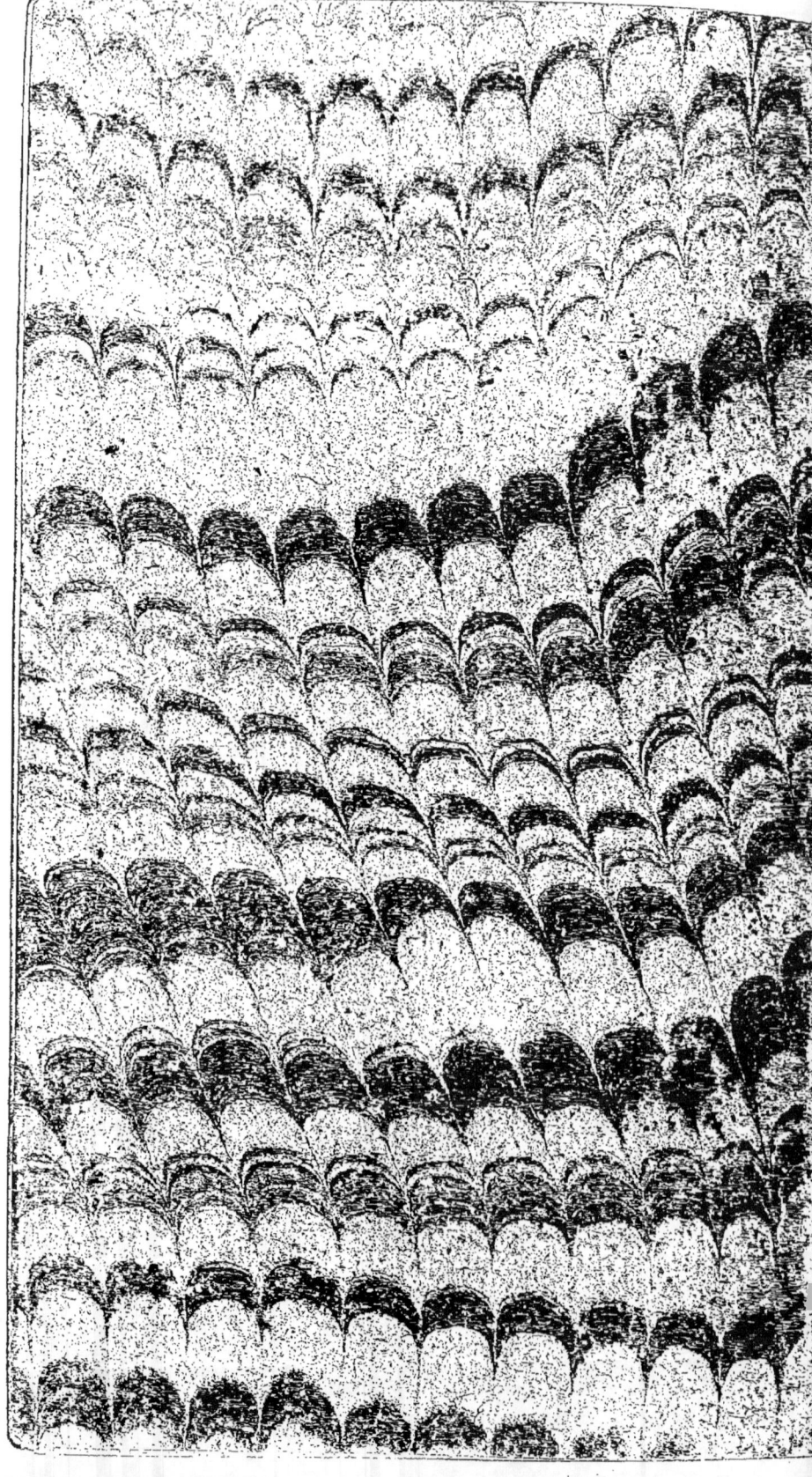